06 | 민음의
       | 비평

누보 바로크

민음의
비평

06

누보
바로크

박슬기 비평집

민음사

책상 앞에는 파울 클레의 「새로운 천사」가 붙어 있다. 천사의 날개는 펼쳐져 있고 그의 발 앞에 쌓인 잔해 더미에서 일어나는 폭풍우 때문에 천사는 걷잡을 수 없이 밀려 나간다. 벤야민은 그를 역사의 천사라 불렀다. 그의 발 앞에 있는 잔해를 현재로, 그가 떠밀려 가는 방향을 미래로 설명했다. 그러므로 이 폭풍우는 역사를 발전으로 내미는 진보의 폭풍이다. 클레의 천사에는 여러 가지 해석이 있겠지만 그것과 무관하게 나는 둥그렇게 뜬 천사의 눈에 마음이 쏠린다. 천사는 왜 자신이 향하는 방향으로부터 등을 돌려 자기가 점차 멀어지고 있는 곳을 응시하는가. 왜 그는 폐허임을 알면서도 거기서 눈을 떼지 못하는가.

진보한 세계가 결국에는 전면전이라는 파국으로 치달았을 때, 벤야민은 독일 바로크 비애극에 대해 연구했다. 그는 자신의 시대에서 바로크 시대를 보았던 것이다. 바로크 비애극은 독일의 30년 전쟁이 야기한 기나긴 폐허의 시간을 지나오면서 현재의 삶이 폐허에 지나지 않는다는 것을 발견했다. 비애극이 비극의 숭고함에 이르지 못했던 이유는 그들이 구원을 믿지 못했기 때문일 것이다. 세계대전이라는 그리고 그 이후의 파국으로 역사의 진보에 대한 믿음은 끝났다. 시대는 파시즘으로 이행하고 있었다. 진보의 역사는 다만 잔해에 잔해를 거듭 쌓아 온 것에 지나지 않았다.

그것이 우리의 시대였다면 우리는 어디에서 구원을 찾았을 것인가.

그러므로 바로크는 근대의 원천이자, 근대 그 자체다. 그것은 우리 시대의 원천이자 동시에 우리 시대에 대한 유일한 거부의 양식이다. 벤야민의 시대에 예술이 그러했듯, 우리 시대의 시는 바로크적이다. 나는 우울, 알레고리, 파국에 대한 사유 같은 것들을 우리 시대의 시들에서 발견했다. 손쉬운 화해를 거부하고, 미적인 혹은 상징적 완성을 거부하는 것. 우리의 시는 표현주의 예술만큼이나 바로크 비애극과 닮아 보인다. 그러나 그것은 형식이나 테크닉에서가 아니라, 세계를 보는 인식의 차원에서 그렇다.

이 많은 시들에서 내가 보고 있었던 것은 일종의 고통의 경험들, 시 쓰기의 고통이었다. 많은 사람들은 시란 아름다운 언어로 내면을 고백하는 것이라고, 삶과 세계의 아름다움을 시인의 시선을 통해 드러내는 것이라고 생각한다. 그러나 시는 아름다워 보이는 것들 속에서 조화가 아니라 균열을, 그 깊이를 알 수 없는 어두움을 본다. 아름다움은 우리의 언어가 살짝 가려 놓은 구멍 위에 아슬아슬하게 서 있는 것이다. 시는 언어를 폭력적으로 깨뜨려 우리의 삶 속에 존재하는 깊은 심연을 드러낸다. 심연은 평온한 언어 속에서는 보이지 않는다. 또한 그것을 보는 것은 고통이므로 아무도 애써 보려고 하지 않는다. 때문에 우리의 삶의 모든 순간은 심연을 외면하는 순간들이다. 우리의 현재가 폐허라면, 여기에서 도피하여 미래로 가려는 일은 구원이 아니라 죽음이다.

나는 우리 시대를 바로크로 호명하고, 이 시대에 대응하는 시 쓰기를 또한 바로크라 부르고 싶다. 이는 전쟁으로 인한 명시적인 파국 때문이 아니라, 죽음의 시대가 끝없이 이어지고 있기 때문에, 그리고 우리는 이 안에서 아무것도 할 수 없기 때문에 그렇다. 시인은 이 삶을 응시하고, 응시의 고통을 시로 쓴다. 시 쓰기에 걸려 있는 고통의 경험, 그것이 우리 시대의 시 쓰기이자 새로운 시 쓰기, 누보 바로크(Nouveau Baroque)다. 자신의 존재와 현실에 놓인 심연을 들여다보는 자들, 어쩌면 그 모든 것으로부터 결별할 수 없을지도 모르지만, 자신의 눈에 비친 것은 폐허뿐이지만 그럼에도 불구하고 그것을 끝없이 응시하는 자들, 나는 이 시대의 시인을 역사의 천사라 부르고 싶다. 그들의 태도 속에서 현실과 가장 무관해 보이는 시가 가장 정치적인 것이 된다.

　내가 이 책에서 하고 싶었던 것은 각 작품을 해명하는 일이 아니다. 시의 의미를 명쾌하게 해석하고 비평하는 것이 아니라 이 시가 쓰인 지점, 시가 내보이는 그 경험을 다만 응시하는 것이었다. 시 속에서 시인의 고통을, 그가 그 고통 속에서 발견하는 어떤 희미한 빛을, 벤야민적 의미에서의 '진리 내용'을 찾는 비평, 그것이 나의 비평의 목표였다. 응시하는 것은 순간의 경험, 잡는 순간 사라져 버리고 마는 이 막연한 순간들을 나름의 언어로 매어 두기 위해 애를 썼다.

　비평가를 위한 책상이 있다면 내게 그 책상은 시인, 비평가 그리고 편집자 들과 도란도란 이야기를 나누던 신사동 카페의 테이블이었다. 시를 읽고 차를 마시고, 그러고는 시와는 무관한 이야기를 떠들던 시간을 함께 했던 김행숙, 장은석 선생님께 마음을 전한다. 그 모든 이야기들은 시였다. 장은수, 서동욱 선생님께도 특별한 감사를 드린다. 늘 내게 가장 사랑하는 시인이 누구냐고 질문하셨고 나는 늘 '가장' 사랑하는 시인은 없다고, 어쩌면 '사랑'하는 시인조차 없을 것이라고 대답하곤 했다. 그런데 시들은 그 대답을 희미하게 하면서, 대답이 있던 자리에 쌓여 갔던 것 같다. 그 모든 시인들이 익명으로 내 마음에 담긴다. 그들의 시 쓰기가 나로 하여금 글쓰기로 나아가게 했다. 매 순간 쌓이는 폐지 같은 원고 더미들을 추스려 출간하게 해 주신 민음사에 감사한다. 이 원고들을, 이것들을 쓰던 시간들을 내 모든 사랑하는 익명들에게 드린다.

2017년 11월
박슬기

차례

1부　　　새로운 코기토

2부　　　상실과 우울

시, 불가능한 말들의 자오선

시 쓰기의 사명

> 신사 숙녀 여러분, 저는 여러분이 여기 있는 동안에는 불
> 가능한 이 길을, 불가능이라는 이 길을 걸어와서, 저에게
> 조금이나마 위안을 주는 무언가를 찾습니다. 마치 시(詩)
> 처럼, 마주침들로 이끌어 주는 그러한 길목을, 저는 찾습
> 니다. 언어만큼이나 비물질적이면서도 세속적이며, 양
> 극 모두를 통과하고 회귀선/비유들마저 고요하게 건너
> 가는 길에 자기 자신에게로 다시 돌아오고 마는, 원(圓)
> 모양을 한 대지 같은 어떤 것을 찾습니다. 저는 자오선을
> 찾습니다.[1]

다시, 시인들의 시대──시와 철학과 정치

바디우는 『철학을 위한 선언』에서 "시대가 우리에게 제기하는 소송에
대면하여, 우리 철학자들은 20세기 그리고 끝내는 플라톤 이래의 모든 세

---

1   Paul Celan, "*Der Meridian*," *Collected Prose*, trans. by Rosemaie Waldrop(NY: Routledge, 2003), 54~55쪽.

기의 책임을 스스로 짊어진 채 유죄를 인정하기로 결정했다."[2]라고 말했다. 바디우는 유죄를 인정한 철학자들이 스스로 사유를 포기했다고 말하고 싶었던 것일까. 철학이 끝나자 '사유'의 가능성은 시인들에게 넘어갔다. 횔덜린에서 첼란까지의 시대, 이 시인들의 시대에 시는 철학의 역할을 떠맡았다. 그러나 철학의 종언과 시인들의 시대를 선언한 바디우가 예술의 정치적 책임을 묻는 것은 아니다. 시란 인간의 사유와 사유의 조건들에 대한 전적인 의문, "철학이 쓰러지는 바로 그 자리에서, 존재와 시간에 대한 명제가 실행되는 언어의 장소",[3] '진리'의 장소이기 때문이다.

그렇다면 하이데거가 "시 짓기의 본질은 진리의 수립"[4]이라며, 신들이 사라진 시대의 신성함, "시원의 시원성"[5]의 회복이 일어나는 장소로 시를 겨냥할 때, 하이데거와 바디우는 동시에 비슷한 말을 하는 것 같다. 그러나 바디우 프로젝트의 중심에 있는 것은 철학을 복권하는 것이다.[6] 철학의 종말을 명시적으로 진단하고, 그 진단으로부터 철학의 목적을 명확하게 하여 철학으로 하여금 한 발자국 더 나아가게 하는 것, 그것의 시적 조건으로부터 탈봉합되어 사유를 회복하게 하려는 것이다. 하이데거는 시인의 힘을 극단화시킴으로써, 시를 (그리고 더불어 정치를) 철학적으로 절대화한다.[7] 그러니 하이데거와 바디우는 반대 방향이긴 하지만 동일한 지점을 공

2　알랭 바디우, 서용순 옮김, 『철학을 위한 선언』(도서출판 길, 2010), 42쪽.

3　위의 책, 103쪽.

4　마르틴 하이데거, 신상희 옮김, 『숲길』(나남, 2007), 110쪽.

5　마르틴 하이데거, 신상희 옮김, 『횔덜린 시의 해명』(아카넷, 2009), 148쪽.

6　P. Lacoue-Labarthe, "Poetry, Philosophy, Politics," *Heidegger and the Politics of Poetry*, trans. by Jeff Fort(Champaign: University of Illinois Press, 2007), 18쪽.

7　위의 글, 19쪽.

유하는데 그것은 철학이 사유의 힘을 잃은 시대에, 말하자면 사유가 죄를 지은 시대에 시가 사유를 대신하여 진리를 지향한다는 믿음이다.

라쿠 라바르트가 비판했듯, 진리의 장소로서의 시란 결국 철학의 보충물에 지나지 않는다. 진리를 시의 내부에서 찾든 외부에서 찾든 말이다. 내면의 성소를 절대화한 낭만주의 프로젝트 역시 진리를 시의 '내부'에 세워 놓으려 했다는 점[8]에서 혐의를 벗을 수는 없다. 이러한 시도가 플라톤적인 구도를 반복하고 있다는 점에서, 플라톤 이래로 시는 한 번 더 쫓겨났다. 플라톤이 시를 추방했던 것은 그것이 사유의 영역을 위협하기 때문에, 즉 미메시스에 내재된 치명적인 위험을 드러내기 때문이다. 표상의 대상이 이미 이성이 만들어 초월적으로 세워 놓은 허구이며,[9] 그러므로 사유하는 주체는 근본적으로 자신이 만들어 낸 허구를 재현할 수밖에 없다는 것, 미메시스에 대한 고찰을 통해 라쿠 라바르트는 플라톤 이래의 사유의 주체가 안고 있는 치명적인 심연을 드러낸다. 그것은 주체가 "거울의 덫"[10]에 걸렸다는 것, 그리하여 구성되던 지점에서 이미 해체되어 있었다는 사실[11]이다. 시가 '언어의 장소'라면, 그것은 주체가 상징적으로 해체·구성되는 장소, 끝없이 반복되는 거울의 미로라는 심연의 장소다.

최근 시에서의 주체의 형식을 물으면서, 나는 우리 시대의 시가 선택 불가능한 질문을 받은 행인의 상황에 처해 있다고 생각했다.[12] 존재를 주

---

8 P. Lacoue-Labarthe and Jean-Luc Nancy, *The Literary Absolute*, trans. by P. Barnard and C. Lester (Albany: State University of New York Press, 1988), 83쪽.

9 P. Lacoue-Labarthe, *Typography*, ed. by C. Fynsk(Stanford: Stanford University Press, 1989), 71~72쪽 참조.

10 위의 책, 101쪽.

11 위의 책, 129쪽.

12 박슬기, 「서정의 제3전선 —— 전환사 코기토의 탄생」, 《세계의 문학》, 2012. 가을.

고 주체(언어)를 얻은 인간의 딜레마는 시에 있어서는 반대로 '시적인 것'을 주고, 존재를 얻는 일로 반복되는 것 같다. 첼란의 시로부터 라쿠 라바르트는 지금 가능한 '진짜' 시란, "시적인 것"이 무너지는 장소 그리고 심연이 되는 장소가 된 것[13]이라고 말한다. 라쿠 라바르트는 이 지점에서 가장 근본적인 만남의 지점, 시와 철학과 정치학이 만나는 지점을 찾으려고 한다.

시인들의 시대에 시가 사유를 대신하게 된 것은, 바디우가 말했듯, 철학이 감당하지 못한 책임을 시인들이 대신하기로 '결심'했기 때문이 아니라, 철학이 봉쇄된 시기에 어떤 '압력'이 그들에게 강요했기 때문이다. 시는 주체의 시대가 빠져든 전례 없는 불명예에, 죄를 지은 이 시대에 대한 응답이었으며, 아우슈비츠 이후의 시대(아도르노)에 그것은 또한 서정시의 문제가 되었다.[14] 이런 측면에서 하이데거의 질문, "시 짓는다는 것은 도저히 억누를 수 없는 과도한 분출이요, 뒤늦게 이루어지는 어떤 것, 혹은 최종적인 것이 아닐까?"[15]라는 질문에 시는 진리의 장소가 아니라 심연의 장소가 됨으로써 대답한다. 첼란의 말을 빌리면, 시는 "자기 자신을 찾아 나서며 자신에게 자기 자신을 미리 보내는 것, 일종의 귀향"[16]이되, 시가 돌아가는 곳은 신성한 시원의 지점이 아니라, 죽음의 장소, 미메시스의 "가장 오래된 섬뜩함"[17]의 장소다.

대답은 질문을 바꿔 놓는다. "어쩌면 문학은 자기 자신을 잊어버린

---

13 P. Lacoue-Labarthe, "The Power of Naming," *Poetry as Experience*, trans. by A. Tarnowsky (stanford: Stanford University Press, 1999), 68쪽.

14 P. Lacoue-Labarthe, "Two poems by Paul Celan," *Poetry as Experience*, 14쪽.

15 마르틴 하이데거, 『횔덜린 시의 해명』, 64쪽.

16 Paul Celan, 앞의 책, 49쪽.

17 위의 책, 43쪽.

'나'와 더불어 그 섬뜩하고 낯선 것을 향해 가는 것일까요?"[18]라고 첼란이 물었을 때 그는 '시 쓰기'가 이미 강요된 것임을, 쓰기 자체에 기입되어 있는 위험하고도 근원적인 통로를 암시하고 있었다. 시는 자기를 찾아 끊임없이 태초의 지점으로 되돌아가는 여행, 불가능한 길을 걸어와 자기 자신으로 회귀하는 자오선인 것이다.

침묵의 노래—근원으로 여행하는 시 쓰기

'나'의 기원이 언어에 있다는 것은 오랫동안 알려져 왔던 바다. 인간은 언제나 '말하는 자'로서 존재하기 때문[19]이다. 우리는 "나는" 또는 "내가"라고 말할 때 내가 거기에 있음을 안다. 내가 나의 말을 발화하지 않는다면, 나는 거기에 없다. 그러니 나의 '말'이 탄생하는 순간이 '나'가 탄생하는 순간이며, 나의 '말'을 잊어버리는 순간은 '나'를 잊어버리는 순간이다. '나'는 언제나 발화의 순간 또는 대화의 순간에 있다. 그러므로 대화는 언어가 실현되는 하나의 방식에 불과한 것이 아니며, 언어는 대화로서만 본질적일 수 있다.[20]

그렇다면 나의 말은 어떻게 탄생하는가. "서로가 서로에게서 들을 수 있게 된 이래로"[21] 말하기보다 앞선 듣기가 있으며 이 들음으로부터 말이 탄생한다. 말하자면 인간의 말은 언제나 수동적인 방식으로, 즉 나의 자발

---

18   위의 책, 44쪽.

19   에밀 벤베니스트, 황경자 옮김, 『일반 언어학의 제 문제 2』(민음사, 1992), 371쪽.

20   마르틴 하이데거, 『횔덜린 시의 해명』, 72쪽.

21   위의 책, 같은 곳.

적인 '표현'이 아니라 발화를 강제하는 일종의 목소리를 통해 출현하며 그러므로 인간은 애초에 자기의 것이 아닌 말을 자기의 본질로 삼게 되었다는 것이다. 그러나 인간이 들은 것이 '침묵'이라면 어떻게 되는가? 아무리 귀를 기울여도 들려오는 목소리가 침묵이라면? 한 시인은 이러한 침묵을 듣고, 그 부재하는 소리에 귀를 기울이는 형상을 만들어 냈다.

귀에 두고 온 음들
그가 너의 아이였을 때 선인장 같은 아이였을 때
양초가 들리니 양초를 켠다
화분이 들리니 물을 준다
식물이 흐를 수 있는 저음으로
가지 끝에서 떨리는 음들

내일로부터 모레로부터 오지 못한
그것이 내일이 되고 모레가 되고
들리지 않는 꿈처럼
귀 안으로 사막을 옮기는
무음의 그림자

귀를 비우면 네가 들릴까
들어 본 적 없는 태내에서 귀를 자르는
내일의
신생의
레퀴엠[22]

---

22   김성대, 「태내적 귀」 부분. 이 글에서 인용하는 시집은 다음과 같다. 김성대, 『귀 없는 토끼에 관

이 시에서 "음"들은 어떤 행동을 유발하는 동인이다. "양초가 들리니 양초를 켜"고 "화분이 들리니 물을 주"는 이 "아이"의 행동은 사물들의 "음"으로부터 유발된다. 그러나 양초나 화분은 시각의 대상이다. 보기/듣기의 감각과 주체성의 관련성을 고려해 볼 때, 이 모든 '들을' 때, 또는 듣고 나서야 하나의 행위자가 될 수 있는 이 시의 아이는 볼 수 있는 능력을 박탈당했거나 또는 보기를 거부하는 인간이라고 여겨진다. 그러니 이 아이는 지금까지 알려지지 않은 인간, 사물들의 진리를 '듣'는 인간의 형상이다. 그런데 아이에게 들리는 사물들은 "무음의 그림자"라는 점에서 침묵, 존재하지 않는 소리다.

들리지 않는 소리에서 말이 어떻게 탄생할 수 있는가. "귀를 비우"는 화자의 행위는 들리지 않는 이 "무음의 그림자"를 들으려는, 무음을 듣기 위해 귀를 자르는 행위로 이어진다. 사람은 귀를 잘라야만 침묵에서, 자신의 말을 시작할 수 있을 것이며, 그것은 침묵의 음악으로부터 자신을 찾는 여행을 시작하려는 이 시인의 어떤 사명이다. 시 쓰기는 침묵의 음악이 강제한 행위이며, 시는 "무음의 그림자"의 근원에 있을 죽음의 음악(레퀴엠)으로 향한다.

침묵이되 동시에 행동을 유발하는 이 음악에 대해 우리는 아주 오래전에 한 시인에게서 들은 적이 있다. 오디세우스가 들은 노래, 세이렌의 노래다. 그러나 블랑쇼에 따르면 세이렌은 처음부터 노래를 부른 적이 없다. 그것은 언제나 "도래할 노래"였으며, 세이렌은 사실은 침묵을 통해 "노래하는 행위가 진실로 시작된다고 여겨지는 바로 그 공간"[23]으로 뱃사

한 소수 의견』(민음사, 2010)(『귀 없는』); 김성대, 『사막 식당』(창비, 2013)(『사막』); 김소연, 『눈물이라는 뼈』(문학과지성사, 2009)(『눈물』); 김소연, 『수학자의 아침』(문학과지성사, 2013)(『수학자』); 황병승, 『육체쇼와 전집』(문학과지성사, 2013)(『육체』); 김행숙, 『타인의 의미』(민음사, 2010)(『타인』).

23   모리스 블랑쇼, 심세광 옮김, 『도래할 책』(그린비, 2011), 12쪽.

람들을 이끌었다. 세이렌의 노래는 여행을 시작하게 하는 동인이자, 여행을 파멸시키는 종말이다. 뱃사람들이 도착한 그곳은 노래가 오히려 감추어지는 곳, 사라지는 것 외에는 할 수 있는 일이 없는 그러한 장소였다. 그것은 "사막", 귀 안으로 옮겨진 사막이되, 귀를 매혹하던 아름다운 모든 것이 사라진 지점, 아무것도 남지 않은 죽음의 세계다. 이 지점에서 '나'는 또한 노래와 함께 사라진다.

김성대가 탁월하게 보여 준 이 '침묵의 기원'은 '귀 없는 토끼'의 형상을 통해 성공적으로 우리에게 나타났다. "없는 귀 가득 명료한 결론들/ 정신은 없는 귀에 순응하는 것이다/ 귀가 좁아졌기 때문은 아닐까요?/ 끊임없이 자신을 듣는 귀 안쪽이 비리다/ 이름이 너무 길거나 붙일 수 없거나/ 귀의 기억만으로 그들은 자신을 기를 수 있는 것이다"(「귀 없는 토끼에 관한 소수 의견」, 『귀 없는』). 그에게 시간은, 그리고 말은 이 침묵을 듣는 귀, 또는 음을 듣는 '없는 귀'의 주변을 끊임없이 공전하고 회전하며 마침내 헤맨다. "맥박 속을 돌고 있는/ 모음의 무늬 같은 것들/ 우리에게 남은 태초란 그것뿐이니까"(「이브에 다다르기」, 『귀 없는』). 이 회전하는 소리, 자신을 울리고 나갔다가 다시 자신에게 되돌아오는 소리 그 자체가 김성대의 시이자, 곧 음악이며 여행이다.

그러나 소리는 원래 그러한 것이다. 그것은 오직 나의 외부의 공간에서 들어와 나의 내부의 공간을 돌아서, 원래 울렸던 것 그 자체를 다시 울린다. 마치 메아리처럼, 소리의 울림은 자기의 근원으로 돌아가 본래의 자신을 한 번 더 울리는 것에 지나지 않기 때문이다. 그러므로 여기에서 주체는 다만 소리가 내보내지고 확산되는 공간, 소리 스스로 '재울림'되는 공간일 뿐이다.[24] 그래서 주체가 그 자신을 인식하기 위해서는 모든 곳에

---

24 Jean-Luc Nancy, *Listening*, trans. by C. Mandell(NY: Fordham University Press, 2007), 7~8쪽 참조.

서 울리는 소리로부터 숨거나 그것에서 탈피해야 한다. 그러나 이 소리가 없다면 결코 자기 자신에게로 복귀할 수 없다. 주체는 소리가 반복하는 자기복귀의 복합성에 매여 있다.

김성대의 시는 침묵의 근원과 귀 사이에 열린 공간을 가로지른다. 귀를 중심으로 회전하는 공간, 공전의 이미지는 정확히 태내적 귀가 들은 소리가 자기 자신을 계속해서 맴도는 것을 반영한다. 그리고 그것은 주체가 타고 흘러 도달해야 하는 '태초'의 지점이다. 그러므로 그에게 '우리'는 모두 "누군가의 목소리를 빌려야 하는 귀들"(「사막의 식당」, 『사막』)이며, 소리의 움직임을 따라 한없이 공전하는 주체다. 텅 비어 있는 울림통으로서 남은 주체는 태초의 침묵으로, 아직 말이 되지 못한 "모음의 무늬"들로 돌아간다. 그러나 그 소리의 근원에 소리가 없었듯, 아니 소리의 근원에 부재하는 소리가 있었듯 귀를 빌려 여기까지 온 '나'는 '말'이 존재하지 않는다는 사실, 그것과 함께 '나'가 나타날 수 없다는 것만을 발견한다.

그러므로 그의 여행은 "여백을 헤매고 그 안에서 길을 잃"는, 공기에 대해 쓰면 창의 뒷면이 되고, 기관과 침묵에 대해 쓰면 얼음이 되어 닿는, 모든 말들이 나의 문장이 되지 못하는 상태, "여백을 고쳐 쓰면서도 우리의 문장은 한 줄도 찾을 수 없"(「겨울 모스크바 편지」, 『귀 없는』)는 시 쓰기다. 아무리 해도 말이 되지 못하지만, 그럼에도 쓰기를 계속해야만 하는 것이다. 그러므로 그의 시 쓰기가 도달하고자 하는 근원의 장소는 '목적지'이거나 '도착지'인 것은 아니다. 그것은 공전하는 시간을 계속해서 떠도는 이야기, 나에게서 나와 나의 바깥을 거쳐 나에게로 돌아와 기어이 그곳에 내가 없음을 발견하는 어떤 과정, 결코 완료될 수 없는 여행이기 때문이다. "내가 듣고 있다는 걸 그는 알고 있다/ 그의 먼 눈은 사막에 묻어 두고 온/ 한 방울의 문장처럼// 눈 안에서 눈을 묻는 뜨거운 내전/ 눈먼 자의 언어로/ 자신을 입문해야 하는// 몇 겹의 만일을 되돌아와/ 하나의 만일을 되물어야 하는/ 거울의 일교차"(「슈거블루스」, 『사막』). 이러한 소리의 회전을 통해 우리는 다만 "우리에게 잊혀진 반복"(「이브에 다다르기」, 『사막』)을 되풀이한다. 끝없이 '나'를 "되물어야"만 하는 반복, 반복적으로 자기 자신으로 되돌아가는 소리의 움직임 그 자체가 "귀 없는 토끼"라는 주체의 시다.

목소리를 빼앗긴 자들, 형상으로서의 주체

그럼에도 어떤 '최초'의 순간은 있었던 것이 아닐까? 목소리로부터 시작되는 말이 끝내 나의 말이 되지 못할 때, 아니 내가 나에게 외재적인 말을 껴안고서만 나로서 태어날 때 나는 끝없이 되돌아가 이 목소리/노래의 근원에 닿고자 했다. 그러나 말에 외재적인 나만을 발견할 뿐이라면, 그래서 그 속에서 죽음을 깨달을 뿐이라면 최초의 '명명', 사람을 태어나게 한 신의 명명은 본래 없었던 것인가? 이 지점에서 '이름'의 고유성 또한 박탈당한다. 태초의 지점에 인간에게 남은 것은 말이 아닌 말, 말이 되지 못하는 발성뿐이다. 벵베니스트가 지적했듯, '나'를 '나'이게 하는 것은 그 발화자가 눈앞에 현존한다는 사실이며, 발화자가 '나'를 발음할 때에만 나는 '나'라는 기호가 가리키는 주체로 증명될 수 있다. '나'는 오직 자신의 목소리로 발화할 때에만 증명된다.[25] 그러나 발화자가 연극 중이라면? 말하기가 아니라 쓰기라면? 목소리를 통해 발음되지 못하는 '나'는 누가 증명하는가? 신이 부여한 이름의 절대적인 고유성은 결코 증명될 수 없는 것으로 내게 남겨진다. 이 증명 불가능함이 나의 이름에, 나의 이름이 탄생하기 전부터 새겨진 운명이다.

김소연의 『눈물이라는 뼈』는 시인의 말 앞에 세 개의 인용을 세워 두

---

25 P. Lacoue-Labarthe, *Typography*, 136쪽.

었다. "밥 말리"와 "김수영"의, 그리고 "김소연"의 인용이다. 여기에서 시인 김소연과 언명된 "김소연"은 분리되고, 발화하는 김소연은 "김소연"의 아래로 미끄러져 들어간다. 즉 시인 김소연은 "김소연" 뒤로 숨으니, "김소연"은 김소연의 형상이자 대리해서 말하는 자다. 시인 김소연은 여기에서 나타나지 않는다. 그는 "밥 말리"를, "김수영"을, 그리고 "김소연"을 통해서 말한다. 그렇다면, 이 시집의 말들의 진짜 주인은 누구인가? "김소연"인가 또는 김소연인가. "밥 말리"와 "김수영"과 "김소연"은 김소연의 다른 이름들이며, 이 이름들이 숨겨진 진짜 김소연을 대신한다는 것은 정확히 증명될 수 없다. 그들은 허구이므로, 그들의 말은 허구로 남겨진다. 동시에 지면 위에는 허구만이 존재하므로, 김소연의 목소리는 또는 김소연의 발화는 증명 불가능한 것으로 남아 버린다.

아니, 김소연은 오직 이 형상들의 대리를 통해서만, 거기에 자신이 부재한다는 방식으로만 존재할 수 있다. 말하자면, "지난 연인들이 자꾸 나타나/ 자기 이야기를 겹쳐 쓰려 할 때마다/ 우리는 같은 사람이 되어 간다"(「누군가 곁에서 자꾸 질문을 던진다」, 『수학자』)라는 사태와 같은 것. 이는 목소리가 통합되어 동일한 발화의 주체로 탄생한다는 것을 의미하지 않는다. "밥 말리"가, "김수영"이, 그리고 "김소연"이 겹쳐 쓰는 이야기, 그것이 '나'이며 나는 이 모든 목소리를 뒤집어쓰고서만이 텍스트의 지면 뒤에 존재할 수 있다. 그러니 이는 가면을 바꿔 써 가며 연극하기, 이 연극 뒤로 숨기이자 '쓰기'다. 이것은 '거짓말하기'이며, 주체는 쓰여야만, 이 쓰인 텍스트를 통해 나타난다.[26]

타오르는 촛불 아래서 약혼자에게 편지를 쓰다 말고, 나는 신경쇠약에 시달리는 카프카가 되었습니다

---

26 위의 책, 같은 곳.

쭉정이 같은 모습으로 늙어 갔을 사내, 그러나 그 누구도 손가락질할 수 없을 만큼 나는 재능 있고 병들고 고단한 사내입니다

(중략)

사람들에게 「변신」을 내가 썼다고 말했습니다
안개와 어둠뿐인 성 주변을 맴돌며 오늘도 심판을 기다리고 있다고……

누가 진실을 알고 있습니까
왜 아무도 나를 이곳에서 끌어내지 못합니까

어머니는 민들레 잎을 먹으면 모든 일이 다 잘될 거라고 말하지만
외할머니도 위암으로 죽었고, 어머니도 위암으로 죽어 가고, 나 역시 배를 움켜쥐고 죽게 될 것입니다

약혼자는 건강한 여성이어서 세상 모르고 잠을 자고 있겠지요

사랑하는 나의 피앙세, 그녀는 내가 카프카라는 사실을 꿈에도 모르겠지만
그녀와 내가 백발이 되도록 함께 심판받을 수만 있다면 나는 더 이상 바랄 것이 없습니다

내가 그녀의 여덟 번째 약혼자라는 사실도, 내가 그녀의 마지막 남자가 될 수 없을 거라는 절망적인 충고도, 그녀를 향한 나의 마음을 되돌리지는 못합니다
오래도록 숨을 참고 있으면, 마음에 작은 구멍이 닫히고

나는 카프카도 그 어떤 누구도 아닌, 죽어 가는 노모와 단둘뿐인 텅 빈
박제에 불과하지만

삶이 가능할 것이라고 믿고 있습니다, 뻔뻔하게도[27]

이 시는 카프카와 나의, 카프카의 편지와 나의 발화의, 그 모든 관계의
진위성이 헷갈리는 '거짓말'의 장소를 보여 주고 있다. "타오르는 촛불 아
래서 약혼자에게 편지를 쓰다 말고, 나는 신경쇠약에 시달리는 카프카가
되었습니다"라고 시작하는 첫 행에서 나와 카프카의 교환이 일어난다. 이
를 가능하게 하는 것은 "쓰다 말고"라는 말이다. "나"는 "쓰다 말고"라고
말하고, "카프카"가 된다. 이 "쓰다 말고"는 일종의 반대말(counter-
word)의 기능[28]을 한다. "쓰다 말고"는 그 자체로 대립적인 어휘로 구성된
것이지만 중요한 것은 이 단어가 "나"를 "카프카"로 변하게 하는, 일종의 변
신의 몸짓을 일으키는 역할을 한다는 것이다. 그러므로 "쓰다 말고"는 '쓰
기'와 '쓰기의 중단'을 의미화하는 것이기는 하지만, 일반적인 기표/기의의
관계가 보증하는 의미화와는 별 관계가 없다. "쓰다 말고"는 '쓰다'와 '말다'
에 걸려 있는 주어의 '변신'을 의미하는 것이기 때문이다. "카프카"로의 변
신은 "나"의 죽음을 가리키므로, "쓰다 말고"는 '나'의 죽음을 일으킨다. 이
시는 '나'가 '쓰다 말고' 죽는, '나'의 죽음을 가리키며 시작한다.

이야기는 이렇게 시작되며, 이는 온전히 변신에 바쳐진 이야기다. 나
는 카프카로, 카프카는 다시 편지를 쓰는 나로, 나는 다시 카프카로, 카프
카 소설의 주인공으로. "사람들에게 변신을 내가 썼다고 말했습니다/ 안

27　황병승, 「톱 연주를 듣는 밤」 부분, 『육체』.

28　P. Lacoue-Labarthe, "Catastrophe," *Poetry as Experience*, 50쪽.

개와 어둠뿐인 성 주변을 맴돌며 오늘도 심판을 기다리고 있다고……"에서 화자는 두 번 이상 변신한다. 변신을 쓴 자는 카프카이고, 심판을 기다리는 자는 카프카가 쓴 「심판」의 주인공 K다. "나"는 "카프카"였다가 또다시 K로 변신하는데, 그렇다면 이어지는, "누가 진실을 알고 있습니까/ 왜 아무도 나를 이곳에서 끌어내지 못합니까"의 구절에서 "나"는 카프카인가 K인가. 변신이 거듭될수록 "나"는 점점 모호해진다. 끌어내질 "나"는 "카프카"도, "K"도, 편지를 쓰다 말고 카프카가 된 "나"도 아니다. 그러나 그는 카프카이면서, K이면서, 여전히 "나"다. 그리고 동시에 아무것도 아니다. "나는 카프카도 그 어떤 누구도 아닌, 죽어 가는 노모와 단둘뿐인 텅 빈 박제"에 불과하기 때문이다.

갑자기 "독자들이여"라고 부를 때, 이 "카프카"와 "나"는 갑작스럽게 사라지고 시인 황병승의 목소리가 등장한다. 아니, 이 발화 또한 "카프카"의 것이기도 하고, 편지를 쓰다 말고 카프카가 된 "나"의 것이기도 하다. 아니, 그 누구의 것이 아닐 수도 있다. 이 완전한 혼종 상태는 이 모든 "카프카", "K", "나"가 모두 시인 황병승이 세워 놓은 형상인 동시에 시인 황병승과 모든 형상들이 그 어떠한 진위적 우열성을 가지지 못하고 교환되는 것임을 보여 준다. 그들은 서로의 사이에 놓인 거울에 반사되는 이미지, 조금씩 비틀리며 복사된 이미지들이다. 그 모든 이미지들은 허구이므로, 진짜 목소리는 완전히 사라진다. "쓰다 말고"라는 반대말은 이 모든 형상들을 생성시키면서 동시에 죽이는, 그리하여 형상으로 대리된 진짜 '나'의 죽음과 부재를 가리킨다.

『여장 남자 시코쿠』에서 그는 '시코쿠'였다, 아니 수많은 이름들 중 하나였다. 『트랙과 들판의 별』에서도 그러했다. 황병승의 시에 만연한, 그리고 이 시집에 만연하고 있는 '이름'의 혼동은 고유한 이름의 소멸이 화자의 존재 조건임을 나타낸다. "하지만 나는 당신들이 알고 있는 파올라도/ 호세도, 로베트로도 아니야/ 차라리 나를 옛날에 살던 집, 지하 방 애라고 불러 줘",

"산체스도/ 프랑코도, 페르난도도 절대 아니야/ 차라리 나를 큰 모자의 잠벌레라고 불러 줘", "나는 누군가의 아들도/ 이웃도, 누군가의 카를로스도 절대 아니야/ 내 이름을 함부로 부르지 말아 줘"(「솜브레로의 잠벌레」,『육체』). "하지만 나는 이름이 없어". 이름이 없는데 어떻게 이름을 함부로 부르지 말아 달라는 요청을 할 수 있을 것인가. 이름이 없으므로, 나는 파올라도, 그 외의 모든 이름들이 될 수 있지만 내가 요청하는 것은 "지하 방 애"이거나 "큰 모자의 잠벌레", 이름이라고 할 수 없는 어떤 존재의 '표지'일 뿐이다. 즉, 내가 요청하는 것은 내가 '지금 여기'에 있음의 장소, 이름이 아닌 장소다.

이름이 없어도 삶을 지속시키는 장소, 이름이 없는데 어떻게 "삶이 가능할 것"인가. 가능하든 가능하지 않든, 그것은 거울의 덫에 걸린 주체에게 남은 유일한 삶의 가능성이다. "오늘도 심판을 기다리고 있다고……"가 "언제까지라도 심판을 기다리겠다고……"로 반복될 때, '지금' 주체의 조건은 '미래'에도 반복될 것임을 예기한다. 이 조건이 원래 태초에 주어진 것이었다는 점에서, 미래는 이미 과거의 반복이다. 그러므로 "기다리겠다"는 미래 추측이 아니라 일종의 결단을 수반한다. 그러나 이는 '나'의 결단은 아닌데, "쓰다 말고"라는 반대말이 불러온 사태이기 때문이다. "쓰다 말고"라는 말이 죽음에의 결단을 낳고, 말이 주어진 지금 현재의 순간에 미래의 죽음 또한 확정적인 것으로 예기된다. 그러니 이름들, 또는 형상들 사이에 놓인 거울은 지금과 미래 사이에도 놓여 있다. 두 개의 시간은 서로를 반영하면서 끝없는 변신의 순간들만을 복제한다. 이것은 반복될 것이다. 끝없이. 언제나 여전히 도래해야 하는 것, 언제나 이미 지나간 것, 또한 언제나 숨을 끊어 놓을 정도로 험난한 어떤 시작 내에 현전하고 있는 것,[29] 그것은 지금 주체가 처한 존재 조건이자, 거울의 덫에 걸린 주체의 '경험'이다.

---

29 모리스 블랑쇼, 앞의 책, 25쪽.

고통, 시 쓰기에 도입된 시적 경험

하이데거는 횔덜린의 시에 대한 분석에서 시인은 시를 통해 자신이 "이 땅 위에 시적으로 거주한다."[30]라는 것을, 자신의 현존재를 증명한다고 말했다. 이때 시는 언어가 가능하게 하는 것, 모든 명명의 장 속에서 진리를 보여 주는 사명을 떠맡는다. 그러나 진리란 알기를 원하는 것이 될 수 없고 또는 보기를 기대하는 장소에 결코 존재하지 않음으로써 결국 대체되는 것[31]이다. 시는 이 언어가 무너지는 장소다. 시는 진리가 아니라, 어쩔 수 없는 고독과 말할 수 없음에 대해 말한다. 말은 중단되고 대화는 절망적으로 불가능해지는 근원이자 미래만이 여기에 남는다. 쓰인 '나'는 이 모든 것이 죽음과 시간 또는 망각과 맺고 있는 관계를 알지 못한다. '나'가 만들 수 있는 모든 것은 쓰기의 행위가 절망적으로 순수한 상실 속에서 이러한 것들에 대면한다는 것[32]이다.

이 글을 쓰고 있는 '나'는 그것에 대해 정확히 쓸 수 없다. 그것은 말 밖의 장소이며, '나'는 언어의 바깥에 있을 수 없기 때문이다. 다만 그것과는 무관해 보이는 언어들 속에서 그것에 대한 암시를 얻는다. "교차하였습니다. 그곳에서 침묵을 이루는 두 개의 입술처럼. 곧 벌어질 시간의 아가리처럼"(「포옹」,『타인』). 연인들의 포옹은 자기의 죽음을 판돈으로 건 내기다. 아무리 다가가도 결코 성취될 수 없는 포옹, 이 포옹의 끝에서 두 개의 입술은 말을 잃어버리고 그 순간에 연인들 사이에 있는 깊고 깊은 '시간의 아가리'가 모습을 드러낸다. 이것은 두 개의 입술이 마주친 심연이자,

---

30 마르틴 하이데거, 『횔덜린 시의 해명』, 79쪽.

31 P. Lacoue-Labarthe, *Typography*, 121쪽.

32 위의 책, 137쪽.

자기를 망각한 자기가 자기와 마주치는 지점이다. 그런 점에서 김행숙 시에서의 '타인'은 타자인 동시에 자기다. 자기야말로 자기에게 가장 낯선 자이기 때문이다.

그러나 자기로 되돌아가면서, 자기는 망각되는 것이 아니라, 부재성으로 남는다. 시는 끝없이 자기 바깥으로 나가서 다시 자기에게로 되돌아오는 여행이며, 그럼으로써 삶을 심연으로 열어 놓는다. 심연과 마주치는 것은 고통이지만, 이것은 아픔을 뜻하지 않는다. 시를 쓰게 하는 고통, 시 쓰기 속으로 도입된 경험이다. 이 경험은 사실상 쓰일 수 없다. 그러므로 시인에게 남겨진 쓰기의 사명은, 기원으로 혹은 목적지로 가는 도중에 영원히 길을 잃어버리거나 혹은 언어에 포박되지 않는 것이다. "죽어 가는 사람이 죽는 순간에 남긴 무의미한 음절을 나는 기억한다. 그가 이루지 못한 것은 결국 하나의 단어인가. 죽음의 입술로부터 가능성을 이어받은 음절과 다음에 올 음절은 빛처럼 갈라져서 먼 곳으로 떠났다. 그것은 무한한 문장이 되고 우주처럼 무한한 편지가 된다."(「침대가 말한다」,『타인』) 죽어 가는 사람의 입술이 남긴 말, 혹은 침대가 하는 말, 이 말들의 틈새에 계속해서 도달하는 것, 그리하여 이 낯선 말들을 단호히 기억하는 것이다. 그리고 '나'를 그 말들의 틈새에 놓음으로써, '나'를 나의 바깥으로 밀어내는 것, 자오선을 따라 무한히 순환적인 여행을 계속해 나가는 것이다.

익명성에의 헌신과 시 쓰기의 운명

서동욱론

우연하고도 필연적인 초대

2004년 가을, 우리는 웅성거리면서 앉아 있었다. 당시 우리에게 필독서였던 『차이와 타자』의 저자이자, 가장 핫한 철학자였던 선생님의 강의 첫날이었다. 나는 그날의 인사를 아직도 잊지 못한다. 강의실에 들어서자마자 서류 가방을 열어 책을 꺼내고, 트렌치코트를 단정히 정리하신 후 꺼낸 선생님의 첫마디는 이랬다. "철학은 친구들끼리 하는 것이 아니다."

그때 우리는 모두 순간 당황했던 것 같다. 수업이 끝나자마자 그런 얘기들을 했으니까. 모름지기 대학원 강의의 첫 풍경은 "자네는 누군가?"인 법, 선생님께서 우리를 궁금해하지 않았다는 것 그리고 자신을 소개하지도 않았다는 것은 하나의 충격이었다. 이름을 궁금해하지 않는 것, 그것은 이름 뒤에 감춘 맨얼굴을 보이라는 무언의 신호였고, 우리는 서로의 사유를 긍정하는 기만에서 벗어나 날카롭게 대립할 수 있는 경험을 할 수 있었던 것 같다.

적어도 내게는 그랬다. 예의 바르게 웃으며 서로의 말을 경청하는 돈독한 토론자들의 자리에서 무엇이 나타날 수 있는가. 그리스인들이 '철학'의 개념을 '지혜를 사랑하는 자'에서 가져왔듯, 그리스적 친구들은 참을 원하고 추구한다는 것을 공리로서 공유하는 자들이며, 모두 진리를 원하고 사랑한다는 공통된 전제 위에서 대화하는 친구들이다.[1] 들뢰즈의 철학을 이해하기 위해 모였던 우리는 어쩌면 선생님의 친구가 되기를, 대화를 통해 사이좋게 진리를 이야기할 수 있기를 바랐던 것 같다. 그러나 그 첫마디는 우리를 갑작스러운 싸움의 장에 던져 놓았다. 우연히 맞닥뜨린 기호, 해석을 요구하는 인사로 인해 '자발적인' 의지로 찾아내는 것이 아니라, 어쩔 수 없이 계시되는 진리를 대면하는 장 속에 우리는 놓이게 된 것이다. 우연적이고도 필연적인 이 마주침으로부터 우리는 형상을 통해 사유하는 유대적 현자의 방식을 이해할 수 있었는지도 모른다. 그러므로 그 인사는 우리가 받은 최대의 예우였던 셈, 들뢰즈의 이론-개념에 대한 이해를 벗어나 "사물의 형상이라는 문자로 된" 진짜 우리의 책을 함께 읽을 수 있는 자격을 얻게 되었기 때문이다.

우리는 이름을 요구받지 않음으로써 '낯선 자'가 되었고, 완전한 익명으로 강의에 초대받았다. 이름을 내어 주지 않음으로써, 이 공동의 장소에 혼자 있을 수 있었다. 그것은 진리를 탐구하는 자들이 토론하는 공동체가 아니라, 절대적인 진리를 위해 철저히 혼자가 된, 그리고 혼자로서만 구성된 공동체였던 것이다. 그럼에도 불구하고 동시에 친구였던 것은 수업이 끝나던 시간의 어스름이 증명한다. 우리는 그 책을 마치 반드시 대답해야 하는 질문으로 대했으며, 친구로서 그리고 적으로서 서로를 완전히 불신하게 된 시간까지 다다르곤 했기 때문이다.[2] 첫 수업이 끝나자 완전히 어두워져 있었다. 우리는 앞으로의 발제를 분담하고 이제 막 서늘해진 밤바

1　서동욱, 「역자 서문」, G. 들뢰즈, 서동욱·이충민 옮김, 『프루스트와 기호들』(민음사, 1997), 8쪽.

2　G. 들뢰즈·F. 가타리, 이정임·윤정임 옮김, 『철학이란 무엇인가』(현대미학사, 1995), 9쪽.

람을 맞으며 연구실로 돌아왔다. '익명의 밤'이 막 시작되고 있었다.

시 쓰기, 익명의 우주에 반짝이는 문자

『익명의 밤』의 프롤로그는 쓰기에 대한 이야기로 시작한다. 쓴다는 것은 "물질성을 가진 것의 저항과 마주하는 촉각적인 것"이자, "무엇보다도 이루어지는 순간 돌이킬 수 없는 과거가 되고 마는 애무와도 같다."[3] 말하자면 쓰기란 만져지기를 거부하는 것들을 만지고, 만지는 순간 만지는 데 실패하고 마는 것일 뿐. 대체 무엇이 쓰이기를 거부하는가. 그것은 익명적인 것, 이름이 없으므로 정체성이 없고 그러므로 반드시 그 자체로 출현할 수 없는 것, 오직 언표된 것에 남아 있는 빈틈의 흔적으로서만 나타나는 것이다. (『익명』, 22~23쪽)

잘 알려져 있다시피, 서동욱은 우리 문학의 첨병에서 '비표상적 사유의 모험'을 감행했고 우리는 그를 따라 같은 모험에 끼어들었다. 동일적인 것에 종속되지 않는 '차이 자체', 나의 얼굴에 균열을 드러내는 공포스러운 타자의 현존에 그만큼 열렬히 그리고 철저하게 매진한 이는 없을 것이다. 끈기 있게 이어 온 사유의 힘에 대해 말하고자 하는 것이 아니다. 그는 언제나 '쓰는 자'였다는 것, 쓰기의 운명을 뒤집어쓴 시인이었다는 점이다.

그의 첫 시집의 제목은 『랭보가 시 쓰기를 그만둔 날』이다. 시 쓰기와 시 쓰기를 그만두는 일 사이에서 서동욱의 '쓰인 문자'들, 익명의 흔적들

---

3   서동욱, 『익명의 밤』(민음사, 2010), 7쪽(『익명』). 앞으로 인용될 서동욱의 시집과 저서는 다음과 같다. 『랭보가 시 쓰기를 그만둔 날』(문학동네, 1999)(『랭보』), 『우주전쟁 중에 첫사랑』(민음사, 2009)(『우주전쟁』).

은 새겨졌다가 사라지고 다시 나타난다. 랭보는 왜 시 쓰기를 그만두었을까, 그리고 왜 서동욱의 시 쓰기는 랭보가 그만둔 지점에서 시작하는 것일까. 랭보는 베를렌의 말을 빌려 이렇게 말한다. "인간은 감각에 의해 언어가 장전되기를 기다리는 권총에 불과한 것"(「랭보가 시 쓰기를 그만둔 날」, 『랭보』)이라고. 인간의 언어란 정신의 내용을 말들의 형식 속에서 전달하는 것이므로 인간의 안에서 출발하여 인간의 밖을 겨냥한다. 그러나 여기에서 언어는 거꾸로 밖에서 들어와 인간의 몸에 장전된다. 장전이라 했으나, 그것은 언어이므로 몸 위에 쓰이는 것이다. 그것은 인간의 언어가 아니기 때문에, 바깥의 언어는 언어의 존재로서 그리고 존재의 언어로서 침묵한다.[4] 쓴다는 것은 이 언어의 존재를 그대로 드러낸다는 것, 인간의 언어에 구속된 사물들의 본질을 드러내는 것이다.

그러나 침묵하는 언어는 언어가 아니지 않은가. 그러므로 인간은 "금박 무늬"처럼 형상으로 남은 바깥의 언어들을 만지작거릴 수 있을 뿐이다. 시 쓰기란 내 몸 위에 기록되어 있는 형상들의 책을 '인간의 언어'로 다시 기록하는 것, 그러므로 완전히 불가능한 일에 가깝다. 알파벳을 모두 색으로 바꾼다고 하여도, "온갖 감각에 다 다다를 수 있는 시 언어"는 존재하지 않는다. 색깔로 바뀌는 순간 언어는 사라지기 때문이다. 바깥의 모든 감각은 언어로 쓰일 수 없으나, 시인은 언어가 아니고서는 그것을 잡아낼 수 없다. 장전된 언어들은 무엇을 기다리겠는가. 발사의 순간을 기다리고, 발사되는 순간 그것은 필연적인 죽음을 초래한다. 그것은 인간의 언어를 소멸시키기 때문이며, 언어를 잃은 인간이란 '없기' 때문이다. "말은 곧 총이었다. 오염된 언어인 줄도 모르고 서로의 귀에 속삭이던 이들, 서로를 죽이고 말았구나!"(「랭보가 시 쓰기를 그만둔 날」, 『랭보』) 바깥의 언어가 쓰이는 순간, 쓰는 나는 완전히 사라지고 만다. "그리하여 나는 오늘 나의 본

---

4 모리스 블랑쇼, 이달승 옮김, 『문학의 공간』(그린비, 2010), 44쪽.

능적인 감각을 장사(葬事) 지내며 문자를 금박 무늬처럼 종이 위에 박아 넣기를 결정적으로 포기한다."(「랭보가 시 쓰기를 그만둔 날」, 『랭보』)

그러니 랭보는 모순된 지점에 서 있다. 감각을 완전히 매개하는 언어에 대한 열망과 이 언어를 얻는 순간 확정되는 자신의 죽음이 마주치는 지점 말이다. 그러나 이 지점은 동시에 하나의 확실한 지점, 글쓰기가 짊어진 근원에 대한 욕망을 가리킨다. 이 시의 마지막에 쓰인 "단 한 번만이라도 근원을 꿰뚫어 볼 수 없을까? 단 한 사람에게라도 오염되지 않은 감각을 전해 줄 수 없을까? 어떤 방법으로?"라는 랭보의 고뇌는 그의 시 쓰기가 기원한 근원적인 지점을 가리킨다. 인간의 언어로서는 결코 이루어질 수 없는 지점, 그것은 견딜 수 없는 매혹이지만 동시에 공포스러운 것이다. 결코 도달할 수 없지만 도달해야만 하는 유일한 가치를 가진 진리가, 쓰는 자를 삶의 바깥으로 몰아낸다. 블랑쇼는 랭보가 "시적 결단의 책임을 피하여 사막까지 나아갔다."라고 말한다.[5] 이 사막이 랭보가 도달한 어떤 근원이었다. 여기에는 무엇이 있는가? 삶의 바깥으로 완전히 내몰릴 때, 쓰는 자는 역설적으로 완전한 고독, 충만한 근원에 도달한다.

그러므로, 그럼에도 불구하고, 랭보가 그만둔 순간에 출발하는 서동욱의 시 쓰기는 이 운명을 전면적으로 수긍한다. "글을 쓴다는 것/ 오지 않는 것을 기다리는 것이라 생각했다/ 그러나 그것은/ 어떤 기대 없이,/ 하도록 돼 있는 일을 하는 것이다."(「스피노자」, 《철학과 현실》, 2011. 봄) 글을 쓴다는 것은 나의 바깥의 사물들이 인간의 언어로부터 벗어나, 자기의 본래 존재로 되돌아가게 하는 일이다. 나의 글에 오지 않는 것은 아마 결코 오지 않을 것이다. 오지 않는 방식으로만 오는 것, 그 부재의 '금박 무늬처럼 종이 위에 남아 있는 문자'를 쓰다듬는 애무의 손길 위에서 서동욱의 시 쓰기는 탄생한다. 그의 시 쓰기는 먼저 이름을 지우고 기억을 지워, 표

5 위의 책, 61쪽.

면의 껍데기를 뚫고 쓰기를 강제하는 어떤 '기호'들을 찾아가는 일. 그 기호의 자리에서 결국은 '나'의 죽음에 마주치게 되는 일이다.

　　도대체 몸 안에 뭐가 있길래 가렵지?
　　현상 밑엔 반드시 그 뿌리가 있는 법이지
　　한번 찾아내 보자
　　손톱을 세워 긁기 시작하니
　　처음엔 피부가 벗겨지고 다음엔 뻘건
　　살이, 그리고 근육과 혈관들이
　　터져 나가고 마침내
　　손톱 밑에선 하얀 뼈가 사각
　　사각 긁히고 있었다 야
　　뼈도 가려워하고 있었구나[6]

　아니, 거꾸로인 것 같다. 기호를 찾아가는 것이 아니라, 그 기호가 나로 하여금 나의 죽음의 자리로 이끈다. 피부에서, 살로, 그리고 근육과 혈관을 다 벗겨 내고 나서야 나는 가려움의 원인을 찾아낸다. 가려움은 등으로, 뒤통수로, 옆구리로, 겨드랑이로 옮겨 가는 것, 그것의 진짜 자리를 결코 알 수 없는 것이다. 가려움은 아무리 내가 그것을 붙잡으려 해도 결코 포착할 수 없고, 장소를 바꿔 가며 끝없이 반복된다. 나의 가려움은 실상 나의 가려움이 아니라, 뼈의 가려움이다. 나의 몸 안에 있으나, 절대적으로 나에게 외재적인 사물인 뼈는 가려움으로써 자신의 존재를 드러낸다. 가려움의 감각은 나의 것이 아니라 뼈의 것이다. 뼈는 가려움이라는 방식으로 말하며, 나는 이 가려움을 따라가면서 뼈에게 도달한다. 이 지점

___

6　「가려움증에 대해서 — X 혹은 신체적 형벌 1」, 『랭보』.

에서 내 몸의 주인은 뼈가 되며, 나는 죽는다. 그러나 이 죽음은 한번 성립하면 끝나는 일회적인 사건이 아니다. 가려울 때마다 나는 죽는다. 장소를 옮겨 다니는 가려움을 따라 매번 다른 장소에서 죽는다. 그러니 이 가려움은 명백히 시 쓰기에 대한 유비다.

『랭보가 시 쓰기를 그만둔 날』에서 신체적 형벌이 반복되는 것은 이 쓰기가 끊임없이 반복된다는 것을 보여 준다. 끊임없는 중얼거림, "일단 기억이 녹아내리고/ 문법을 지킬 수가 없다/ 다음으로 단어의 분절이 사라져/ 사물을 지배할 수 없"(「알코올 중독」, 『우주전쟁』)는 이 뭉개진 말들로서 시 쓰기는 반복적으로 나의 가장 바깥에, 인간이 결코 만나지 못한 모든 지평선의 아득한 끝인 우주에 도달한다. 익명적인 것들만이 반짝이는 곳, 존재의 언어들이 반짝이고 소멸하는 이 절대적인 외재성의 영역에 도달한다.

언어 없이, 언어와 어떻게 소통할 수 있는가. 아니, 바깥의 것들은 어떻게 시 쓰기 속에 그 흔적을 남겨 놓는가. 서동욱의 시에서 이 익명적인 것들, 바깥의 존재들은 '문자'로 쓰기 속에 남겨진다. 두 번째 시집 『우주전쟁 중의 첫사랑』의 자서에서 그는 "임종의 순간같이 얼어붙은 우주" 속에서 "문자들을 눌러 빛나게 해 본다."라고 썼다. 이 다급한 활자공의 손에서 근원의 문자는 빛을 발하고 온 우주가 환해진다. "네 문자가 오면/ 이 낡은 전화기도/ 손안에서 한순간/ 환해지는 램프"(「생은 문자 저편에」, 『우주전쟁』)처럼 말이다. 그의 시가 자신의 죽음 속에서 밝혀내는 '문자'는 알려질 수 없는, 그리고 말해지지 않는 모든 익명적인 것들이 남긴 기호다. 서동욱의 시에서 '문자'는 애인에게서 도래하는 것이자, 현전할 수 없는 애인과 관계할 수 있는 유일한 '말'이다. 애인의 현전을 대리하는 흔적들, 우리는 내 손에 남겨진 문자를 통해서만 여기에 그가 없다는 것을 확인한다. 그리고 그 '문자'를 더듬어 밝히는 것만이 남겨진 유일한 사랑의 형식이다.

서동욱이 '문자'의 시인이자 부재하는 근원의 흔적에 천착하는 시인이라는 점은『우주전쟁 중의 첫사랑』이 문자로 대리되는 사랑, 그것만이 유일하게 구원적인 사랑이라고 쓰고 있다는 점에서 증명된다. 서동욱의 시 쓰기는 인간의 언어로서는 아무것도 할 수 없는 지점에 접근하고, 그것이 '우주에서의 사랑', 즉 모든 익명적인 것들에 대한 사랑이다. 사랑은 왜 우주에서 이루어지는가. 그것은 인간이 상상할 수 있는 가장 바깥의 물리적 시공간이기 때문이다. 나의 바깥과의 소통은 내가 바깥으로 나갈 때 이루어진다. 이 문자들을 만지작거리며, "내가 아닌 삶이/ 구멍 속에서 천천히 기어 나와" 애인에게 손을 내밀 때, 우리는 "한 시간마다 해가 지는 지평선" 위로 "기꺼이 추락하며 아름다운 구름 기둥을 만"(「나의 미용사」,『우주전쟁』)드는 우주선들이 그려 내는 아름다운 우주의 풍경을 함께 만난다. 애인과 나는 이름의 지구 바깥으로 나아가 그 지평선 끝에서 죽음과 함께 반짝인다.

째깍거리고 —
째깍거리고 —
젊은 인간이 애통해 울고, 이 슬픔을 기억해야지, 수없이 되뇌지만 기쁨도 슬픔도 사라지고 곧 울음의 기억도 잊어버려, 그를 울게 만든 사람과 지금 방금 옷깃이 스친 줄도 모르고 무심히 지나쳐 길을 건넌다 그 보행자가 길을 또 건너고 건너고 또 여러 번 울다가 점점 종이 위에 그린 멈춘 시계 같은 얼굴이 되어 그의 째깍거리는 소리가 마침내 길 위에서 사라질 때까지,
그러고 나서 또

언젠가 멈출 시계 같은
다른 보행자들의 슬픔을 반짝이는 초침으로 밀고 가며 계속
우주는 째깍거리고

우주는 째깍거리고
시계들은 애통해 울고
별들은 톱니를 맞춘다[7]

　이 시집에서 가장 아름다운 시 중 하나인 「우주는 째깍거리고 별들은 톱니를 맞춘다」는 그렇게 만들어지는 우주의 풍경을 드러낸다. 온 우주는 "째깍거리"는 소리로 가득 찬다. 슬픔도, 기쁨도, 울음도 모든 것을 망각함으로써 "젊은 인간"은 이 우주 속에 놓이고, 종국에는 "종이 위에 그린 멈춘 시계 같은 얼굴"로 남아 째깍거리는 소리마저 사라진다. 그렇다면 시계의 초침 소리는 종이 위에서 빠져나와 우주로 흩어지고, "저무는 하늘 풍경 주위로 반짝거리며 나타나 회전하는 수억 개의 톱니바퀴"인 '문자'로 우주는 움직인다. 이 우주는 나에게서 소멸한 초침의 소리가 완전하고도 어두운 공간에 펼쳐지는 곳, 그럼으로써 광대한 질서를 구성하는 필연적 계기가 되는 곳이다. 종이 위의 모든 보행자들은 그 자신의 초침 소리를 상실하고, 상실하면서 지금 여기에서 죽고 바깥의 필연적 인과율로 반짝인다. 이 어둡고 아름다운 우주는 나의 언어가 사라진 지점에 혹은 나의 죽음 위에서만 출현하는 '두 번째 밤'(블랑쇼)이 아닌가. 초침이 째깍거리는 순간에만 "별들은 톱니를 맞"추고 이 소리들 속에서만 나의 언어에서 사라졌던 별들은 환하게 빛나며 우주를 탄생시킨다. 이 우주야말로 충만한 사랑의 공간, 우연적인 것들이 법칙이 되는 세계, 시 쓰기가 지향하는 근원의 지점이다. 그리고 유일한 구원의 지점이다. "가지 않을 거지? 잠결에도 그녀는 팔을 붙잡는다. 겨드랑이가 너무 따뜻했고, 나는 가지 않을 거였다."(「우주전쟁 중에 첫사랑」, 『우주전쟁』)

7　「우주는 째깍거리고 별들은 톱니를 맞춘다」, 「우주전쟁」.

비동일적 연대기, 종착점에 대한 기록

아마도 나는 글을 잘못 쓴 것 같다. 문학적 연대기란 한 시인의 생애를 관통하는 어떤 동일성을 부여하는 일, 정체성의 표지인 이름을 들려주는 일이 아닌가. 그러나 이토록 익명적인 것에 헌신하는 시인에게 이름을 요구하는 것은 더할 수 없는 결례인 것 같다. 익명으로 초대받은 나는 그에게 익명을 되돌려 주고, 사물의 형상이라는 문자로 된 책을 읽는다. 나는 다만 "늙은 혈관으로 방울방울 떨어지던 링거 줄 따라가면/ 그 먼 끝에 서 있는 저자의 비밀 도서관"(「사라진 길 ─ 책에 대해서」, 『랭보』)에 들어가 보고 싶었을 뿐이다. 그리하여 그의 시가 덮어쓰고 있는 이 '형상'들이 부재하는 자리를 더듬어 도달하는 우연한 종착점, "그토록 많은 서책 속의 길과/ 서책 밖의 길들 뒤에 도달한 자기 자신" 속에서, 이름 없는 우주 속에서 오롯하게 혼자인 채로 만나기를 바란다. 내가 그러하듯이, 독자들도 그러하기를.

시 쓰기의 기원, 텅 빈 중심으로의 귀환
김언, 『모두가 움직인다』(문학과지성사, 2013)

김언의 시가 일종의 자의식, '시'를 '쓰는' '시인'이라는 자의식에서 출발하고 있다는 것은 장황한 설명을 요하는 일은 아니다. 무엇보다 『소설을 쓰자』(민음사, 2009)라는 전작의 제목이 이를 증거하고 있으니까 말이다. 『소설을 쓰자』에서 이 자의식은 시 쓰기에 덧씌워진 온갖 관습들로부터 결별하고자 시 쓰기 자체를 파괴해 버리는 시도로 나타났다. 그러나 소설도 시도 아닌 문장들이 여전히 시였던 것처럼, 김언에게 '쓰기' 자체는 중요한 문제가 아니었던 것 같다. 무엇보다 그것이 '시인'이 '쓰는' 일이라면. 그렇다면 문제는 '시'이고, 시란 쓰이는 것이 아니라 물어지는 것이다. 김언의 새 시집은 그러니 시가 '되'는 지점에 대한 일종의 시론이자 작시법이다.

시는 어디에서 탄생하는가? 19세기가 믿었듯, 그리고 지금도 여전히 암묵적으로 믿어지듯 고독한 마음의 움직임에서 솟아나오는 비밀스러운 언어들로부터인가? 비의적 언어들로 짜인 무늬는 자기의 원천을 가리키고 소멸하며 아름다운 풍경을 그려 낸다. 그렇다면 소멸하지 않고 여전히 종이 위에 모여 웅성거리는 이 언어들은 어디에서 오는가. 시가 되지 않고 시가 되는 언어들, 시가 되지 않는 방식으로서만 시가 되는 언어들 역시 어떤 고독한 마음에서 탄생하는 것 같다. 마음이라 했지만, 사실은 장소에 가깝다. 시인의 내면에 있는 것도 아닌, 애초에 주관성의 영역도 아닌 곳. 어떤 말이 일어날 수도 있고, 일어나지 않을 수도 있고 일어났을 수도 있고 일어나지 않았을 수도 있는 곳, 김언 식으로 말하자면 "방을 뺀 뒤에도 남아 있는 방"(「용서」)이자, "차곡차곡 채워져서 폭탄에 이른" "시간"(「빅뱅」)이다. 말들은 이 장소로 모여들고, 모여들어 폭발하되 그것은 전적으로 쓰고 있는 시인과는 무관하다.

쓰는 시인과 쓰인 말들의 무관함은 가령 이렇다. "나는 식사하는 문장을 쓴다. 식탁 위에서/ 다른 사람의 입속에서// 열심히 다른 말을 찾아간다."(「나는 식사하는 문장을 쓴다」) 식사하는 문장을 일단 써 놓고, 이어질 다른 말을 찾아보지만 이는 불가능하다. 그것은 이 문장을 쓴 '나'는 말을 시작함과 동시에 자신의 말에 대한 권위를 상실하기 때문이기도 하지만, 한번 나온 말들은 바로 그 지점에서 독자적으로 행동하기 시작하기 때문이다. "배운 대로 행하는 문장들이 먹은 대로 토하는/ 문장을 쓰고 있다. 하늘이 아니면 바닷가에서/ 사막이 아니면 어느 숲에서 낱말은 기어이 행동이 되려 한다." 말들은 스스로 다음 말을 내뱉고, 나는 다만 말들이 뱉은 말들에 끌려다닐 뿐이다. 말들은 일종의 운동성을 얻어 계속해서 뻗어 나간다. "더 많은 발과 발자국을 품고서/ 말 없는 동사는 마침내 발이 되고 있다/ 저 혼자 가는 문장은 기어이 행동이 되고 있다"(「말 없는 발」).

이 시집의 많은 말들은 계속해서 어긋나는 대화(「겨우 두 사람이 있는 대화」)처럼 진행되지만, 어쨌든 연속된다. 그 말들 사이에 아무런 관계도 없고, 모든 말들은 오직 "그다음"으로 향한다. 이 말들은 "그다음의 모든 장면을 앞으로/ 앞으로 밀어낸다면/ 처음의 끝/ 그 모서리의 운동이 인간과 식물의 탄생이라면/ 식물보다 오래 참아 온 바위와 이끼의 선언이라면"(「반드시 시가 되어 있다」) 이런 식으로 계속해서 진화의 과정을 거슬러 올라가 태초의 한 순간으로 응축되어 "말을 하기 전에"의 지점에 도달한다. 그 자리에서만 말들은 시가 된다.

그렇다면, 시인에게 남아 있는 일은 "저 두 문장 사이에서 오도 가도 못하는 발걸음이 보인다면/ 남는 것은 빼는 일. 무엇을? 인간과 문장 사이에 있던 그 많은 말들을 빼는 일. 시를 빼는 일."(「용서」) 이 시집에서 글쓰기는 어긋나고, 각각의 단어들이 가리키는 방향이 수없이 어긋나면서 동시에 이 언어들은 단 하나의 방향으로 수렴된다. 비어 있는 중심이자, 자신들이 소멸하면서 탄생한 그 텅 빈 지점들로. 넘쳐 나는 말들 속에서 끊임없이 빼 버리는 일은, 모든 것을 빼 버리고도 남겨지는 어떤 말들의 에너지를 만들어 낸다. "허겁지겁 그 말을 먹어 치우고 있다. 뺀 뒤에도 남아 있는."(「용서」) 이 운동을 통어하는 주체는 이미 사라진 채, 말들이 끝없이 운동하는 에너지의 원천으로서만 여기에 존재하는 것이다.

그러니 이 시집에서 말들은 온전히 스스로의 힘과 방향으로 시의 자리에 선다. 시인은 다만 그 장소에 서서 말들이 들어오기를 기다릴 뿐. "나는 공허한 문장 가운데 있다. 어떻게 써도 시가 되지 않는 문장 한가운데 내가 유일하게 시라고 생각하는 단어가 들어왔다."(「공허한 문장 가운데 있다」) 시를 쓰는 시인은 이 모든 문장들 사이에, 말들 사이에 놓여 있는 장소 자체다. 생성된 말들과 무관하지만 바로 그 때문에 시의 원천이 된다. 웅성거리는 언어들이, 자기의 원천을 그려 내지 않는 언어들이 비어 있는 지점으로서의 자기의 원천을 드러낸다. 그 자리는 비주관적이지만 여전히 고독한 마음이다. 언어들은 고독한 마음이 만들어 낸 동심원을 따라 이 장소로 돌아온다. 시는 여전히 고독한 마음에서 탄생한다. 19세기를 뒤집은 방식으로.

1부

새로운
코기토

'바깥'과의 조우, 위험하고 사랑스러운
몰락하는 얼굴들의 존재 형식

> 어제, 더없이 고요한 시간에 내게 땅이 꺼지더니 꿈이 시작
> 된 것이다.[1]

최후의 낮, 경계가 희미해지는 시간

이후에 기억하기에, 2000년대 시의 얼굴은 이런 형상일지도 모른다. "얼굴이 달라붙을 때의 코는 한없이 옆으로 퍼져 있었다. 귀는 늘어져 늘어져서 이어지는 꿈과 같았다."(「얼굴의 몰락」, 『이별』)[2] 녹아내리고, 흘러내려서 더 이상 그 높이가 회복되지 않는 얼굴. 사라지고 투명해져서, 결국에는 어떠한 이름도 가지지 못하고 사라지는 주체들은 이런 얼굴을 하고 있다. 여기에 또 하나의 얼굴이 놓인다. "그녀의 얼굴은 싸움터"(「그녀의 얼굴은 싸움터이다」, 『트랙』). 이 얼굴들은 서로를 향해 끝없이 침을 뱉는, "쓰러뜨림이 목적인 것처럼" 피 터지게 싸우는 자들의 싸움터. 이 싸

---

1   프리드리히 니체, 정동호 옮김, 『차라투스트라는 이렇게 말했다』(책세상, 2000), 248쪽.

2   이 글에서 주로 다루는 대상은 다음과 같다. 김행숙, 『사춘기』(문학과지성사, 2003)(「사춘기」); 김행숙, 『이별의 능력』(문학과지성사, 2007)(「이별」); 이근화(『칸트의 동물원』(민음사, 2006)(「칸트」); 이근화, 『우리들의 진화』(문학과지성사, 2009)(「진화」); 김지녀(『시소의 감정』(민음사, 2009)(「시소」); 황병승, 『트랙과 들판의 별』(문학과지성사, 2007)(「트랙」); 황병승, 『여장남자 시코쿠』(랜덤하우스코리아, 2005)(「시코쿠」).

움에서 이기는 자는 아무도 없다. 그러니, 이런 얼굴을 한 주체는 파괴적으로 몰락한다.

몰락하는 얼굴들은 그 자체로 무정형이기 때문에 "개찰구"나 "기둥"(「한 사람 2」,『이별』)이 되는 변신술을 특기로 하고, 싸움터로서의 얼굴들의 내부에는 무수히 많은 존재들이, "마리오 속의 미란다가 미란다 속의 마리오가 마리오 속의 쟝이 쟝 속의 치타 씨가"(「소녀 미란다 좌절 공작기」,『시코쿠』) 서로 투쟁하며 혼재한다. 그러나 어쨌든 이 둘의 양상의 차이가 본질적인 차이를 대변하는 것은 아니다. 그들은 모두 단 하나의 '이름'으로 존재할 수 없는, 얼굴 없는 존재들이기 때문이다.

얼굴 없는 존재가 '존재'할 수 있는가? 얼굴은 자신의 정체성의 표지이며, 정체성이란 결국 '나와 다른 모든 것과 다름'으로 결정된다. 존재계사 '이다'에 걸려 있는 존재는, "나는 다른 모든 것과 다른 어떤 무엇이다."라고 말함으로써 존재한다. 여기에는 '나'와는 '다른 또 하나', '다른 모든 무엇'에 대한 인식이라는 세 가지 차원의 인식론적 층위가 개입된다. 그리고, 이 나와는 차이 나는 '다른 무엇'들과의 분리를 통해서, 그리고 나의 사유의 힘으로 '다른 무엇'을 인식할 수 있다는 가능성을 통해서 '나'라는 주체는 비로소 '존재'할 수 있다. 이런 차원에서라면 얼굴 없는 주체들은 '존재하지 않는다'라고 해야 마땅할 것이다. 그러므로 이들은 오래전 한 그리스 철학자가 '존재하지 않는 가상(假象)'으로 밀어내었던 시뮬라크르들, 즉 타자의 존재 형식을 따른다. 말하자면, 이들은 주체이면서 타자이고, 타자이면서 주체인 미정형의 경계에 놓여 있는 '무엇'이다.

이 자기 분열적인 조건을 적극적으로 과시한 것이 '미래파'라 언명된 일군의 시인들이었다. 그들은 온갖 것들의 잡탕으로서의 몸/언어를 드러내었고, 내가 타자인지 타자가 나인지 알 수 없어지는 혼종의 상태를 전면화했다. 그리고 이 혼종과 싸움의 상태를 세계로 확대한다. 그들의 파괴적인 언어들 속에 깃든 기묘한 슬픔은 자기 파괴로 귀결된 우울증자의 그것으로 이해된다. 그리고 이 비애의 감각은 단순한 한 사태가 아니라 주체의 근본 조건에 대한 감각이다.[3]

파괴는 성취되었다. '미래파'의 언어들은 이 혼종된 주체로서의 근본 조건을 전면화함으로써, 세계를 파괴했다. 그러나, 그다음에 남는 것은 무엇인가? 우리는 이런 질문을 던져야 할 것이다. 이 파괴적인 사랑의 방식들, 나와 나 밖의 모든 것, 그리고 다시 나로 이어지는 이 무한대의 파괴의 결과 남는 것은 무엇인가? 이 폐허로 변한 세계를 우리는 어떻게 견뎌야만 하는가? 이 폐허에서 살아남은 희미한 주체의 잔해들이 여기에 있다. 우리는 이 잔해로서의 주체들의 '형식'에 대해 이야기할 것이다.

어제, 가장 정적한 시간에, 한 목소리가 들렸다. 차라투스트라는 대답했다. "아, 이것은 나의 말인가? 나는 누구인가?" 밖에서 들려온 한 목소리가, '내가 누구인가'에 대한 질문을 촉발한다. 그리고, 나는 내가 아닌 어떤 것, 다만 그림자라고 부를 수밖에 없는 것과 마주친다. 지금, 우리 시들은 이 시간에 있는 것 같다. 나와 그림자가 가장 가까이 다가간 시간, 우리 사이에 경계가 희미해지는 이 최후의 낮에.

나는 나의 바깥에서만 내가 되네

나는 (나인듯)
어느 맑게 개인 날에
시금치를 삶고
북어를 찢는다

---

3   2000년대 시의 정서가 멜랑콜리에 기반하고 있음은 박슬기, 「병적인 웃음, 미친 시들의 멜랑콜리」(《시와 반시》, 2009. 가을)를 참고. 이 글은 여기에 이어진다.

골목마다 장미가 피어나고
오후에는 차를 마신다
어느 맑은 날에는,

낮잠을 자고
어김없이 목욕을 하고
나는 또 (나인 듯이)
외출을 한다

나는 (나에게 다 이른 것처럼)
클랙슨을 울리고
(정말 나인 것처럼)
상스럽게 중얼거린다

국부적으로 내리는 비,
어느 날엔가 나는
머리카락을 매만지고
빗방울은 말없이 떨어진다

나는 (내가 아닌 것처럼)
손등을 어깨를 훔쳐 본다
나는 (나에게 이르러)
늦은 저녁 식사를 하고,

내가 갈 수 없는 곳들의 지명을
단숨에 불러 본다

내가 나에게 이른 것처럼
마치 그런 것처럼[4]

　이 시는 소품에 해당하지만, 이근화의 시가 품고 있는 기묘한 혼란이 정제되어 나타나 있다. 평범하고 낭만적인 세계에 혼란을 일으키는, 아주 작은 의문들. 이 의문이 커지고 커져서 결국 세계를 이상하고 낯선 곳으로 변화시키는 것이 이근화 시의 특징이다. 이 시에서 (　)를 빼고 읽으면 낮잠을 자고, 차를 마시며 목욕을 하고 외출하는 '나'의 평범한 일상처럼 보인다. 그러나 (　)는 끊임없이 이를 의심하고 배반한다. '나는 외출한다'라는 평범한 진술이 "나인 듯이/ 외출을 한다"라는 진술로 바뀔 때 나의 존재 증명은 내적 동일성에 근거하지 못하고, 내가 아닌 누군가와의 관계 속에 위태롭게 놓인다. 이 "나인 듯"한 나는 누구인지 알 수 없으나, 나의 일상이 평화롭고 산뜻할 수 있으려면 이 (　) 속의 존재는 지워 버려야만 할 것이다.
　이 '가짜' 나는 내가 '진짜' 나로서 남기 위해서는 은폐해야만 하는 나의 바깥, 즉 타자다. 그러나 진짜 나는 있을 수 없다. 진짜 나처럼 행동하는 어떤 무엇이 없다면, 내가 '진짜'라고 누가 말해 줄 수 있겠는가. 그러니 이 타자와의 관계는 매우 역설적이다. 주체의 동일성을 위해서는 은폐해야만 하지만, 이 타자를 통해서만 주체는 구성될 수 있기 때문이다. 나에 관한 진리가 내 바깥, 타자에 존재하는 한에서만 나는 나 자신을 의식한다. 이때 나는 나의 밖에 나의 근원을 두고 있는 주체, 외존(外存)하는 주체다. 그러니 복화술적으로 울리는 (　) 속의 목소리는 나를 움직이고 행위하게 한다. 마치 "누군가 자꾸 날 그렸다/ ……/ 내 얼굴이 가로수처럼 늘어났다"(「마른 사람」, 『진화』)처럼, 나 밖의 (　)의 목소리가 나를 규율하고 정하는 것이다.

4　「지붕 위의 식사」, 『칸트』. (　) 표시는 인용자.

그러나 내가 나의 밖에서만 존재할 수 있다는 주체의 성립 조건이 필연적으로 자기 파괴로 귀결되는 것은 아니다. 내가 그러한 것처럼 타자 역시 나에 의존해서만 성립할 수 있기 때문이다. "정말 나인 것처럼"이라고 고백할 때, 이 두 '나'는 가장 근접한 자리에서 만난다. 나 바깥의 나를 '정말' 나로서 승인하는 지점, 이 자리에서 (　) 속의 나와 (　)의 밖의 나는 자리를 바꾼다. 그렇다고 해서 '진짜'가 누구인가는 밝혀지지 않는다. 서로의 자리를 바꾸었지만 둘 다 행위의 주인이 될 수는 없다. 여기에 남는 것은 다만 나와 타자가 공유하고 있는 유일한 것, 누구도 스스로의 주인이 될 수 없다는 사실이다. 우리는 서로에게 타자라는 이 불완전한 존재 형식을 승인할 때 나는 소멸하지도 파괴되지도 않는다.

　　타자와 나는 서로가 진짜가 아닌 상태로 만난다. 여기에서 견고한 주체는 사라지고, 안과 밖의 자리바꿈 속에 흔들리는 경계만이 노출된다. "창문을 닫고 누워 처음으로 지붕이 흘려보내는 말을 들었을 때 나는 캄캄한 밤을 떠다니는 한 마리 물고기에 불과했다 몸에 붙어 있는 비늘을 하나씩 떼어 내고 조금씩 위로 올라가 지붕에 가닿을 듯 그러나 가닿지 못하고 지붕 위에서 소리들은 모두 꼬리지느러미를 흔들며 사라졌다 빗소리가 해를 옮기는 동안, 내 귀는 젖어 척척 접히고 나는 자꾸만 아래로 가라앉아 갔다 천천히 단단해지며 돌멩이가 또 한 겹, 소리의 테를 둘렀던 것이다"(「이석(耳石)」, 『시소』)라는 고백을 보자. 세상의 모든 소리, 사물들의 부름은 내 귀로 들어온다. 그러나 소리는 흘러서 내 귀로 들어오는 것일 뿐, 내가 이 외부의 소리를 내면화할 수는 없다. 그러니 이 소리에 도달하기 위해 나는 소리를 온몸으로 감각하는 "물고기"로 변환되지만, 내가 사라지는 것처럼 소리들도 사라진다. 바깥의 소리들은 나를 스쳐 지나가며 내 몸에 자신의 기억을 새겨 놓고, 나는 다만 "소리가 새겨 놓은 무늬에 대한 기억", 흔적으로서 남는다. 나와 타자는 서로에게 스쳐 지나간 흔적으로 남겨진다. 서로가 서로에게 타자인 존재들이 취할 수 있는 유일한 형식은, 자신의 바깥에 새겨지는 것일 뿐이기 때문이다.

불행한 행복의 순간, 우리는 서로의 흔적으로 함께 있지

생각하는 어둠 속에 저 나무는 서 있다
내가 저 나무를 불러 봐도
저 나무는 오래고
생각하는 어둠 속에서
저 나무는 명백히 죄가 없네

나는 그것을 어떤 가벼움이라고 말해야지
어둠을 깨는 어둠, 차차 나아지는 어둠
나는 멀리 돌아온 나무에 기대어
달리고 싶다 끝까지 버티고 싶다
이곳에서는 잠시 서 있어도 좋겠네
줄기와 잎과 가시와 꽃과,
저 나무 우두커니
저 나무도 조금 기울어지고 싶어서
시치미를 떼고
좀 더 흔들리고 싶어서

저 나무는 나의 죄를 묻네
줄기와 잎과 가시와 꽃과,
어둠 속에 나는 서 있지만
나의 자세는 아주 명백하지

저 나무와 나는

생각하는 어둠 속에 서 있네

길고 가는 손을 뻗어

우리는 한 어둠과 만나지만

저 나무와 나는, 어두운

당신과 다른 나무에게로

이 길은 어떤 자세도 받아들이네[5]

이 시는 코기토적 사유의 전면적인 해제에서 출발한다. "생각하는 어둠"이란 주체가 결국은 마주치게 된 사유의 어둠, 사유의 불가능성을 가리킨다. 이 어둠 속에 "저 나무"가 서 있다. 타자는 이렇게 어둠 속의 '나무'로서 나에게 현전한다. 나는 그를 인식할 수 없으므로, 타자는 나에게 '모르는 것'으로서 나타난다. 그러나 본래 타자는 알 수 없는 것이다. 우리의 인식 밖에 존재하는 것이기 때문이다. '모른다'는 사실을 '찾을 수 없다'로, 그리하여 만날 수 없다고 받아들일 때 여기에 도달할 수 없는 자의 격정적인 분노와 슬픔이 나타난다. 가령, 아무리 공원 속을 헤매도, 나는 너에게 도달할 수 없다. "어째서 나를 개념이라고 부르는 네가 누구인지 너에게 개념이라고 불리는 내가 누구인지 또 우리가 무엇인지 너의 말처럼 영원히 모를 수도 어쩌면 조금 알게 될 수도 있을 거다 모르는 거니까" (「트랙과 들판의 별」, 『트랙』) 모른다는 사태가 우리 사이에 분리를 야기한다면, 인식이라는 토대 자체를 파괴시킴으로써 이 분리를 해소하려는 길이 여기에 있다.

그러나, 이 시인은 사유의 어둠을 "어떤 가벼움"이라고 말하면서 가볍게 인정한다. 이 어둠은 "차차 나아"질 것이다. 내가 이 어둠을 인정하고,

5 「나를 생각하는 어둠」, 『칸트』.

받아들이는 순간 우리는 가장 명백해진다. 사유의 빛이 아니라 어둠의 빛으로, 우리는 존재하지 않는 것들의 그림자들로서 밝게 빛난다. 사유의 어둠 속에서 "저 나무와 나는, 어두운/ 당신과 다른 나무에게로" 모든 것이 될 수 있고, 모든 것으로 향한다. 우리가 서로에게 타자라는 것, 우리는 서로의 바깥에서 존재한다는 점을 승인하고서야 "어떤 자세도 받아들"일 수 있는 무한한 소통의 공간이 열린다.

당신과 나는 명확히 분리되어 있으며, 우리는 서로에게 귀속될 수 없는 존재다. "우리가 가족이라고 해서 감정을 통일시킬 필요는 없겠지"만, 통일시키지 않아도 우리는 서로에게 가족이 될 수도 있다. 이 가족이라는 연대성 혹은 유대는 너무나 미약한 것이어서 "자세히 안 보면 안 보이지만", 내가 당신의 가족이 되는 순간 폐허로서의 세계는 "피로도 황금으로도 바꿀 수 있"(「내가 당신의 가족이 되어 드리겠습니다」, 『진화』)는 변화무쌍한 세계로 바뀌지 않겠는가. 혹은 이런 것.

> 롱고롱고, 이것은 새와 물고기의 인사법
> 나뭇가지가 푸른 잎을 흔들어 멀리 새를 부르고 바람을 일으키면
> 부드럽게 헤엄쳐 오는 새털구름
> (……)
> 하늘과 바다가 만나는 곳에서
> 롱고롱고, 소리를 말고 있으면 오늘은 새와 나무가 되어
> 어쩌면 물고기가 되어
> 어디로든 흘러 다닐 것 같아
> 말하고 있지 않아도 말할 수 있을 것 같아
> 롱고롱고, 이렇게 입술을 동그랗게 모으고 있으면[6]

---

6 「코하우 롱고롱고」, 『시소』.

아담이 사물들에게 이름을 붙여 주었을 때, 그는 그들의 언어를 들을 수 있었다. 아담은 사물들과 완전하게 일치되어 있었기 때문이다. 그러나, 사물/자연은 '내가 아닌 것'으로, 나의 바깥으로 밀려난 후 침묵했기 때문에 이제 더 이상 우리는 그들의 언어를 들을 수 없다. 내가 그들의 말을 듣기 위해서는 "새와 물고기의 인사법", 이 본래의 언어, "롱고롱고"를 복원해야만 한다.

내가 할 수 있는 것은 "롱고롱고"의 흉내일 뿐이지만 이 '소리 나지 않는' 목소리, 롱고롱고의 흉내는 들리지 않는 새와 물고기의 소리, 섬과 파도와 바람의 소리를 한순간에 현전시킨다. 그런데 이 들리지 않는 목소리가 호출하는 것은 이미 상실한 새와 물고기, 섬과 파도와 바람 그 자체가 아니라 그들이 함께 소통하던 '시간', 아주 오래된 만남의 순간이다. 이 순간 속에서 이 시인들은 잊힌 지 오래된 타자들과 조우한다. 이 타자들은 '모르는 것'이기에 우리에게 알려져 있지 않다. 다만 이 '타자'들과 조우했을 때의 느낌, 경험적인 주체에서 해제되어 대상의 충만함과 내적으로 긴밀하게 결합된 감촉과 같은 것들(벤야민)이 남는다. 아마도 "어느 순간 이마에 고인 미열"의 따뜻함으로 감각되는 어떤 계절. 나타났다 사라지는 계절의 앞에서 시인의 얼굴은 "곰팡이 슬어 가는 벽이 되었다가 깊은 우물이 되었다가 하얗고 동그란 달이 되었다가/ 다시 들여다보면 아무것도 끌어 담지 못하는 그물"(「루나틱 구름에 휩싸인 얼굴」,『시소』)로 변해 간다. 이 얼굴에는 이름이 없으며, 다만 스쳐 가는 다양한 어떤 것들이 잠깐 나타났다 사라진다. 나타났다가 사라지는 것 역시 이름이 없다. 오직, 사라진 것들이 현전하며 다시 사라지는 이 순간들만이 이 얼굴 속에 현전한다. 그리고, 이 사라진 모든 것들을 따라 마냥 흔들리는 시간들, 가장 불행한 행복의 순간만이 이 자리에 충만한다.

또 다른 밤, 함께 있음의 세계를 위하여

> 모든 것이 밤 속에 사라졌을 때,
> '모든 것이 사라졌다'가 나타난다.
> 이것은 또 다른 밤이다.[7]

2000년대 시에 나타난 새로운 경향을 서정적 주체의 소멸이라고 진단할 수 있다면, 이는 대상을 판단하고 거머쥐어 세계를 스스로의 사유로 창조하는 인식론적 주체의 소멸을 의미할 것이다. 칸트의 비유로 말하자면, 그들은 '나'라는 진리의 섬의 주인임을 주장하지 못하는 자들이다. 이들은 이 섬의 끝까지 나아가 폭풍우 치는 망망대해, 가상의 세계를 만났다. 그들은 세계를 파괴하는 방식으로, 새로운 세계를 열려고 했던 것 같다. 이 파괴가 세계를 휘저어 놓은 후에, 잔해로서 남은 '흔적'들을 긍정하고 또 긍정하는 주체들이 또한 여기에 생겨났다. 그들은 외존(外存)된 주체의 형식을 긍정함으로써 새로운 만남의 세계를 열고자 한다. 타자에게 가까이 다가가 소멸되지 않고, 타자를 끌어당겨 소멸시키는 것이 아니라, 타자성을 자신 속에 보존함으로써 '함께 있음'의 세계를 실현하고자 하는 것이다. 모든 존재하지 않는/부재하는 것들이 충만하게 현전하는 또 다른 밤을.

---

7 모리스 블랑쇼, 『문학의 공간』, 236쪽.

서정의 제3 전선 — 전환사 코기토의 탄생

고백, 산종, 그리고

길을 가는데 도둑이 칼을 들이밀며 묻는다. "돈을 줄 테냐 죽을 테냐." 이에 대한 응답이 선택 불필요한 것은 죽음을 선택한다면, 돈 역시 잃어 버리기 때문이다. 그러니 우리는 돈을 주고 생명을 건지는 것이 나을 것이다. 라캉은 이 우화를 주체가 처한 존재론적 딜레마로 이해했다. 이때 우리가 건네주는 것은 존재이며, 존재를 건네주고 우리는 언어와 상징의 질서 속에서 '말하고 소통하는 인간'이자 의미의 주체로 현전할 수 있다. 존재를 포기할 수 없다 하더라도, 말할 수 없고 의미를 잃어버린 나는 미치광이거나 짐승일 뿐이므로 인간이 아니다.

최근 10년간 한국 시는 이 당혹스러운 질문을 받은 사람처럼 보였다. 질문은 이렇게 바뀌었다. '서정시냐 죽음이냐.' 서정시란 나의 내면이라는 권위로 현상적 사물들을 복속시켜 건설한 제국, 아름다운 언어의 제국이다. 서정시를 선택하지 않는다면, 나의 죽음 속에 널린 언어의 파편들밖에 남지 않을 것이다. 이 언어들을 데리다를 빌려다 산종(dissemination)적 언어라 말할 수 있다면, 이 언어들은 나의 바깥에서 언어가 아닌 상태로 태어난 것일 테다. 산종적 언어가 2000년대만의 현상은 아니었다고 하더라도, 그것은 미래파 혹은 뉴웨이브에게 고유한 존재론적 상황이다. 그들은 그들이 받은 질문을 '자각'했으며, 이에 응답하여 '선택'했기 때문이다. 그러므로 이 언어적 현상들만으로 이 비서정시, 즉 비시(非詩)를 말하는 일은 부차적인 일에 불과하다. 한 비평가가 지적했듯, "핵심은 '나'에 대한 발본적 반성"[1]에 있기 때문이다.

그들에게 고향은 코기토의 땅이 아니라, "두꺼운 안개와 이내 녹아 버리는 많은 빙산들이 새로운 땅인 양 속이는"[2] 망망대해다. 이 시인들은 이 아름다운 서정의 섬이 가상이라는 것을, '나'라는 진리의 땅은 나의 고백이 만들어 낸 환상에 불과하다는 것을 망망대해로 뛰어듦으로써 보여 주었다. "나의 진짜는 뒤통순가 봐요"(황병승, 「커밍아웃」, 『여장 남자 시코쿠』). 우리의 진짜는 거기에 있다. 귀신과 짐승들의 세계에, 이름 붙일 수 없는 대상들의 세계에 나를 흩어 놓았던 그들은 시뮬라크르들의 폭풍우 속에서 사라져 다시 나타나는 세계를 펼쳐 보였다. "그들은 그냥 다른 제국을 건설한다, 라고 말하는 편이 나을 것이다."[3]라고 선언할 때, 이들은 내면의 땅에서 망망대해로 나아가 그 왕국의 주인이 되었다는 점을 은밀히 선언한다. 그들은 탈주체라는 주체, 다시 말해 중심이 '아닌' 자리에서 다시 나타난 '중심'이 되었다.

질문이 던져진 자리에 나타난 것은 서정의 섬과 비서정의 대양이라는 두 개의 제국이다. 서정시의 주체는 고백함으로써 세계를 창조했다. 이에 반기를 든 산종적 주체는 시뮬라크르들의 자리에서 그들과 더불어 세계

1 　신형철, 「전복을 전복하는 전복 ─ 뉴웨이브 총론」, 『몰락의 에티카』(문학동네, 2008), 274쪽.

2 　임마누엘 칸트, 백종현 옮김, 『순수이성비판』(아카넷, 2006), 474쪽.

3 　이장욱, 「외계인 인터뷰」, 《문예중앙》, 2005. 가을, 25쪽.

를 해체함으로써 재구성한다. 이제, 지금. 이 서정의 땅의 경계 끝에 하나의 횡단선이 그어진다. 나는 이를 서정의 제3전선이라 부르고자 한다. 이 전선은 절단면이 아니다. 서정의 폐기와 회복이 반복적으로 전환되는 선, 앞면과 뒷면에 동시에 도달하는 뫼비우스의띠 같은 것이다. 여기에 위치한 주체가 있다.(혹은 없다.)[4] 그들은 고백적 주체의 1인칭 원근법을 회복했으나, 이 시선의 중심점은 부재하는 중심, 세계 속에 존재하는 구멍이자 소멸된 중심으로서만 회복된다. 이들은 제로의 지점에서 세계를 구성한다. 이 경계선 위에 '위치'한 주체를 전환사 코기토라 부른다.

나는, 전환사 코기토

한 시인은 첫 시집에 이렇게 썼다. "어떤 시는 왜 그렇게 쓰였는지 모르겠다. 그러나 그것이 이곳에 있어야 한다는 확신이 든다."(이우성) 쓴다는 자의식조차 사라진 시인의 말에서 선명하게 남아 있는 것은 '그것이 위치한 이곳'이라는 자리다. 그에게 시란 '그것이 위치한 자리'인 것이다. 그것만이 그에게 유일한 확실성이다.

이우성의 시에서는 수많은 '나'가 등장하지만, 이 '나'는 무한한 대상들로 변이되지 않는다. 가령 이런 나. "구름을 파고 머리를 내려놓고 주저앉아 버렸어/ 나한테 반했던 여자들이 지나갔어/ 나를 못 알아봤어/ 막대 풍선에 바람이 차듯 나무가 자랐어 내가 열렸고 내가 떨어졌어/ 그걸 다 그 많은 여자들이 먹었어 너도 그중 하나였잖아// 그리고 나는 다시 태어

---

4   여기에서 다루는 시인과 작품은 다음과 같다. 김승일, 『에듀케이션』(문학과지성사, 2012); 이우성, 『나는 미남이 사는 나라에서 왔어』(문학과지성사, 2012); 황인찬, 『구관조 씻기기』(민음사, 2012); 성동혁의 발표시.

났어 머리 대신 사과를 얹고/ 늦었지만 밝게"(이우성,「사과얼굴」). 여자들이 반하고 못 알아본 '나'와 나무에 열리고 떨어지며 태어나는 '나'는 대체 누구인가? 여자들이 반할 때 나는 미남(인간)이었다가 나무가 자랄 때는 나무에서 열리는 사과(과일)로 변신한 것일까?

이 시를 나의 변신담으로 기록할 수 없는 이유는 '나'가 변신하고 있지 않기 때문이다. 변신이란 완전히 다른 존재 형식이 되는 것이므로, 그 자신에게 고유한 발화법을 소유해야만 한다. 우리가 목도했던 많은 변신담들이 그러하듯 말이다. 이 시에서의 변신은 이러한 존재 형식의 변화를 수반하지 않는다. 오히려 여기에선 이 변신을 즐겁게 지켜보는 다른 화자가 존재하는 것처럼 보인다. 이 화자는 "(나는) 나한테 반했던 여자들이 지나갔어(라고 말한다)"의 형식으로만, 괄호 안에서만 존재한다. 그렇다면 이 시의 언어들 속의 모든 '나'는 발화자 나를 지칭하지만, 발화자 나는 이 언어 속에 없다는 형식으로서만 언어 속에 나타난다. 그러므로 문장의 주어 '나'는 문장 속에 존재하지 않는 나를 지시하는 기호다.

그렇다면 언표의 '주어-기표'는 언표 행위의 '주체-기의'를 지시함으로써, 다시 말해 '나'라는 기표가 발화하는 나라는 기의와 완전히 일치함으로써, '나'는 나를 지시하는 기호가 된 것일까. 서정시의 문법에서라면 가능할 것이다. 서정시에서 '나'라는 기호는 발화하는 나를 가리키고 사라진다. 서정시의 1인칭 주어가 지니는 권위란, 이 동일시를 전제하고 주어 '나'를 확고불변한 주체로서 고정시킬 때 생겨난다. 그러나 이 시에서 사태는 정확히 반대다. 주어 '나'는 그 지시 대상이 사라져 버렸음만을 가리킨다.

말하자면 이 시는 나의 두 가지 존재태를 동시에 보여 준다. 각각의 주어들은 인간이 되지 않고, 사과가 되지 않기 때문에 '나'는 타자의 자리에서 다시 나타나지 않는다. '나'는 여전히 이 시의 모든 풍경을 총괄하는 중심점이다. 그러나 나는 오직 사라졌다는 방식으로만 '나'라는 중심이 된다. 주어

'나'는 다만 사라진 내가 잠시 언어 속에 머물렀던 흔적을 지시한다. 부재하는 나는 언어 속에 공백으로서 현전한다. 주어 '나'는 이미 사라진 나를 지시하므로, 지시 대상을 갖지 않은 기호, 전환사(shifter)다. 그러나 내가 언어 속에 나타날 수 있는 것은 '나'라는 전환사를 통해서다. 나는 전환사의 부재하는 지시 대상으로서 존재하는 주체, 전환사 코기토다.

이우성의 시에서 "이우성"이 자주 등장하는 것은, 이우성이라는 존재가 다만 이 언어 속에서는 없다는 방식으로만 현전할 수 있다는 것을 명시적으로 보여 준다. "우성이가 사실인지 어리둥절하다/ 우성이를 만진다/ 우성이가 자신과 똑같다는 사실이 놀랍다"(이우성, 「사람들」)와 같은 사태, "우성이"는 시인 이우성이면서 동시에 아니다. 비단 이름만이 아니다.

　　목은 연주를 그만두었어
　　하지만 몸의 먼 곳에 하늘을 무릎과 손가락이 주고받은 대화를 풀 사이를 지나온 빛을 걸어 두었지

　　　　멀어지는 물
　　다가오는

　　생각과 지느러미와 흔들리는 손바닥

　　구름이 목에 닿는다

　　　　열린다

비옷을 입고 건널목에 서서 하품을 하고[5]

이 아름답고 모호한 풍경은 어디에서 오는가. 비문도 아닌데, 이 시의 의미는 모호하다. 그것은 각각의 단어들이 잘못 사용되고 있기 때문이다. "목은 연주를 그만두었어"라는 첫 문장부터 의미는 모호하다. "목"이라는 주어가 "연주하다"라는 서술어의 주어가 될 수 없기 때문이다. 둘 중 하나는 잘못 사용된 단어다. 잘못 사용된 것은 목인가, 연주하다인가. 의미를 알기 위해 다음 문장으로 넘어가지만, 여전히 의미는 파악하기 어렵다. 다음 장면에서 목은 연주를 그만두는 대신에, 몸의 먼 곳에 하늘을, 무릎과 손가락이 주고받은 대화를, 풀 사이를 지나온 빛을 걸어 둔다. "목"은 이 모든 서술어에 합당한 주어가 아니다. 나아가 "걸어 두었지"의 주어를 "목"으로 확정할 수도 없다. "걸어 두었지"의 주어 자리는 비어 있기 때문이다. 이런 방식으로 의미의 파악은 계속해서 연기되며, 결국 시 전체의 의미는 파악할 수 없는 것으로만 남아 버린다.

문제의 요점은 이런 것이다. 서술어의 주어가 될 수 없는 주어가 문장의 선두에 위치한다. 이 주어 기표의 의미의 확정은 연기된다. 남는 것은 의미를 확정할 수 없는 기표들의 연쇄들일 뿐이다. 물, 지느러미, 손바닥과 같은 '그것'들은 계속해서 자신의 의미를 다음 기표로 미루어 놓는다. 그런데 이상한 것은 의미를 파악하기 어려운데도, 하나의 풍경이 통일된 채로 이 시에 떠오른다. 나를 둘러싼 고요한 풍경이 그것, 풍경의 감각이 여기에 현시된다.

이 풍경은 은유의 연쇄에 의해 생겨난다. 즉, 나를 둘러싼 풍경은 물로 은유되고 있다. 물의 은유가 성립하자, "지느러미"나 "흔들리는 손바닥"과 같은 은유가 이어서 성립한다. 그러나 이 은유는 지시 대상과 기호 사이의 유사성에 의거해서 성립한 것이 아니다. 전통적인 은유법에서라면

---

5   이우성, 「고요는 물고기 같아」 전문.

두 개의 대상이 동일한 언어의 지평에 출현해야 한다. 그러나 "지느러미"가 지시하는 대상은 무엇인가? 단적으로 말해, 그 대상은 '없다'. 즉 이 시에서의 은유들은 부재하는 대상을 대신하여 언어의 지평에 출현한 것이다. 그러나 이 은유들에 의해 하나의 풍경이 탄생하지 않는가? 정확히 말하면 은유의 기호들은 풍경에 대한 감각, 사라진 내가 언어에 남겨 놓은 감각의 흔적 기호인 것이다.

그것은 부재하는 나를 대신하여 언어의 연쇄 속에 출현한 기표들이다. 즉, 이 언어들의 지시 대상이자 의미인 나는 기표의 연쇄 뒤에서 사라진다. 의미는 계속해서 파악할 수 없고, 나의 출현은 계속해서 연기된다. 고요함을 느낀 나의 감각이라는 흔적만이 여기에 남겨진다. 나는 나를 대신하는 수많은 전환사들의 아래에 감추어지고, 그렇게 느낀 내가 있었다는, 그리고 사라졌다는 흔적으로 남는다.

전환사 코기토의 징후를 보여 주는 젊은 시인들의 시에서 가장 특징적인 것은 바로 이러한 장면이다. 그들은 익숙한 단어로 낯선 풍경을 만들어 낸다. 이 풍경은 격렬한 감정적 반응을 내포하지 않는다. 대상들은 대상성을 상실하지만, 완전한 자유를 누리지 못한다. 대상들은 바로 내가 거기에 있었던 흔적을 가리키면서 그 자리에 출현하고 사라지며, 대체됨으로써 기표의 연쇄 안에 포섭될 수 없는 나의 흔적을 대신한다. 그러므로 이 시인이 "나는 우월의 기원"(이우성, 「사과얼굴」)이라고 말할 때, 그것은 주관성의 절대적 고도를 뜻하는 것이 아니다. '우월'은 질적인 표현이 아니라 위상학적 표현이며, 달리 말해 나라는 존재의 열위를 가리킨다.

이우성의 시에서 '확실한'한 것은 바로 나는 사라졌다는 사실, 나는 오직 대체된 기호들이 남긴 '사라진 지시 대상'으로서만 어딘가에 '있다'는 것이다. 그것은 사라졌으나 없는 것이 아니다. 이 공백의 자리를 풍경 속으로 전사하는 것은 황인찬의 방식이다.

"어느 오후의 실내 수영장, 차례로 줄지어 입수하는 남자애들의 끝에 내가 있었다 잔뜩 긴장해서, 앙상한 몸을 겨우 진정시키며, 하나하나 물속으로 사라지는 남자애들을 보는 내가 있었다"(황인찬,「입장」). 사라진 나는 이 풍경 속에 '있는' 나를 본다. 이때 '나'는 다만 거기에 '있는' 무엇일 뿐, 다시 말해 이 현상들의 세계에 자리 잡고 있다는 방식으로서만 이 언어의 질서 속에 현전할 수 있다. 물탱크와 환기구, 창문, 5층 건물이 있는 풍경 속에 "내가 있다/ 계단을 걸어 올라가는 내가 있다"(황인찬,「개종 2」)라고 쓸 때, 나는 다만 이 풍경 속에 '있다'. 이때 발화자 나는 내가 보는 풍경을 명명하지도 규정하지도 못한다. 나는 원근법의 중심을 반사한 소실점처럼 그 속에 있다. 원근법의 중심인 나는 이 풍경을 자기의 내면으로 전유하지 못하며, 오히려 나의 시선의 소실점인 '나'의 자리에서, 풍경 속에 존재하는 구멍이자 공백으로 거기에 존재한다. 그러나 동시에 「개종 2」에서 풍경은 이 '나'의 자리를 중심으로 수렴된다. 물탱크, 환기구, 창문, 5층 건물은 다시 "옥상이 있다/ 거기에는 물탱크가 있다/ 푸른 물탱크가 있다"로 변이된다. 최초의 물탱크와 마지막의 물탱크는 같은 것이면서 다른 것이다. 나라는 공백을 중심으로, 풍경이 수렴되어 다시 나타난 것이기 때문이다. '나'는 명백히 그 풍경 속에 공백으로 존재하면서, 풍경을 수렴한다. 그러나 그렇다면 이때 '나'란 누구인가?

조명도 없고, 울림도 없는
방이었다
이곳에 단 하나의 백자가 있다는 것을
비로소 나는 알았다
그것은 하얗고,
그것은 둥글다
빛나는 것처럼
아니 빛을 빨아들이는 것처럼 있었다

나는 단 하나의 질문을 쥐고
서 있었다
백자는 대답하지 않았다

수많은 여름이 지나갔는데
나는 그것들에 대고 백자라고 말했다
모든 것이 여전했다

조명도 없고, 울림도 없는
방에서 나는 단 하나의 여름을 발견한다
사라지면서
점층적으로 사라지게 되면서
믿을 수 없는 일은
여전히 백자로 남아 있는 그
마음

여름이 지나가면서
나는 사라졌다
빛나는 것처럼 빛을 빨아들이는 것처럼[6]

　　이 시가 보여 주는 것은 고요한 방과 그 가운데 있는 백자와 나의 병치 상황이다. 백자는 "있다는 것을/ 비로소 나는 알았다"라고 할 때 갑작스 럽게 출현했다. 그것은 내가 모르는 대상이므로, 나는 그에게 질문을 던지

6　황인찬, 「단 하나의 백자가 있는 방」 전문.

고 싶다. 손에 쥐고 있는 단 하나의 질문이 겨냥하는 것은 백자를 규정하는 이름일 것이다. 그러나 백자는 대답하지 않고, 나는 여름에 백자의 이름을 붙여 주지만 "모든 것은 여전"하다. 백자는 "단 하나의 여름"이지만, 여전히 "백자"다.

대상을 앞에 두고 그것이 무엇인지를 궁금해하는 나, 이 주체는 의심할 여지없이 데카르트적이다. 데카르트가 단 하나의 질문만을 반복했듯, 나는 단 하나의 질문만을 쥐고 백자 앞에 있다. 여기에서 드러나는 것은 사유의 안간힘이랄까. 나는 내 앞에 갑자기 출현한 백자를 알기 위해, 생각한다. 그러나 생각하면 생각할수록 대상은 사라지는 것, "그것을 생각하자 그것이 사라"(황인찬, 「그것」)지는 사태 앞에서 나는 백자를 사유의 대상으로 삼을 수가 없다. 대상이 사라지므로, 동시에 이를 생각하는 나 역시 사라진다. 그러니 사실은 단 하나의 백자가 있는 방에서 사라지는 것은 백자가 아니라 나다. 나는 사라진다. 그리고 나는 마지막 연에서 "빛나는 것처럼" 아니 "빛을 빨아들이는 것처럼" 있었다는 백자의 존재태로 다시 나타난다. 그렇다면 이는 나와 백자가 하나되었음을 의미하는 것일까?

백자와 내가 동일할 수 있다면, 그것은 사라졌다는 한에서만 가능하다. 내가 사라지는 자리에 백자가 등장하고, 백자는 나를 대신해서 그 자리에 있다. 그러니 백자는 나를 대신하여 현실에 존재하는 하나의 기호이며, 나는 백자의 뒷면으로 사라진다. 동시에 사라지는 내가 없다면, 백자 역시 존재할 수 없다. 그것은 내게 토대함으로써만 가능한 존재 형식이기 때문이다. 백자는 "비로소 나는 알았다"라고 할 때 출현하며, 내가 질문을 던지고, 백자라고 말하고, 발견할 때에만, 다시 말해 사라지는 나의 발화에 의지해서만 백자는 이 방 안에 여전히 존재한다.

이런 나는 누구인가? 이 질문은 잘못된 것이다. 이 시인들에게서 나는 실체화되지 않는 방식으로만 그 자리에 존재하기 때문이다. 질문은 이렇게 바뀌어야 한다. '나는 어디에 있는가'로. 이 시인들은 일인칭 원근법을 회복했다. 그러나 일인칭 나는 부재하는 기원으로서만 중심이 될 수 있다. 끝없는 은유적 대체 속에서만, 이 대체의 언어 속에서 사라지고 은폐됨으로써만 존재할 수 있는 기원이다.

그렇다면, 내가 손에 쥐고 있는 이 단 하나의 질문은 다시 해석되어야 한다. 나는 언어 위에 존재할 수 없고, 끊임없이 '그것'으로 대체될 뿐이라면 내가 있다는 것을, 내가 존재한다는 것을 어떻게 보증할 수 있는가? 이 보증이 없다면 나는 한없이 무의미한 것으로, 다시 말해 죽어 있는 것과 다름 아닌 상태로 굴러떨어질 것이다. 데카르트가 사유하는 나의 확실성을 위해 신을 불러왔듯, 우리도 이제 신을 소환해야 할지도 모른다. 그러나 이제 신은 선하지도, 완전무결하지도 않는 신, 악하고 속이는 신이다.

(악한 신의 요구에) 생각한다, 그러므로 (지금 여기에) 부재한다

우리는 데카르트의 코기토 공식이 내포하고 있는 근원적 균열에 대해 생각해 보아야 한다. '나는 생각한다. 그러므로 존재한다'라는 코기토 공식은 정확히 말하면, '나는 내가 생각하는 동안 존재한다'다. 다시 말해 '생각하는 중인 나'만이 확실한 것이다. 생각이 끝나면, 나는 사라진다. 그러므로 '생각하다'의 주어 '나'는 모든 것이 의심스러운 사태에도 불구하고 확실한 무엇으로 남을 수 없다. 그렇다면 확실한 것은 '생각하는 행위' 그 자체가 아닌가? 해체론자의 입장에 서자면, 나는 생각하는 동안에만, 그 '순간'에만 존재한다. 남는 것은 행위이며, 이때 나는 소멸된다. 나의 소멸을 은폐함으로써만, 우리는 코기토일 수 있다. 소멸을 은폐하고 나를 사유의 주체, 확고하고 불변하는 주체로 고정시킬 수 있는 것은 완전무결하고 선한 신이 보증을 서 주기 때문이다.

그러므로 '생각하다'에 걸려 있는 것은 어떤 공포다. 존재의 확실성을 증명하는 유일한 행위가 동시에 존재의 소멸을 각인시키기 때문이다. 그것이 아마, "잘 생각해 보라"고 주문할 때, 내가 공포를 느끼는 이유. "선생님은 내게 의자에 앉으라 하셨다/ 의자는 생각하는/ 의자였다/ 앉아서 생각해 보라고, 잘 생각해 보라고/ 선생님이 말씀하실 때,/ 나는 울어 버렸다 무서워서/ 너무 무서워져서"(황인찬, 「의자」). '생각하다'는 말하자면, 나의 존재와 소멸을 동시에 증명하는 일종의 진리 척도다.

그러나 이 시인들의 공포에는 이보다 더한 무엇이 포함되어 있는 것 같다. 그것은 '선생님'으로부터 강제적 요구로 주어진 것이기 때문이다. 더 정확히는 이 대타자가 "바라는 것을 알아낸 다음, 하나도 들어주지 말란 말이야."(김승일, 「거제도는 여섯 살」)라고 말하는 악한 신이기 때문이다.

　　헬렌? 모른다고 하지 말랬지.
　　알고 싶다고 말하랬잖아.

　　알고 싶다고 말하랬다고. 알고 싶다는 말만 한다면. 네가 정말로 알고 싶은지.
　　선생님이 어떻게 알지?

　　(중략)

　　헬렌? 가진 게 오답뿐이면
　　알고 싶다고 말하랬잖아.

　　그런 다음 다시 오답을 말해. 그러면 선생님이 믿어 주지. 헬렌이 얼마나 알고 싶은지.

　헬렌이 어느 정도 절실한 건지.[7]

　교육이란 질문과 대답으로 이루어진 커뮤니케이션이다. 학생의 질문에 교사는 질문에 합당한 대답을 하고 교사의 질문에 학생은 배운 바를 대답하는 것, 여기에서 대답과 질문은 서로를 보충하면서 교육을 완성한다. 그러나 이 시에서 선생님이 헬렌에게 요구하는 것은 앎에 대한 욕망이다. 의지다. 이것은 헬렌의 질문이었을 리 없고, 선생님의 질문 또한 아니다. 모른다고 대답하지 말고 알고 싶다고 대답하라는 이 요구는 매우 강압적이다. 헬렌의 입장에 선다면, 무엇을, 왜, 알고 싶어해야 하는지조차 알 수 없는 상황에서 '앎'을 강요당하는 것이다. 이에 응답하여 헬렌이 선생님이 원하는 대답, "알고 싶다"고 말한다면 또 다른 요구에 직면한다. "알고 싶다고 말하랬다고. 알고 싶다는 말만 한다면. 네가 정말로 알고 싶은지./ 선생님이 어떻게 알지?"

　말하자면 선생님이 원하는 것은 헬렌의 절실함이고, 이는 앎에의 열망과는 아무런 상관이 없다. 선생님이 원하는 것은 선생님 자신을 헬렌이 원하는 것이다. 정신분석적 관점을 빌려 오자면, 이 대타자는 헬렌의 욕망의 대상이 되기를 원한다. 헬렌이 어떻게 응답을 하든, 그는 이 요구의 강도를 결코 낮추지 않을 것이다. 헬렌의 입장에서는 정말로 당혹스러운 상황이 아닐 수 없다. 헬렌은 아무리 대답해도 선생님이 원하는 바를 성취해 주지 못한다. 헬렌의 나의 증명은 이 악하고 결여된 신으로 인해 불가능해진다.

　나는 존재의 확실성을 거머쥐기 위해 이 신이 원하는 대상이 되어야 하는 상황에 처한다. 그러나 이 시에서 보여 주듯, 그것은 아무리 노력해

7　김승일, 「다음」 부분.

도 성취할 수 없는 것이므로 나는 존재를 증명할 수 없다. 내가 신의 요구에 응답하기 위해 무엇을 하든 나는 부정당한다. 그리고 그것은 이 신이 결여된 신이기 때문이다. 그는 자신의 결여 때문에 결코 나를 승인하고 증명해 주지 않을 것이다.

그렇다면, 나에게 최종적으로 남는 것은 이 '승인'과 '증명'에 관한 거절, 다시 말해 '나는 생각한다'의 나의 확실성의 거절이다. 이제 나의 존재 증명은 악한 신에게 의지해서가 아니라, 자기의 기원으로 되돌아가는 방식으로 이루어질 수 있다. '지금 여기'의 나의 자리를 만들어 놓은 과거에서 인과론적 원인을 만들어 내는 것, 이로써 '지금 여기'의 나의 자리를 재설정하는 것이다. 속이는 신에 맞서서, 신을 속이는 거짓말을 창안함으로써 말이다.

「같은 과 친구들」에서 "삼총사라고 알려진 우리 네 명은" 여행을 떠났는데, 형제나 자매처럼 친밀했던 친구들이 이 낯선 민박집에서는 어쩐지 서먹하여 유년 시절 이야기를 하기로 한다. 그런데 "유년 시절? 유년 시절이라니. 다루고 다뤄서 바닥까지 아는 얘기를 친구는 또 늘어놓았던 것인데." 놀랍게도, 학대는 처음 듣는 얘기다. "처음 듣는 학대 이야기에 불현듯 삼총사들의 눈이 초롱초롱 빛나기 시작하는 것이었다. 우리도, 우리도 맞았어. 우리도 학대를 당했다니까?" 이들은 학대받은 유년기를 경쟁적으로 늘어놓음으로써 일종의 공감대를 형성한다. 아빠가 창 밖으로 나를 던졌다는 경험을 누군가 얘기하자, 나는 2층에서, 나는 3층에서, 나는 4층에서라는 식으로 이야기는 점점 부풀려진다. 이 대화는 마치 치기 어린 청년들이 누가 더 많은 수의 적과 싸워 이겼는지를 경쟁하는 담화처럼 보인다. 결국은 한 명이 4층에서 던져지고, 골프채로 두들겨 맞고 심지어 겨울에 알몸으로 쫓겨났다는 이야기를 덧붙임으로써 이 학대 경험 경쟁에서 최종적으로 승리한다. "니가 우리 삼총사 중에 가장 많이 맞고 컸구나. 그렇게 결론을 내리고 보니. 더 이상 할 얘기가 딱히 없었다."

이 이야기를 놓고 이 네 명의 삼총사가 동일한 유년을 공유했다고 받아들일 수는 없다. 무엇보다도 이 이야기는 청소년들이 은밀한 유대감을 형성하기 위해 과거의 경험을 타인과 유사하도록 재가공하는 일종의 '무용담 만들기'와 동일한 수사를 취하고 있기 때문이다. 말하자면, 이들은 지금 현재 친구들과의 공감대를 형성하기 위해 자신의 과거를 가공한다. 이들은 동일한 유년을 공유한 것이 아니라 그것을 가공함으로써 동일한 기원을 사후적으로 형성한 것이다. 그들의 말 속에서, 과거는 본래 그러했던 것처럼 확정된다. 우리들 사이의 파생된, 혹은 파생될 은밀한 연대감은 과거의 시간에 이미 존재했던 것이다. 이렇게 재구성된 과거는 완전한 거짓말이기에 속이는 신이 만들어 놓은 질서 바깥에 있는 시간이다. 기원은 거짓말로 구성되지만, 이 허구적 과거는 진짜 미래로 전환된다. 대타자의 승인을 받지 못한 이 존재들이 하나의 공동체를 형성할 수 있다면, 그 미래는 이러한 시간적 전환을 통해서만 가능하다. 이 시간은 지금 여기의 시간에서는 배제된 시간, 혹은 지금 여기에서는 결코 나타나지 않는 미래-과거, 데리다적으로 말하면 일종의 전미래다.

지구가 반으로 잘린다면 내가 너희와 같은 곳에 서 있을 거야

피리를 불던 날
바구니를 든 소녀들은 사라졌다

바구니 안 포도송이와 함께 출렁이며
신맛을 내는 그림자와 함께
마구간 뒤로 흩어졌다

(중략)

너무 많은 약속을 어긴 후
높은 곳으로 올라간 자들에겐
모음만 들려왔다

반대쪽 지구에서 소녀들에게 자음을 던져도
메아리엔 모음만 날아들었다

가축의 가면을 쓰고 방주를 넘으려는 소녀들은
울타리 안으로 떨어졌다

주일을 거두어들일수록 사육사들은 말이 줄어들었다
구원이 지연되는 것들은 소녀들뿐인걸
칠 일 후
사십 주야 동안 비가 반대편 지구에 내린다
방주 위에 올라 소녀들의 정수리를 본다[8]

　"지구가 반으로 갈린다면"은 미래의 사태다. 이 미래에 나는 "너희와 함께 있을 거야"라고 다짐한다. 그러니 이 시의 첫 진술은 미래를 가정하고 있는데, 이어지는 사태는 과거형이다. 소녀들은 "사라졌"고, "흩어졌다." 노아의 대홍수를 암시하는 대재앙은 이미 일어난 과거로서 서술된다. 미래의 사태는 이미 일어났고, "반대쪽 지구에서 소녀들에게 자음을 던져도/ 메아리엔 모음만 날아들었다"는 것으로 보아 지구는 이미 반으로 갈린 것이다.

8　성동혁, 「동물원」, 《문예중앙》, 2012. 여름.

그렇다면 지구가 반으로 갈린다는 사태는 미래인가 과거인가? 종말이 일어난 시간이 과거인지 미래인지는 확정할 수 없지만, 확실한 것은 이 시간이 '지금 여기'의 나의 왼쪽이거나 오른쪽이라는 사실이다. 이 시의 마지막에 나는 현재의 시점에 있음이 드러난다. "사십 주야 동안 비가 반대편 지구에 내린다/ 방주 위에 올라 소녀들의 정수리를 본다"에 나타난 서술어, "내린다"와 "본다"는 내가 지금 현재에 있음을 가리키기 때문이다.

정리하면, 미래의 재앙은 이미 일어난 과거다. 그런데 그 재앙을 보는 나는 현재에 있다. 이 현재의 시점에서 나는 발화한다. 즉, "너희와 함께 있을 거야"라고 말하는 나는 이 과거의 재앙을 현재의 시점에서 '보면서' 발화한다. 이 복잡한 시제가 가리키는 바는 내가 현재의 시점에서 과거를 미래의 시점으로 치환하고, 이미 일어난 분리의 사태를 미래의 통합의 사태로 전환하고 있다는 것이다. 이를 가능하게 하는 것은 내가 재앙이 일어난 바로 그 순간에 있는 것도 아니고, 재앙이 끝난 파국의 미래에 서 있는 것도 아닌, 현재의 지점에 위치하고 있다는 사실이다. 그리고 그 위에서 내가 내 왼쪽과 오른쪽/과거와 미래를 전환하고 있기 때문이다.

그러나 이 전환의 순간에, 나의 자리는 희박해진다. 미래가 과거 속에서 확정되어 버린다면, 미래를 가정하는 나의 발화 자체가 불가능해지는 것이기 때문이다. 그러므로 '지금 여기'의 나의 자리는 공백으로 되돌려진다. 나는 현재의 지점에서 사라짐으로써 과거와 미래의 시간적 전환을 수행한다. 내가 시간의 전환을 통해 성취하고자 하는 것은 "구원이 지연되는" 과거의 상황을 "너희와 함께 있을 거야"라고 하는 미래로 전환함으로써, 구원을 과거로부터 확정하는 것이다. 미래의 구원은 과거에 있었던 것으로 확정되는 것, 기원을 미래적으로 재구성함으로써 총체적 파국이라는 종말의 상황에서 구원의 가능성을 획득하고자 하는 것이다. 그는 파국의 현재를 공백의 지점으로 되돌리고, 미래를 과거 속에서 성취함으로써 완전히 다른 시간을 구성한다.

그는 현재의 시간을 접어 버리지만, 이는 좋았던 과거를 회복하고자 하는 것이 아니다. 과거는 다시 미래로 전환된다. 그러나 그것은 또한 미래도 아니다. 그것은 이미 과거에 결정되었던 시간, 과거에 속한 시간이기 때문이다. 성동혁의 시가 어떤 구원에 대해 말한다면, 그는 이 현재의 시간을 표백시켜 버림으로써 이를 수행한다. "정적이 무성한 여름 정원, 머무른다고 착각할 법한 지름, 계절들이 간략해진다."(「여름정원」,《세계의 문학》, 2011. 봄) 내가 이어폰을 끼고 앉아 있는 여름 정원에서 지금의 시간이 투명하게 간략해지는 순간, 나는 이 악한 신의 '현재'에서 벗어난다. 나는 다만 '현재'라는 경계에서, 이 경계에서 양쪽을 스위치함으로써 뒤섞어 놓고 그럼으로써 부재하며 존재한다. 전환사 코기토가 어떤 구원적 가능성을 지니고 있다고 한다면, 바로 그들이 이 현재의 자리에 부재함으로써만 구원의 미래-과거를 성취할 수 있기 때문일 것이다.

전환사 코기토, 스위치(Switch)하는 주체의 탄생

아마도 2000년대는 '서정적 나'라는 진리의 땅의 경계가 드러났던 시대가 될 것이다. 그러나 이 경계의 끝에서 발견되는 것은, 나에 근거한 세계 전체, 다시 말해 세계의 존재 전체가 총체적 의미와 총체적 무의미로 전환되는 순간이다. "밖으로 나가니 끝이 보이지 않는 얼음 평원이 있었"던 것, 거기는 죽은 물새 떼와 죽은 군함이 있는 세계, 죽음의 세계다. "그렇구나, 이건 내 꿈이구나// 나는 깨달았지만/ 여전히 끝이 없는 얼음 평원이 있었다"(황인찬, 「항구」)의 세계, 그는 여기에서 꿈을 깰 수도 꿈을 꿀 수도 없는 난처한 상황에 처한다. 말하자면, 이 시인이 서 있는 곳은 바로 '문 밖과 안의 경계선'이다. 이 자리에서 우리는 죽음과 같은 총체적 무의미의 세계로 나아갈 것인가 아니면 그것을 한낱 꿈으로 치부하고 견고한 의미의 세계로 되돌아갈 것인가. 우리는 우리의 진리의 땅 너머의 망망대해에 대해 알게 되었지만, 그 세계는 나라는 최소한의 동일성을 유지할 수 없는 곳이다. 나는 죽음으로써만 그 자리에 도달한다. 그러나 의미의 세계란 아름다운 환상일 뿐이다.

지젝의 지적처럼, "자기라는 실정적 관념이 존재하지 않으며 자기의 재현이라는 것도 없다는 사실로부터 결국 자기란 없다는 결론으로 직행하는 것은 너무 성급한 일이다. 자기란 '나라는 태풍의 눈', 고요하고 텅 빈 중심이 아닐까."[9] 이것이 우리 시대에 당도한 코기토, 전환사 코기토다. 서정과 비서정이라는 대립 구도 속에서 이 주체를 규명하고자 한다면 우리는 아마 이 코기토의 존재론적 지평을 이해할 수 없을 것이다. 또한 시의 현상에 경험론적으로 접근하여, 이들이 어떤 '다른 양상'을 보여 주고 있다고 설명한다면 새로운 코기토를 한갓 발화 기법의 차이라는 지평 안에 가두어 버릴 것이다. 이 코기토를 대면한 비평은 새롭고, 새로운, 더욱더 새로운, 이라는 기치를 걸고 비평적 명명을 갱신하는 것이 아니라, 비평적 욕망이 기대고 있는 환유적 전개를 완전히 횡단해야 한다. 그들이 횡단했으므로. 나는 그들과 더불어 그리고 그들과는 무관하게 선언한다. 이들의 횡단 궤적, 서정의 제3 전선을.

9   슬라보예 지젝, 한보희 옮김, 『전체주의가 어쨌다구?』(새물결, 2008), 316쪽.

새로운 화자(話者)의 탄생 ─ 혀에서 손으로

박성준의 『몰아 쓴 일기』(문학과지성사, 2012)와 빗금쳐진 내면

> 인간이 사회적이기를 원했던 자는 손가락으로 지구의
> 축을 만져 우주의 축 쪽으로 기울게 했다. 나는 이 약간
> 의 움직임이 지구의 표면을 변화시키고 인류의 사명을
> 결정하는 것을 본다.[1]

말하기에서 만지기로

루소의 저 구절을 루소의 맥락과도 데리다의 해석과도 무관하게 읽
는다면, 그것은 문자 그대로 지금의 스마트 혁명의 원동(原動)을 보여 주
는 것 같다. 스마트폰의 실질적인 원점이라 할 아이폰의 초창기 슬로건,
"touching is believing"이 상상하게 한 바로 그러한 변화 말이다. 아이폰
의 광고에는 단 두 가지만 등장한다. 아이폰과 손가락. 아이콘을 누르고
사진을 복사하고, 첨부하는 손가락은 그야말로 아주 작은 움직임으로 얼
마나 다양한 일을 할 수 있는지를 보여 준다. 이 만능의 기계를 살짝 만질
뿐인데, 우리는 기왕의 세계에 등을 돌려 전혀 새로운 세계로 기울어진
것 같다.

단지 손가락을 움직이는 것만으로 사진을 복사하고, 메일에 첨부한다.

1   JJ. Rousseau, "Essay on the Origin of language," *On the Origin of Language*, trans. by J. H.
Moran & A. Gode(Chicago: University of Chicago Press, 1966), 39쪽.

이는 단순히 손으로 쓰는 편지가 자판을 두드려 입력하는 메일로 바뀌는 차원, 다만 매체의 변화를 가리키는 것이 아니다. 디지털 카메라로 찍은 사진을 블로그에 업로드하기 위해, 컴퓨터와 각종 기기들을 케이블로 연결하던 복잡한 과정, 말하자면 물리적이고도 기계적인 그래서 실제적인 모든 과정들이 통째로 사라진 것이다. 스마트폰의 화면을 만지는 손은 실제로는 추상화된 네트워크를 조정하고 있는 것이며, 우리는 이제 복잡한 기계적 과정을 거칠 필요 없이 곧바로 이 네트워크를 손끝으로 조정할 수 있게 된 것이다.

이 스마트한 손놀림, 복잡한 기계적 과정을 한순간에 대체한 손놀림으로 우리가 실제로 하는 일은 타인에게 말을 거는 일이다. 메일을 보내고, 블로그에 새 글을 업데이트하고 댓글을 확인한다. 소셜 게임을 즐기며, 채팅 프로그램으로 끝없이 대화를 주고받는다. 대략 4~5년 전에 시작된 스마트 혁명의 결과물이 무엇이었는지는 별로 중요하지 않다. 중요한 것은 바로 그 거미줄처럼 얽힌 이 모든 과정들의 한가운데 손가락이 있었다는 것, 검지의 부드러운 움직임이 우리의 모든 말을 대신하게 되었다는 사실이다. 나는 언제 어디서나 아주 손쉽게 나의 감정과 상태를 디지털 네트워크 위에 올리며, 이에 접속되어 있는 불특정 타인들은 '좋아요'를 누르거나 리트윗 버튼을 누름으로써 나의 말에 응답한다. 이제 손가락은 소통의 절대적인 출구이자 내면의 표현이 된 것이다.

아이폰의 크기를 상대적으로 작아 보이게 하기 위해 일부러 큰 손의 모델을 썼다는 건 우스갯소리일지도 모르지만, 전 세계인이 매혹된 것은 아이폰이라기보다는 손가락의 움직임 그 자체였을지도 모른다. 부드럽게 움직이는 전능한 손가락. 아이패드 열풍에 대한 노 애니메이션 감독의 극단적 혐오는 바로 이 손가락의 물질성에서 기인했을 것이다. 미야자키 하야오는 인간관계의 직접성이 기계를 터치하는 것으로 대체된 것에 대한 혐오를 보여 주었다. 그의 혐오가 시대착오적이라고 치부해 버리는 말

자. 아마도 그는 이 검지의 부드러운 움직임이 타인에게로 향하는 직접성을 상실하고 기계라는 물신적 대상에 고착되어 있는 것으로 보았던 것 같다. 그것은 '진짜 관계'를 상실한 대체물, 아무리 고착되어도 그것은 '진짜 관계'가 아니므로 타인의 대리 보충물이다. 미야자키 하야오의 시선에서는 이 검지의 부드러운 움직임이 주는 극적인 에로티시즘이 타'인'으로 향하지 않고 타'물'로 향하는 기괴한 에로티시즘으로 보였을지도 모른다. 미야자키는 나와 타인 사이의 어떤 본질적인 교감이 가능하며, 그것은 기계를 만지작거리는 손가락이 아니라 말로서, 살아 있는 생명의 직접적 접촉으로서 가능한 것으로 생각한 것이다.

인간에게 말이란 추상적인 언어의 구조이거나 논리적 구성물에 국한되는 것이 아니다. 특히 말이 '말하기'의 차원에 놓인다면, 그것은 의미의 전달이나 정보의 공유라는 커뮤니케이션의 도구의 역할을 넘어선다. 말하기란 숨결의 나눔이며, 나에게서 타자에게로, 타자에게서 나에게로 전달되는 목소리는 우리 사이의 공기의 파동을 전달한다. '타인에게 말하기'는 언제나 나의 진정성과 결부되어 있다. 다정한 대화, 연인들의 속삭임이 서로에게 미치는 따뜻한 유대감은 그 어떤 테크놀로지로도 대체할 수 없는 나와 당신의 생명력이다. 목소리의 물질성은 그 어떠한 정보보다도 정확하게 나와 타인의 내면을 서로에게 전달한다. 사람의 말은 혀에서 나오지만, 가슴 깊은 곳에서 울리는 어떤 공기의 흐름이 심장의 가장 깊은 곳에 있는 진실한 내면과 함께 끌려 올라오는 것이다. 우리는 같은 공기의 진동을 공유함으로써 서로의 말을 알아듣고, 이 말 속에 숨겨진 내면에 공감하고 반응한다. 말로 수행되는 다정다감한 커뮤니케이션이 전제하고 있는 것은 음성을 통해 진정성이 전해지고 음성을 통해 진짜 고백이 가능하다는 일종의 신화다.

그것은 사랑의 고백에서 가장 잘 드러난다. 말함으로써 그 말 위에 자신의 전 존재를 쏟아붓는 말이 사랑의 고백이므로, 사랑한다는 말은 가장 특별하고 숭고한 말이다. 설령 그것이 바람둥이의 습관적이고 반복적인 말이라고 할지라도, 사랑의 고백은 그 말 자체로서 사랑하는 주체로서의 나를 그 말 위에서 탄생시킨다. 우리는 사랑하기 때문에 사랑한다고 고백하는 존재가 아니라 사랑한다고 고백함으로써 사랑하는 존재들이다. 그러니 발화, 진정한 커뮤니케이션의 진실한 형태는 '사랑한다'는 고백에서 찾아질 것이며, 그것이 흔들리는 순간 나는 그 말 위에서 산산히 흩어져 사라진다. 사랑의 고백의 간절함은 나의 존재론적 지위의 간절함이다. 그러나 그것이 "서서히 종결하며 감춰지는 거짓"이 될 때, 우리의 고백은 어디로 가는가?

말은 이렇게 사라진다. "입술과 헤어져 영원히 도피하다 불현듯 귀를 시리게 하던 이미 내뱉었던 말, 이별하고 재회하는 것을 반복하는 말의 일대기를 지나, 가만히/ 처음 당신의 손을 잡는 짓"(「데몬에게 말을 빼앗긴 취객들이 맹신하는 기이한 사랑의 하염없음」). 스마트 시대의 사랑 고백은 이런 방식으로 이루어진다. 사랑한다는 말은 나의 입술을 나와서 그대의 귀에 도달하는 것이 아니라, 영원히 도피한다. 우리는 이 말의 일대기를 지나 다만 당신의 손을 잡으면서, 바라보며, 손을 잡으며, 이해하는 모든 몸짓의 단 하나의 표상인 "벙어리 짓"으로서만 사랑할 수 있을 것이다. 이제 우리는 손끝으로 말하는 법 '말하기' 대신에 '만지기'의 방법을 배워야 할지도 모른다.

고백하지 않은 곳에서 고백되는 나

루소는 『고백』의 첫머리에 이렇게 썼다. "나는 소리 높이 말하리라. 자, 이것이 내가 한 일이고 내가 생각한 것이며, 전에 나였던 모습이올시다."[2] 그가 최후의 심판 앞에서도 부끄럽지 않을 이유는 오직 나의 약하고

2　장 자크 루소, 김봉구 옮김, 『고백』(박영률출판사, 2005), 9쪽.

악한 모든 모습까지 가감 없이 말했다는 사실, 그 고백의 진실성이다. 루소는 '나'라는 어떤 확실성, 내가 한 일과 내가 생각한 일과 예전에 나였던 '나'의 단일한 내면적 자아를 선언한 것이다. 말하자면 나는 나의 '내면', 나의 '진짜'를 고백했다. 그것은 진실한 것이므로 나의 말은 진실하다. 그러나 사실은 정반대다. 내면을 고백했으므로 진실한 것이 아니라, 내가 그렇게 말했기 때문에 내면이 진실해진다. 본래 고백이 그러하듯, 모든 말들이 진실이라고 말하는 순간에 모든 고백은 진실이 되기 때문이다. 말하자면 고백이 진실했기 때문에 고백이 진실해진 것이 아니라, 내가 진실한 것이라고 말했기 때문에 고백은 진실해진다. 고백한 내용의 진실성을 보증하는 것은 나의 내면이 아니라 나의 '말하기'다.

루소의 고백은 근대적 주체의 절대적 내면성이 지닌 은밀한 균열을 보여 준다. 나의 내면의 진실은 나의 고백이 보증한다. 이러할 때, 내면이란 오직 고백하는 순간에만, '말하기'를 통해서만 드러나는 것이기 때문이다. 루소가 "소리 높여 말하"는 순간에 나의 내면은 그 위에 얹혀서 위태하게 드러났다 사라진다. 내면의 고백이라는 신화, 고백의 진실된 목소리에 귀 기울이는 자와의 내밀한 소통이라는 신화는 이토록 위태한 것이다. 말하지 않는다면, 내면은 그 어디에도 없다. 그러나 말하지 않는다면, 어떻게 고백할 것인가? 아니, 무엇을 고백할 것인가.

박성준의 시집 『몰아 쓴 일기』는 이 절대적 내면의 고백이라는 신화를 가장 심층적인 차원에서 흔들어 놓는다. 그것은 일기이기에 고백이고, 내가 아니라 "너라는 이름의 평전"(「아껴 쓴 일기」)이므로, 고백이 아니다. 그리고 고백이 아니므로 고백이다. 이 고백을 이끌어 가는 것은 혀의 불능성이다. 그의 시집을 관통하고 있는 혀의 불능성은 '말할 수 없음'을 가리키며, 이때 나란 말하여 기릴 수 없는 나다. 「아껴 쓴 일기」에서 내가 쓰는 것은 너이자, 동무이고, 나무이고, 누이다. 나는 그들이 아닌 어떤 존재로서만, 그들의 외연이자 잉여로서만 나의 고백의 주인이 될 수 있다.

주인이라 했으나, 이 고백의 주인은 내가 아니라 나라는 장소 위에서 펼쳐진 무수한 말들의 주인들, 내가 아닌 모든 다른 목소리들이다. "내 살 속에서 할애비의 이야기가 피"듯(「무슨 낯으로」) 나는 그들의 말하기가 새겨지는 혹은 펼쳐지는 장소, 흡사 나 이외의 모든 것들이 고백하는 장소처럼 보인다. 신들린 누나의 목소리, 귀신들의 목소리, 죽은 조상들부터 태초의 사람들까지 그 다양한 언어의 양식들은 그의 시 안에서 끝나지 않는 곡소리처럼 끊임없이 펼쳐진다. 나라고 하는 주체, 시를 쓰고 말을 받고 감각하고 느끼는 나는 다만, 이 모든 말들이 한꺼번에 표출되고 소용돌이치는 하나의 '자리'에 지나지 않는다. 박성준의 이 시집이 고백이라면, 그가 어떤 견고한 내면을 토로하기 때문이 아니라 이 내면이 사라진 주체에게 가능한 유일한 존재 형식, 모든 말들이 펼쳐지는 '자리'라는 존재의 지위를 보여 주고 있기 때문이다.

그러므로 우리는 다음 시를 말이 사라진 시대, 아니 말이 불가능해진 시대의 『고백』의 텍스트로 놓아도 좋을 것 같다.

발뒤꿈치가 가렵다,
는 어머니의 발을 검은 봉지[1]로 감싼다
앙 — 앙 — 깨문다
시원하서요? 검은 봉지에 들어간 발, 돌아오는 말이 없어서
더 앙 — 앙 — 깨문다[2]

어째서[3] 반성[4]이라는 말 속에는
생각하고 난 뒤에 살이 쪄 가는 아수라장[5] 같은 무늬[6]만 남아 있는지

반쪽 혀가
이빨보다 세게 뒤꿈치를 깨문다

반쪽 혀가

어머니의 이불 사이로 하혈⁷⁾하고 나온다

만들어질 거야 만들어질 거야⁸⁾

바깥⁹⁾을, 입을, 입속에서 궁금해한다¹⁰⁾

나는 혀가 두 개 있어, 아직도 만나지 못한 다역의 혀를

그리워한다^{11) 3}

이 시의 단어들에 붙어 있는 각주는 변사의 목소리다. "여러분 안녕하
십니이 ─ 까. 이 시대의 마지막 변사 인사 올립니이 ─ 다."로 시작하는
변사의 인사가, 차례대로 배경에 대한 설명과 주인공들의 대사가 번갈아
서 반복된다. 그러니 이 시는 일종의 무성영화인 셈이다. 주인공은 어머니
의 발을 검은 봉지에 담아서 "앙 ─ 앙 ─ " 깨무는 혀. 독자는 지금 반쪽
혀가 뒤꿈치를 깨물고, 반쪽 혀가 어머니의 이불 사이로 하혈하고 나오는
영화를 보고 있다. 앞에서는 영화가 상영되고, 스크린의 뒷면 어두운 구석
에서는 변사가 내는 다역의 목소리가 들려온다.

"검은 봉지"에 첫 번째 각주가 달리고, 이 각주에 변사의 인사가 내용
으로 들어갔듯, 사실 상영하는 영화와 변사의 목소리는 아무런 상관이 없
다. 그러므로 이 시에서 각주는(각주의 내용을 보려면 페이지를 넘겨야 한
다.) 이 스크린 뒷면의 목소리가 나타나는 지점이자 위치다. 이 목소리가
들려올 때 이 시에서의 혀의 움직임, 몸짓은 더욱더 고요하고 낯설어진
다. 들려오는 목소리의 요란스러움과 혀의 바보같은 움직임에 점점 지쳐
갈 때쯤, 관객은 이것이 영화가 아니라 '나'라는 사실을 알아차리게 된다.

3 「변사의 혀」 전문.

더 정확히는 나의 입안의 풍경을 보고 있었던 것을 알아차린다.

화자인 나는 말할 수 없으므로 혀를 움직인다. 그런데 나의 말이 나타나야 할 곳에 계속해서 스크린 뒷면의 다른 목소리들이 출현한다. 그것은 내가 말하고 싶은 '의미'와 전혀 일치하지 않겠지만, 그것이 내가 지워진 자리에 나타나는 것이라는 점에서 일종의 나다. 내가 비워지는 자리에, 목소리들은 나타났다가 다시 뒤로 숨겨진다. 다역의 목소리는 반복적으로 나타나고, 여기에 혀의 몸짓이 어우러져 어떤 고백이 완성된다.

"나는 혀가 두 개 있어, 아직도 만나지 못한 다역의 혀를/ 그리워한다"라고 고백하는 나의 말은 사실은 나의 말이 아니다. 나는 말할 수 없는데, 혀가 두 개이기 때문이다. 하나는 나의 벙어리로서의 혀, 몸짓의 혀일 것이고 또 하나는 타자의 혀, 나 이외의 모든 목소리들의 혀다. 이 두 개의 혀를 가진 나는 필경 두 혀의 싸움에 휘말린다. 말하는 혀는 타인의 것이라는 점에서, 나는 '나'를 말하기에 실패한 자인 것이다. 그러나 그렇다면, 마지막의 고백 "나"는 누구의 발화인가. 나의 혀인가 타인의 목소리인가. 이 시가 고백이라 할 수 있다면 이 고백의 양식은 나의 혀를 빌려 타인의 목소리가 나를 고백한 것의 형태다. 내가 고백하지 않은 곳에서 나는 고백된 것이다.

루소의 고백의 형태를 빌리면, 이 고백은 이런 선언을 하고 있는 셈이다. "변사는 소리 높이 말하리라. 자, 이것이 네가 한 일이고 내가 생각한 것이며, 전에 너였던 모습이올시다." 나의 고백은 나의 말하기를 통해서가 아니라, 나의 위에서 나의 자리에 변사의 목소리를 표출시킴으로써 가능하다. 이 지점에서 나는 완전히 나를 은폐한 채 오직 그 목소리가 지나가고 나타나는 빈 공간으로서만 거기에 존재한다. 말하자면, "누나는 말이 없었어/ 나 대신 말이/ 말이// 몽땅 괄호 안에 들어가 있었어 지시문이었어"(「俳優 1; 너그러운 귀신」)라는 사태, 다른 모든 말이 놓일 괄호, 그것이 말할 수 없는 나의 존재 형식이다. 이 괄호로서의 나는 말할 수 없으므로 움직이고, 움직임으로써 그 모든 타자들의 목소리에 접속한다.

빗금쳐진 내면과 새로운 화자

"고백을 위한 응고인가, 응고된 고백의 육체인가"(「혀의 진술」). 말하기를 포기하는 혀는 몸짓으로 타인에게 도달하고자 한다. "창문을 열고 혀를 내"(「시커먼 공중아, 눈가를 지나치는 혼돈 같은 교감아」)밀어, "오래도록 핥아 주고 싶었네./ 내가 귀신처럼 미쳐, 그 몸에 더, 다다르고 싶었네"(「어떤 싸움의 기록」). 그러나 말하는 대신 손가락을 움직여 소통하는 방식이 그러하듯, 이 교감은 여전히 불가능하다. 혀는 결국 입안에서 굳어 입술 밖으로 나가지 못할 것이며, 차갑고 빳빳한 바람만을 확인하고 도로 입안에 갇힐 것이다.

말하는 주체들 사이의 소통이 불가능한 것은, 발화하는 주체의 '내면'이 애초부터 존재하지 않기 때문이다. 말하기의 권능은 기만적이다. 그러나 말하기를 포기하는 주체 역시 표현할 어떠한 '나'도 가지지 못한다. "말을 배우는 아픔"(「시커먼 공중아, 눈가를 지나치는 혼돈 같은 교감아」)으로, 말을 배우기 전의 짐승으로 되돌아가는 이 혀의 몸짓이 말하기 이전의 존재 상태를 회복하거나 그리워하는 것이 아님은 그 때문이다. 이 주체는 말하기를 상실한 것이 아니라 말하기를 폐기한 주체, 그럼으로써 거짓도 기만도 없이 진실하게 남은 '무엇'이 되었기 때문이다. 그리고 이 주체가 취하는 형식은 이전에는 없었던, 전혀 새로운 화자다.

이 시대의 사람들이 지하철에서, 걸으면서, 밥을 먹으면서 손 안의 기계에 얼굴을 떨어뜨리고 터치하는 장면은 어떤 당혹스러움을 야기한다. 말하기가 담보하는 진리성, 인간의 내면적 본질이라는 진리성이 붕괴하고 있음을 선명하게 보여 주기 때문이다. 스마트 혁명의 본질은 이 진리성의 소멸에 있는 것이 아닐까. 그렇다면, 박성준의 이 새로운 화자는 목소리의 진리성을 몸짓의 진리성으로 대체하는 것인가. 이 화자는 진리가 그 어떠한 항목과도 등치를 이루지 않는다는 것, 그것은 없음으로서만 드러나는 것으로서 제시한다. 내면은 빗금쳐져 있다. 그것만이 우리에게 가능한 유일한 내면이다.

김혜순이라는 거울, 살아 있는 언어들의 핼러윈

김혜순, 「슬픔치약 거울크림」(문학과지성사, 2011)

> 오늘 밤 저 외로운 달은 뭘 하죠?
> 그는 대답했다 지워진 얼굴에 크림 발라 주죠[1]

이제 우리는 김혜순의 시에서 여성성 혹은 여성 시라는 낙인을 떼어
내야 한다. 그것이 단일자로서의 보편에 대항하는 모든 주변의 것들, 타자
성의 시학의 다른 이름이었다고 하더라도 말이다. 여성 시라고 부를 때,
그 담론은 여성을 주체화한다. 그는 떼어진 모든 것들을 사랑하고 품으며
그것들을 태어나게 하는 모성, 타자를 죽이는 아버지에 맞서는 어머니의
이름이다. 여성은 말하고 어머니는 낳고 세상의 모든 구멍에 빛을 비춘
다. 그것은 여성이라는 이름으로 중심을 재전유한다. 그렇다면 아버지의
반대편에 중심이 또 하나 생기는 것이 아닌가? 저주받은 몸의 언어, 은폐
된 타자들의 역사를 김혜순의 시에서 읽어 내더라도, 이를 '여성'이라는
단어로 포섭하는 순간 몸의 언어와 타자들은 다시 여성의 주변으로 밀려
나 버린다.

여성성이라는 낙인은 김혜순의 시에서의 여성을 주체로 간주하는 것
이다. 그리고 그의 시가 여성성 혹은 여성적인 몸을 '표현'하는 것으로 여

---

1   김혜순, 「창문 열린 그 시집」 부분.

긴다. 그러나 김혜순의 시에서의 특징은 정확히 반대다. 그는 반영한다. 그것들을. 그는 "거울크림"을 바르고 그것을 자신의 몸 위에서 펼쳐 보인다. 김혜순의 시에서 주체적인 것, 말하자면 살아서 움직이고 보고 태어나는 것은 내가 아니라 그것들이다. '김혜순'은 쓰는 자가 아니라 언어들에게 입을 빌려 주는 자이며, 그의 시는 살아 있는 언어들의 축제의 밤 자체다.

그의 시에서 언어들은 핼러윈 밤에 불러온 소악마들처럼 활발하게 뛰어다닌다. 동사는 주어를 떼어 놓고 뛰어다니고, 형용사는 혼자 뽐내며, 대명사는 아무것도 대리하지 않는다. 이 밤의 축제에 통사법의 규율이나 의미의 통일성이라는 법은 작동하지 않는다. 말하자면 이 시집의 언어들은 살아 있는 것들, 자신의 삶과 욕망을 가지고 자신의 욕망의 경로에 따라서 움직이는 것들이다. "엎드려서 웅얼웅얼 글씨 읊조리고 있는 우리 집"처럼 살아 있는 언어들, "'높'과 '깊'이 복도를 휘돌아 울며 돌아다니는 소리"(「높과 깊」)에 귀를 기울이면, 그 말 속에 숨어 있는 "악령의 눈동자"와 마주친다.("즐거운 집이라는 말 속에는 무엇이 들어 있나/ 소름끼치도록 말랑말랑해 두 주먹을 꽉 쥐지도 못하는/ 시시로 치미는 악령의 눈동자가 한 벌 들어 있네"(「정작 정작에」))

우리는 이 언어들을 미첼을 따라서 '이미지'라고 부르자. 그것은 사물이 아니며, 보이지 않는 것이니 대상도 아닌 것 같다.("이렇게 보면 토끼고/ 이렇게 보면 오린데/ 토끼고만 있구나"(「토끼야? 오리야?」)) 그것이 무엇인지 알아보려 하면, 그대로 도망가 버리는 것들. 지각될 수도 없고, 재현될 수도 없는 이름 없는 형상들이다. 그것들이 단일하고 인식 가능한 얼굴과 안정된 이미지를 가지게 되면 대상이 되겠지만, 그것이 불안정하고 다중심적인 변증법 속에서 명멸한다면 하나 이상의 이름과 하나 이상의 정체성을 필요로 하는 '토끼-오리' 같은 혼종적인 것이 된다.[2] 그러나 그것이

2   W. J. T. 미첼, 김전유경 옮김, 『그림은 무엇을 원하는가』(그린비, 2010), 242쪽.

무엇이든 간에, 어쨌든 내가 그것을 본다면 그것은 내 눈에 새겨진다. 나의 망막은 스크린처럼 그것들을 비춘다. 토끼든 오리든, 혹은 재현될 수 없는 형상이든 그것들은 나의 눈 속에서 존재할 수 있다.

"거울크림을 바르고 천천히 지워져"(「창문 열린 그 시집」) 가는 '나'는 여기에서 정확히 거울이다. 거울이야말로 이미지를 재생산하는 것, 나는 이미지에 사로잡혀 나를 내주고, 그 이미지가 된다. 빛이 비치면 빛을, 달이 비치면 달을. 나는 그것을 모방하고 그것의 얼굴이 된다. 나는 이미지의 얼굴이 됨으로써 동시에 나의 얼굴이 된다. 나도, 대상도, 배후에 '진짜'인 무엇을 가지고 있지 않다. 언제나 서로에게 비추어서 사라지기 때문이다. 나는 거울크림을 바르고 지워지고, 달은 나의 지워진 얼굴에 크림을 발라 준다. 나는 달이 되고 달은 나에게 갇힌다. 그리고 축제는 계속된다.

우리는 이 이미지들을 보는가? "내가 또 이 부재의 비밀을 당신에게 투척하니 흡입하시어"(시인의 말) 보지 말고 먹으시길. 이미지들이 뛰어다니는 경로에 입을 빌려 주시길, 먹어 치우지 말고 삼키지 말고 다만 구멍이 구멍을 낳듯, 구멍으로 "궁핍하시길."

고독한 존재의 밤, 빛나는 폴라리스

혀끝에 남은 말들이 하나씩 공중에 올라
검은 구멍들을 형성한다
이것은
낯익지 않은 어둠

나의 귀가
나의 것이기만 했다면
더 아름다운 얼굴을 가질 수 있었을 것이라고 생각한다
폭죽처럼 떠올랐다 사라지는

어떤 생들이 겪는
추위의 이상함
서울, 베이징, 나하, 밤거리의 불빛들,
복수(複數)로만 환기되는 삶들,

보도블록 아래로 흘러가 바깥에 이르는 도시의 이물질들

우리 자신의 밝기를 스스로 증명할 수 없는
우리는 그것을 증가시킬 수도 없다

우리는 우리를 되비추는 종족으로서
잊은 생이 되살아나기를 꿈꾸었으나
하늘에는
0개의 시간 속에 튕겨져 나온 그림자들

지구에 뚫린 하나의 구멍 위에
두 다리만 기대고 서서
다음 목적지를 잊고서
다만 빛나고 있음을 알 뿐인[1]

　　낭만적 영혼에게 멀리서 반짝이는 별이란 지상의 존재를 증명하는 빛나는 증서 같은 것이었다. 별이 아름다운 것은 허공에 붙박인 한낱 돌덩어리를 아름다운 것으로 발견하는 내가 있기 때문, 별은 나의 영혼의 아름다움을 비추기 때문에 아름답고, 별이 아름답다는 것을 아는 나는 아름답다. 그러니 지상의 광막한 어두움 속에 내가 홀로 서 있더라도, 나는 절대적으로 혼자 있는 것이 아니다. 내 고독한 영혼은 별이 비추어 증명해 주기 때문이다. 우리는 서로의 존재를 알지 못하지만 별이 있으므로 저 어딘가에 나와 같은 영혼이 존재함을 안다. "우리는 우리를 되비추는 종족으로서" 거기에 있을 때, 우리는 모두 별이다. 그러나 별이 우리를 비추어 주지 않는다면, 다만 "0개의 시간 속에 튕겨져 나온 그림자들"만을 발견할 뿐이라면, 나의 영혼은 누가 증명해 주나.

1　　하재연, 「폴라리스」, 《창작과 비평》, 2012. 가을.

이 시는 별이 영혼을 증명하지 않는 시대, 지상에 편재한 인공 불빛들이 별빛을 대신한 시대의 고독한 존재에 관한 성찰로 읽힌다. "서울, 베이징, 나하, 밤거리의 불빛들"은 다만 무수한 삶들의 복수성만 환기하고 우리는 이 모든 거리의 인공 불빛에 기대어 나 자신이 "보도블록 아래로 흘러가 바깥에 이르는 도시의 이물질들"일 뿐임을 자각한다. 우리는 "폭죽처럼 떠올랐다 사라"지면서 나의 얼굴을 잃고, 도시의 화려한 인공 불빛으로 얼굴을 대신한다. 밤거리에 빛나는 인공 불빛들의 수만큼 많은 삶들, 얼굴을 잃고 내면을 잃은 삶들은 외롭고 춥고 밝다.

그러나 바로 그 순간에, 우리가 "폭죽처럼 떠올랐다 사라지"는 시간에 우리는 불빛에 환기된 어두운 그림자를, 나의 그림자를 발견한다. 별 대신 하늘에 올려진 것은 우리에게서 튕겨져 나온 그림자들, "혀끝에 남은 말들이 하나씩 공중에 올라" 형성된 "검은 구멍들". 지상의 나를 되비추어 주는 것은 빛이 아니라 그림자, 나의 뒤에 있는 것이자 나 자신으로 있기 위해서 내가 숨기고 있는 그것[2]이다. 인공 불빛이 비추어 주는 환등상도 아니고, 나의 내면의 아름다움을 증명하는 별빛도 아닌, 오직 그림자로만 반영되는 '나'는 누구인가.

이러할 때, '나'는 블랑쇼적 의미에서 역사적이다. 말하자면, '나'는 이전에 있었던 두 개의 존재 형식을 거부한다. 나는 내면을 자연으로 투사하여, 내면의 숭고한 세계를 자연 위에 건설했던 낭만적 존재가 아니다. 나 바깥의 세계로 복귀하여, 복제의 불빛 속에 무한히 증식하는 나 전체를 나로서 승인한 포스트모던한 존재도 아니다. 나는 그 어디에서도 나의 대칭 쌍을 발견하지 않고 가지지 않는, 절대적으로 혼자인 나로 남는다. 나의 존재를 증명해 주는, 그리하여 나와 그것으로써 세계를 완성하기를 거절하는 나는 절대적으로 결핍된 존재로서만 여기 남아 있다. 이 결핍은

---

2 모리스 블랑쇼, 『문학의 공간』, 366쪽.

나를 증명해 주는 그 모든 것이 사라졌을 때조차, 내가 존재하고 있다는 것을 증명하는 구멍이다.

말하자면, 그림자는 내가 결핍되어 있는 존재임을 알리는 존재, 숨겨진 것이 아니라 나의 숨김 그 자체다. 그림자가 "낯익지 않은 어둠"일 때, 우리의 생이 "폭죽처럼 떠올랐다 사라"질 때, 남는 것은 모든 것이 사라졌다는 바로 그 사실. 어두운 밤이 비추어 주는 것은 아직 무엇이 있다는 것, 그림자의 어둠은 나라는 빛을 환기한다. 우리는 "우리 자신의 밝기를 스스로 증명할 수 없"으며, "그것을 증가시킬 수도 없다." 왜냐하면 우리는 우리의 그림자로만, 지상의 빛임을 알기 때문이다. 나 아닌 무엇, 내가 없는 그 무엇을 통해서만 거기에 내가 있음을 증명받는 존재이기 때문이다.

이 모든 결핍, 절대적인 고독 속에서 시간은 0으로 되돌려지고 공간은 허공으로 변환된다. 나를 떠받친 지상이 한 개의 구멍으로 변환될 때 우리는 다만 그 자리에서 "두 다리만 기대고 서서/ 다음 목적지를 잊고서/ 다만 빛나고 있음을 알 뿐"이다. 이제 내게 남은 인식은 나라는 존재에 대한 증명이 아니라, 내가 결핍되는 자리에서만 서 있을 수 있다는 어떤 사실이다. 그러나 이 인식이야말로 절대적으로 고독한 존재에 대한 증명이 아닌가? 나는 내가 없는 자리에서만 존재한다. 나는 고독할 때에만 나다. 나는 지상의 검은 구멍, 고독한 존재의 밤에 빛나는 폴라리스.

영시(zero hour)의 카프카
황병승, 『육체쇼와 전집』(문학과지성사, 2013)

나는 승리했고, 나는 완전히 패했네[1]

"나는 보여 주고자 하였지요, 다양한 각도에서의 실패를. 독자들은 보
았을까, 내가 보여 주고자 한 실패. 보지 못했지…… 나는 결국 실패를 보
여 주는데 실패하고 말았다!"(「내일은 프로」) 황병승의 새 시집 마지막 편
의 첫 구절을 벤야민의 방식으로 읽는다면, 우리는 이렇게 말할 수 있을
것이다. 황병승이 자신의 실패를 강조했던 열정보다 더 기억할 만한 것은 없을
걸세.[2]

카프카의 소설에서처럼 이 시집의 화자들은 실패한다. 글쓰기에 실패
하고, 글쓰기를 포기하는 데 실패하고, 사랑에 실패하고, 이별을 받아들이
는 데 실패한다. 그리고 이 실패의 포즈들을 통해서 이 시집은 여객선을 삼
킨 고래가 자신의 뱃속에서 토해 내는 온갖 가지 "더럽게 아름다운 것들"
(「세상의 멸망과 노르웨이의 정서」)을 자신의 전 페이지에 다 새겨 내고 있
다. "실패한 자로서, 실패의 고통을 안겨 주는 이 페이지에서, 당신들이 수

---

1   황병승, 「목마른 말로 2」 부분.

2   발터 벤야민, 반성완 옮김, 「좌절한 자의 순수성과 아름다움」, 『발터 벤야민의 문예 이론』(민음사,
1983), 101쪽.

시로 드나들 이 페이지에서, 페이지가 너덜거리도록 당신들과 만나는 고통 속에서,"(「내일은 프로」) 그려진 시집의 모든 실패의 풍경들은 "몰락 속에서, 몰락의 고통을 잊기 위해 온 집안이 취해 있었고, 서로가 그것을 묵인 했"던 시간, 몰락이 "더욱 치명적으로 아름답게 만"든 장소, 약에 찌든 가엾은 소년의 "종착역"이기도 한 "너덜란드"(「벌거벗은 포도송이」) 같다.

이 시집은 아름답다. 이토록 침울하고도 쓸쓸한, 몰락의 시간이 아름답기 때문이다. 어째서 번영의 시간보다 몰락의 시간이 아름다울 수 있는가? 그것은 몰락만이 유일하게 예정된 것, 궁극적이면서 필연적인 것이기 때문이다. 헤이트시에서 헤이트시로 옮겨 다니던 삶의 여정(「벌거벗은 포도송이」)처럼, 인생의 모든 순간들이 일종의 치욕적인 과정들의 연속인자들에게 "열심히 하면 된다"는 통찰은 결국 "오로지-불과하다는 결론에도달하기 위해/ 오로지-불과하다는 처음에 도달하기 위해"(「Culde Sac」)행해진다. 말하자면, 몰락은 궁극적인 종착역이지만 동시에 출발점이다. 그것은 결국 마지막에 실패할 것이라는 어떤 확신이다. "내일을 어떡해야하나/ 내일을 어떡하다니/ 내일을 어떡하면 좋단 말인가, 이것이/ 처음이되고 마지막이 되어 버린 지옥/ 내일을 말이야"(「塵塵塵」).

가장 아름다운 시 중 하나인 「신(scene)과 함께 여기까지 왔다」는 카프카에 대한 벤야민의 언급을 상기시킨다. 그가 일단 좌절할 것이라고 확신하자, 도중의 모든 일들은 꿈속에서처럼 그에게 일어났다. "진창에서태어나 진창으로 사라지는 날까지" 이 모든 날들의 과정 속에서 "가정과생활 밤 동료들 그리고 수많은 장소들로부터/ 나는 다만 껍데기에 불과했다고……/ 나는 누군가의 목소리를 빌려 말했다". 그는 자신의 현재로부터, 모든 순간과 장소들로부터 분리되어 있다. 아니, 그는 그 자신조차 아니다. 이 시는 모든 것이 좌절된 시점, 이 모든 날들의 끝에서 과거의 시간들에 대한 발화인 것 같지만, 정확히 반대다. 자신의 처음이 "진창"인 것처럼, 끝도 "진창"일 것이라는 확신, 궁극적인 좌절에 대한 확신이 현재와 과거 미래 모두를 실패의 연속으로 이끌어 가고 있는 것이다.

좌절과 실패의 반대항으로 일컬어질 수 있는 이른바 '성공적 미래'란 이 시집에서 결코 오지 않는다. 화자는 처음부터 실패하고, 실패의 과정을 거쳐, 궁극적인 실패에 이른다. 성공을 위한 노력이 불충분하기 때문이 아니다. 예감하기 때문이 아니라, 확신하기 때문에 실패하는 것이다. 실패에 대한 확신은 이 모든 과정들의 시작이자 소멸점, 궁극적이고 필연적인 영시(zero hour)이다. 그것은 이 시집에서의 사랑의 시간, 반드시 실패하는 첫사랑의 시간이다. 그는 약혼자에게 편지를 쓰다가, 사랑에 실패한 카프카가 되었지만, 카프카의 실패마저 따르지 못하는, 말하자면 실패한 카프카조차 될 수 없는 자로 이 실패의 자리에 계속 머문다. "사람들에게 변신을 내가 썼다고 말했습니다/ 안개와 어둠뿐인 성 주변을 맴돌며 오늘도 심판을 기다리고 있다고……"(「톱 연주를 듣는 밤」).

이전의 두 시집에서 그는 궁극적인 '확신'의 세계, 모든 것이 자명하고 성공적인 세계를 비틀어 왔다. 그 중심에는 시코쿠의 육체가 있고, 이는 근대적 아이덴티티가 비틀리는 지점이자 성공적 세계를 폭발시켜 버릴 일종의 폭탄이었다. 그의 가장 나중에 나온 이 시집은 이전 두 시집의 처음, 시코쿠 폭탄이 터지기 직전의 시간(zero hour)이다. 그는 이 시집에서 진정으로 실패했고, 그 실패를 바로 자신의 육체이자 책, 『육체쇼와 전집』의 모든 페이지에 새겨 놓았다. 이것은 성공적인 세속적 세계와 대척점을 이루는 위대한 실패, 미학적이고도 윤리적인 실패가 아니다. 이 시집에서 그의 실패는 시대의 실패를 자신의 개인적 실패로 받아들이는 것이며, 그 자신의 실패를 통해 궁극적인 세계의 종말을 육화하는 것이기 때문이다. "자 제가 보여 줄 수 있는 육체의 쇼는 무엇입니까"(「육체쇼와 전집」)라고 물을 때, 그는 동시에 이렇게 답한다. "나는 카프카도 그 어떤 누구도 아닌, 죽어 가는 노모와 단둘뿐인 텅 빈 박제에 불과하지만/ 삶이 가능할 거라고 믿고 있습니다, 뻔뻔하게도"(「톱 연주를 듣는 밤」).

2부

상실과
우울

우울한 그대, 사랑하는 자

멜랑콜릭 알레고리

> 맑은 밤하늘보다 더 아름다운 것이
> 도시의 야경이다
> 마천루의 골격과 피부
> 미세한 신경 다발처럼 엉켜 있는
> 고가도로와 지하철의 흐름들
>
> 속도는 순결하다
> 어떻게 우리가 이 보석 같은 강물 위를 흘러
> 사랑의 집에 이르지 않을 수 있겠는가?[1]

눈을 부릅뜬 천사, 우울의 얼굴

뒤러의 「멜랑콜리아 I」에서 천사는 손을 턱에 괴고 앉아 생각에 빠져 있다. 눈을 반쯤 내리깔고 아래를 보는 일반적인 사색의 얼굴과는 달리, 그는 두 눈을 부릅뜨고 먼 곳을 응시하고 있다. 그 시선의 끝에는 무엇이 있는지 알 수 없지만, 아마도 그가 보는 것은 실체가 있는 대상은 아닐 것이다.

고대 그리스의 4대 기질론에서 출발한 멜랑콜리는 오랜 역사를 거치

---

1   함성호, 「잔인한 숲」 부분, 『너무 아름다운 병』(문학과지성사, 2001).

는 동안 개념의 변천과 더불어 지위의 등락도 함께 겪어 왔다. 그 역사는 쥘리아나 시에사리(Julinana Schiesari)가 다음과 같이 정리한 바 있다. 그 것은 "르네상스에 의해 개시되고, 계몽주의에 의해 정련되었으며, 낭만주 의에 의해 과시되고, 데카당스에 의해 물신화되며, 프로이트에 의해 이론 화되었다. 그리고 포스트모던과 함께 부활한다."[2] 매우 적절한 정리이기 는 하지만, 이는 멜랑콜리 담론의 한 측면을 강조한 것에 불과하다. 멜랑 콜리는 한마디로 정의될 수 없는 개념이며, 이는 그와 관계된 단어의 목 록을 나열해 보기만 해도 쉽게 알 수 있다. 침울함과 떠들썩함, 천재성과 광기, 현자와 바보, 나태와 과도한 충실, 침묵과 다변 등 이 개념이 포괄하 는 단어의 목록은 너무나 포괄적이고 양가적이다. 다만 이들 사이에 공통 점이 있다면, 그것은 너무 깊이 생각하기에 너무 높은 곳을 향하게 되는 사람이 빠지기 쉬운 어떤 무력함과 광기라고 할 수 있다.

고대 그리스의 의학에서 '검은 담즙(black bile)'의 영향을 받아 침울 하고 수심에 가득 찬 기질로 평가받았던 멜랑콜리는 그 기질을 가진 사 람이 빠지기 쉬운 광기에 대한 경계에 노출되어 왔다. 아마도 우울가에 대한 고대적인 형상은 '동굴 속에 은둔한 미친 예언자'로 이미지화할 수 있을 것이다. 중세의 신학 담론에 의해 유폐되었던 우울가의 천재적인 형상을 복권한 르네상스기에도 문제는 우울한 자가 어떻게 광기에 빠지 지 않고 신적인 능력을 얻을 수 있는가 하는 것이었다. 말하자면 숭고한 우울, 이른바 '영웅적 우울'을 열등하고 파멸적인 우울로부터 분리해 내 는 일이었다.

멜랑콜리의 양가성은 이 평행 저울 위에 놓여 있다. 열등하고 파멸적

---

2   J. Schiesari, *The Gendering of Melancholia*(Ithaca: Cornell Univesrity Press, 1992), 3~4 쪽; J. Radden, "Introduction: From Melancholic State to Clinical Depression," *The Nature of Melancholy*(New York: Oxford University Press, 2002), 47쪽에서 재인용.

인 측면을 강조할 때, 심리학과 정신분석학이 줄기차게 발전시킨 것처럼 그것은 견고하고 정상적인 자아를 파괴하는 정신병으로서 간주된다. 멜랑콜리를 격하하여 수용한 근대적 용어, 우울(depression)은 치료해야만 하는 정신적 혼란을 가리킨다. 또 숭고한 우울의 측면을 강조할 때, 그것은 물화된 세계의 껍질을 깨고 본질의 빛을 구현할 수 있는 예술가의 천재성으로 특권화된다. 이때 우울가의 광기는 그 주체의 통제할 수 없는 강력한 힘으로 미화된다.

그러나 이는 우울가의 형상이자 우울의 특징이지, 우울의 구조는 아니다. 우울을 '원인 없는 슬픔과 공포'로 간주할 때조차, 이 우울이 왜, 어떻게 발생하는지에 대해서는 침묵한다. 여기에 대해 주목할 만한 입론을 펼친 프로이트와 벤야민을 따라서, 이 글은 멜랑콜리의 구조를 탐구하고자 한다. 그럴 때, 우리는 다시 '우울의 천사'의 얼굴과 마주친다. 더하여, 하나의 얼굴을 여기에 겹쳐 놓는다. 카라바조의 「병든 바쿠스」라는 제목의 자화상이다. 뒤러의 천사처럼, 병든 바쿠스는 고개를 외로 꼬고 눈을 부릅뜨고 있다. 그런데 그는 정면을 바라본다. 거울 속의 자신이자, 거울 너머의 그 무언가를. 이 시선의 끝에 있는 것은 무엇인가?

이 아름다운 폐허, 사물의 흔적을 사랑하다

프로이트는 최초로 우울한 자의 마음의 구조에 관심을 가졌다. 그의 유명한 논문 「슬픔과 우울증」에서 그는 애도와 우울을 구분한다. 그에 따르면, 사랑하는 대상을 상실한 것에 대한 반응이 애도와 우울이다. 사랑하는 대상을 상실했을 때, '정상적인' 절차를 거쳐 우리는 그에게 집중되었던 마음의 에너지를 철수시키는 작업을 한다. 거기에는 어떤 저항이 있겠지만, 결국에 우리는 그가 부재한다는 사실을 '현실적'으로 받아들이고,

드디어는 그 대상에 매여 있던 마음의 속박으로부터 해방되어 자유로워진다. 이것이 프로이트가 말하는 애도의 작업이다. 그런데 우울증의 경우에는, 어떤 이유에서인지 이 애도의 과정이 정상적으로 이루어지지 않기 때문에 발생한다. 대상에 집중되었던 마음의 에너지가 대상을 상실한 이후에도 철회되지 못하고, 자기에게로 되돌아온다. 그것은 자아가 결코 사랑의 관계를 포기하고 싶지 않기 때문이다. 상실한 대상과 자기와의 동일시를 통해서, 그 마음의 에너지를 자기에게로 집중시키기 때문이다. 이러한 메커니즘에서 자아는 결코 사랑의 관계는 포기할 필요가 없다. 어쩌면 무엇인지도 모르는 것이었던 '대상'이 부재하더라도 상관이 없는데, 왜냐하면 이제는 대상과는 전혀 상관없이 사랑의 관계를 지속시킬 수 있기 때문이다. 물론, 프로이트에게 이는 '애증 병존의 감정'으로 특징된다. 자기에게로 되돌아간 사랑은 그 관계로 인해서 증오를 발생시킨다. 자아는 결국 두 개로 분열된다. 자아는 대상을 상실하게 한 원인이 나 자신에게 있다며, 스스로를 가혹하게 비판한다. 대상에 대한 증오는 결국 나 자신에 대한 증오로 바뀌고, 파괴적인 결과는 결국 자살로 이어지기도 한다.

그러므로 우울증자는 그 파괴적인 결과에도 불구하고 사랑의 관계를 지속적으로 유지하고자 하는 강력한 마음의 경향성을 지닌다. 이 마음의 지향성이라는 측면에서 벤야민 역시 다음과 같이 말한다. "비애는 그 지향성의 놀라울 정도의 지구력에 의해 규정된다. 이러한 지향성은 비애 이외의 감정 가운데에서는 아마도 (그 작용 방식이라는 의미에서는 아니지만) 오직 사랑만이 갖고 있을 것이다."[3] 이 경우에도 마음의 대상이 무엇인지는 크게 중요치 않아 보인다. 우울은 대상에 도달하고자 하나 결코 도달하

---

3   발터 벤야민, 조만영 옮김, 『독일 비애극의 원천』(새물결, 2008), 178쪽. 벤야민은 비애(trauer)와 우울(melancholy)을 특별히 구분해 사용하지 않고, 또한 벤야민이 사용하는 비애의 개념은 비애극의 개념에서 도출되는 것이기 때문에, 이때의 '비애'를 '우울'과 동일한 개념으로 보아도 무방할 것이다.

지 못할 때, 그럼에도 불구하고 도달하고자 하는 노력을 멈추지 않을 때 발생한다. 그러므로 벤야민은 비애를 한편으로는 열정과 연결시킨다.

프로이트의 경우, 이러한 마음의 지향성은 주로 사랑하는 사람이라는 대상의 상실에 의해 촉발된다. 벤야민에게 상실은 조금 더 문명론적으로 확대된다.

> 인간의 행위에서 모든 가치는 제거되었다. 무언가 새로운 것이 성립했지만, 그것은 공허한 세계였다. (중략) 단지 신앙이라는 이유만으로 삶의 가치가 보잘것없는 것으로 전락할 수 있는 존재가 아니라는 점을 삶은 깊이 감지했다. 현존재 일체가 그런 식으로 휘둘릴 수 있으리라는 생각에 삶은 공포심에 깊이 사로잡혔다. 죽음의 사상 앞에서 삶은 깊이 경악했다. 감정이 그 공허해진 세계를 가면으로 새롭게 되살려 내고 이를 바라보는 데에서 수수께끼 같은 만족을 얻게 되는 마음의 지향성이 비애(트라우어)이다.[4]

17세기 바로크 시대를 무대로 펼쳐지는 벤야민의 사유는 이 시기가 그 어떠한 신학적 구원도 불가능해진 시대였음을 통찰한다. 엄격한 프로테스탄티즘의 윤리는 삶을 다만 내세의 구원을 위해 견뎌 내야만 하는 고행으로 간주했다. 세계는 말 그대로 공허한 폐허가 된 것이다. 벤야민이 19세기를 이해하기 위해서 17세기로 돌아갔다는 사실은 강조되어야 한다. 그는 자본주의의 화려한 번영 속에서 바로크적인 비전을 보았다. 오리엔트에서 온 진귀한 향료와 상아 조각상들, 기계로 작동하는 인형들, 철골로 된 '현대적인' 건축물들, 우아한 옷감들과 최신 유행의 패션들, 그리고 파리의 거리를 환하게 밝히는 전등과 최첨단 자동차들과 같은 현대적 산물들은 파리로 모여들고, 파리에서 펼쳐졌다. 이 환등상(phantasmagoria)

---

4 위의 책, 176~177쪽.

이 주는 매혹은 그러나 그것들이 곧 쇠락하고 버려질 것이라는 그 사물의 운명에 대한 비감과 결부되어 더 강력해진다. 여기에는 인간의 역사를 발전과 진보의 역사로 보는 것이 아니라 소멸하고 몰락하는 자연사로 보는 관점이 게재된다. 세계는 폐허가 되었다. 그러나 이는 화려한 외양을 입은, 보들레르의 표현대로 '인공 낙원'으로 현현한다. 상실된 것은 물화된 사물들이 가지고 있던 본연의 빛이었으며, 이는 벤야민에게 '이념'으로 상정된다. 벤야민의 우울가는 이 '이념'에 대한 강력한 마음의 지향성을 가지고 있는 것이다.

프로이트의 우울증자는 이미 상실한 대상을 자신과 동일시하는 이상한 상황에 빠지게 된다. 상실의 과정에서 애도로 통합될 수 없는, 혹은 애도할 수 없는 대상의 잔여는 늘 남게 되는데, 우울증적 주체는 이 잔여를 충성스럽게 고집하는 것이다. 지젝이 비판하듯, 우울증이 상실한 대상은 애초에 '없는 대상'이었다는 점에서, 우울증적 주체는 없는 것을 마치 있었던 것으로 여기는 역설을 만들어 낸다. 무조건적이고 돌이킬 수 없는 상실 속에서 대상은 오히려 과잉 현존하게 된다.[5] 그것은 말 그대로 대상의 유령이자, 죽은 것들의 귀환이다. 우울증자는 대상의 부재를 통해 대상의 현존을 구성하려는 불가능한 작업에 빠져 있다. 그러나 대상이 무엇인지에 집중되어 있는 지젝의 비판은 이렇게 다시 비판될 수 있지 않겠는가? 그 불가능한 작업을 끝없이 반복적으로 지속해 가는 것, 이 열정에는 대상을 그 죽음에서 구원하려는 주체의 절망적인 노력이 게재되어 있음을 높이 평가해도 되지 않겠는가?

벤야민이 우울가에게서 죽음의 세계를 구원할 수 있는 유일한 비전을 발견할 때, 그는 이 끝없고 강력한 마음의 지향성에서 그 가능성을 본다. 그는 "만일 어떤 구원이 존재한다면 그것은 신적인 구원 계획이 완수된다

---

5 슬라보예 지젝. 『전체주의가 어쨌다구?』. 218쪽.

는 데에 존재하기보다는 오히려 바로 이 암담한 운명 자체의 심층에 존재한다."[6]라고 말한다. 즉, 그것은 폐허와 잔해에 집중하는 것, 그것들에 대한 깊은 천착을 통해 이 세계를 죽음의 운명에서 구원할 수 있으리라는 것이다. 벤야민은 '인간에게 불충성하고 피조물의 운명에 충성'하는 '궁신'의 형상에서, 그리고 사물을 맥락에서 떼어 내어 재배치하는 수집가의 형상에서 이러한 우울가의 형상을 본다. 그들은 아주 작고 사소한 것들, 오직 흔적으로만 남은 것들, '죽은 사물들'에 천착한다.

우울한 자의 시선의 끝에는 폐허가 있다. 거기에는 이미 죽어서 사라진 세계가 있고, 그 흔적만이 파편적으로 흩어져 있을 뿐이다. 그것은 모든 피조물적 존재이자 피조물로서의 자신이기도 하다. 이 흔적을 구원하려는 절망적인 노력, 그것은 곧 모든 죽은 것들에 대한 사랑이다. 이 우울가의 시선의 끝에서 "그 침잠의 밑바닥으로부터 희미하게 되비쳐 오는 어떤 먼 빛의 반조"[7]의 인도로 인해 세계는 새로워질 수 있을 것이다.

3 언어의 유랑 ── 멜랑콜릭 알레고리

> 그녀가 소금에 절여져 있네
> 레몬 트리 소금은 슬프게 빛나고 나는
> 사랑을 말하기 위해
> 천 개의 단어를 사막에 심었다네
> 바빌론의 강가에서 나는 고백했지

---

6   발터 벤야민, 앞의 책, 90쪽.

7   위의 책, 202쪽.

레몬 트리 레몬 트리, 모든 물결들이 나를 춤추네[8]

사유가 지닌 운명은 개념 속으로 들어올 수 없는 사물의 타자성에 대면했을 때, 양 극단의 함정에 빠지기 쉽다는 것이다. 하나는 개념을 통해 그 사물을 보편화시켜 버리는 것이고, 또 하나는 사물의 타자성을 지나치게 강조해서 사유 자체의 불능에 빠져 버리는 것이다. 우리의 언어가 세계를 붙잡을 수 있다고 했을 때, 그러한 기획은 늘 불가능하다. 언어가 사물을 붙잡는 순간, 그것은 이미 지나가 버린 것, 즉, 죽어 있는 과거에 지나지 않기 때문이다.

그럼에도 불구하고 언어가 사물을 붙잡는다고 한다면, 상징화하는 방법이 있을 수 있다. 상징은 언어가 그 사물의 본질(이념)을 포착하고 있다고 상정한다. 그러나 그것은 기만에 불과하다. 상징화할 수 없는 잉여는 늘 남기 때문이다. 상징으로 그 대상의 의미 관계를 고착해 버릴 수 없는 우울가는 과거의 잔여이자 흔적을 계속적으로 따라간다. 이미 죽어 있는 것들을 연결하여, 그것의 연쇄를 통해 살아 있는 것으로 만들려고 한다. 벤야민이 수집가의 역할을 찬탄했던 것은 수집가의 작업이 사물을 전혀 다른 맥락에 배치함으로써 새로운 의미 연쇄를 만들 수 있고, 그런 한에서 사물은 물화된 껍질을 벗고 본연으로 되돌아갈 가능성을 얻을 수 있기 때문이다. 벤야민의 방대한 메모 모음, 『파사젠 베르크』(passagen-werk, 『아케이드 프로젝트』의 원제) 자체가 그러한 무수한 사물의 흔적의 컬렉션인 것이다.

이러한 언어-방법이 알레고리다. 그것은 고정된 의미가 아니라 의미 작용을 추구한다. 끊임없이 바꾸어 말하는 것은, 고정된 언어가 그것을 포착할 수 없기 때문이기도 하고 오직 이러한 과정을 통해서만 사물은 그

---

8   함성호, 「레몬 트리」 부분, 『너무 아름다운 병』.

빛을 보여 줄 수 있기 때문이다. 알레고리는 세계를 우울한 것으로 보는 우울가의 시선의 방법론이기도 하다.

알레고리는 '바꾸어 말하기'이다. 그것은 언어의 불능성을 온몸으로 자각하면서, 두 가지 방식으로 등장한다. 하나는 장광설로 또 하나는 침묵으로. 최근의 페미니즘 이론가들은 장광설을 남성적 우울로, 침묵을 여성적 우울로 설명한다. 여기에는 멜랑콜리를 젠더적으로 전유하려는 시도가 있다. 그러나, 우리 시의 현상을 보았을 때 이를 꼭 젠더로 설명할 필요는 없을 것 같다. 의미 없는 말을 끝없이 늘어놓는 장광설의 언어를 우리는 최근에 많이 만났다. 아무리 많은 말을 늘어놓아도, 그 언어들은 결코 단일한 의미에 도달할 수 없다. 그러할 때, 침묵으로 대응하는 시들이 있다. 말할 수 없는 말에 대한 사유들은 침묵으로 펼쳐진다.

그러나 어찌되었든, 이들은 모두 "사랑을 말하기 위해 천 개의 단어를 사막에 심"는 우울적 주체들이다. 그들은 하나의 단어에서 또 하나의 단어로, 그다음 단어로 건너뛰며 유랑한다. 나의 고백은 결국 사막을 떠나 "바빌론의 강가"에서 이루어질 것이나, 아마도 중요한 것은 이 고백의 '한 단어'가 아닐 것이다. 사막에서 강으로 건너뛰는, 한 단어에서 천 개의 단어로 건너뛰는 그 언어의 "모든 물결"들이 출렁거리며 넘쳐 나서 사랑의 과정을 이어 가고, 우울가를 춤추게 할 것이기 때문이다.

병적인 웃음, 미친 시들의 멜랑콜리

악마는 히죽히죽 웃네

"악마가 나타났다!"라고 2000년대 시단의 여기저기에서 외쳐 댔다. 한국 시의 내부와 외부를 지켜보던 양치기들이 외친 이 소리는 '비명'이기도 했고, '외침'이기도 했다. 진짜로 그들이 '악마'였는지 아니었는지는 모르지만, 손에는 육체를 절단하는 정육점 칼을 들고 나타난 짐승도 인간도, 혹은 귀신도 아닌, 혼종 교배된 얼굴을 한 이 이상한 존재들은 그야말로 안온한 한국 시의 울타리로 난입했다.

환상을 양식화하고 난해한 중얼거림을 시라고 엮어 놓았다는 탄식에서부터 새로운 전위성을 보여 준다는 찬사에 이르기까지 이 악마들의 정체성을 둘러싼 논쟁이 끊이지 않았다. 그 논쟁은 결국 '서정'이란, '시'란 무엇인가를 묻는 데까지 전화(轉化)했다.

그러나 아비를 살해하고, 가족을 죽이며 또 인간의 몸을 발기발기 찢어 늘어놓은 이들의 시는, 정확히 말하자면 그들의 시적 이미지들은 완전히 새로운 것은 아니다. 이상은 도끼로 자신의 일가족을 살해하는 환상을 '수필'로 써냈고 그로테스크 이미지를 전면화한 1950년대 시인들이 있으며, '몸'에 천착해 온 여성 시인들의 전통도 있다. 더 나아가 이들이 포스트모던한 시의 극단적 예에 지나지 않는다고 말한다면 이들을 폄하하는 일인가? 악마는 나타난 것이 아니라 자라난 것이다. 이솝을 따라 덧붙이자면 악마는 실체 없는 늑대가 아니라 양 떼였던 것이다.

그러나 이들을 악마라고 부를 수 있는 이유가 있기는 하다. 그것은 더없이 불쾌하고 뻔뻔하기까지 한 이들의 '웃음'이다. "다리가 잘린 아버지가 목이 없는 아이의 무릎에 포개져 방바닥에서 웃고 있었다 감탄한 나는 자꾸 사진을 찍었다"[1]에서 나타나는 웃음, 혹은 성기를 정육점에서 잘라 버리고 "잔뜩 속상한 표정의 사내를 흉내 내곤 하죠, 웃음…… 웃음……"을 짓는 "대야미의 소녀"[2]의 웃음이 그것이다. 이러한 웃음이 우리 시의 전통에 있었던 것인가? 아니, 이런 웃음이 가능하기는 한가?

이 웃음에는 가학성과 피학성이 복잡하게 얽혀 있지만, 웃는 주체는 그 가학성과 피학성을 자각하지 못한다. 이 웃음은 공격하는 대상이 없으므로, 풍자적 웃음이 아니며 화해의 의지가 없으므로 해학적 웃음도 아니다. 아마도 이에 가장 가까운 웃음의 전통을 찾자면, 바흐친의 카니발적 웃음을 들 수 있을 것이다. 카니발적 웃음은 무엇보다 육체의 해체와 재조합에 근원을 두고 있기 때문이다. 육체의 상부와 하부의 자리가 바뀌고 성적인 신체 부위가 강조됨으로써 과장된 웃음은 유쾌한 웃음으로 바뀐다. 그러나 바흐친에게 웃음의 근원인 육체는 개인의 것이 아니라 우주 그 자체였기 때문에, 육체의 해체와 재조합은 육체를 지배하는 억압적 질서의 해체에 상응한다. 그러므로 바흐친에게 웃음은 세계의 공포성을 극복하는 해방적인 웃음이었다.

1   이민하, 「사진놀이」, 『환상수족』(열림원, 2005).

2   황병승, 「대야미의 소녀 ── 황야의 트랜스젠더」, 『여장 남자 시코쿠』.

이들의 웃음은 육체의 뒤섞임에서 근원하지만, 이 육체는 그냥 고깃덩어리일 뿐이다. 그 어떠한 인간적 의미도, 바흐친적인 우주적 의미도 지니지 못한다. 육체의 해체와 재조합은 진흙을 요리조리 뜯어 붙이는 놀이에 불과한 것이다. 이들 육체-놀이가 불편하게 느껴지는 이유는, 인간의 몸에 부여된 모든 의미를 소거해 버리면서도 이 소거에 대한 자의식이 전혀 드러나지 않기 때문이다. 그러니 이들은 이른바 '정상'이 아니다. 여기에 '광기'의 문제가 걸린다. 이 '병적인 웃음'의 근원은 어디인가?

두 개의 멜랑콜리, 울증과 조증

> 물기 남은 바닷가에
> 긴 다리로 서 있는 물새 그림자,
> 모든 것을 잃어버린 사람처럼 서서
> 멍하니 바라보네
> 저물면서 더욱 빛나는 저녁 바다를[3]

『어느 날 나는 흐린 주점에 앉아 있을거다』(문학과지성사, 1999)를 내기 전, 그리고『게눈 속의 연꽃』(문학과지성사, 1990)을 낸 후 황지우는 진흙을 만지며 시간을 보냈다. "진흙의 감각적인 구체성과 직접성"[4]이 더 이상 어떤 언어도 토해 낼 수 없었던 그를 치유했다고 고백했던 그는 그 진흙의 언어를『저물면서 빛나는 바다』라는 조각 시집에 담아냈다. 황지우

---

3 황지우, 「저물면서 빛나는 바다」, 『저물면서 빛나는 바다』(학고재, 1995).

4 황지우·박수연 대담, 「시적인 것으로서의 착란적인 것」, 《문학과 사회》, 1999. 봄, 338쪽.

의 이런 작업은 다른 설명을 붙이지 않아도, 정치적 멜랑콜리로 읽힌다. 1980년대의 정치적 비전에 대한 가능성을 완전히 상실하고, 「화엄광주」 (『게눈 속의 연꽃』)라는 애도 의식을 거행했지만, 그럼에도 남아 있는 어떤 막막한 상실감과 무력감, 무엇을 잃었는지 알 수 없지만 "모든 것을 잃어 버"렸다는 오직 '감각'만이 남아서 그를 지배할 때, 황지우의 작업은 이 어 찌할 수 없는 '감각'에 집중하는 데 바쳐진다.

이를 1990년대 시의 감각이라고 할 수 있을 것이다. 1980년대라는 거 대한 상실의 빈자리에 놓여 있는 주체로 회귀하는 그 길에 '감각'이 남겨 졌다. 그러할 때, "저물면서 더욱 빛나는 저녁 바다"에 머무는 "모든 것을 잃어버"린 자의 시선은 상실한 것들이 더욱 소멸해 가는 것을 보면서 그 속에서 어떤 먼 빛의 반조를 통해 슬픔을 재조명하는, 고통의 감각에 집 중함으로써 상실한 것을 자기 안에서 되살리는 우울가의 시선이라고 할 수 있을 것이다. "저물면서 더욱 빛나는 저녁 바다"가 1990년대적인 멜랑 콜릭 비전이라고 했을 때, 이를 유희적으로 비틀어 놓으면서 2005년의 멜 랑콜릭 감수성이 탄생한다.

고작 한 방울의 바다, 눈물 속에서 종이 울었지. 깨물린 미더덕처럼 터 진 입술의 혹 대체 몇 개나 키운 거니 종아, 세어 보다 새하얘진 지문의 내 가 고작 한 방울의 바다, 눈물 속에서 종처럼 울고 있었지.

이제 그만 뚝! 하고 그깟 해골 따윈 넘기지그래.

눈을 떴는데 청정 횟집 수조 속에서 문어들이 그 억센 다리를 새끼줄 로 내 목을 칭칭 휘감고 있었지. 우리들의 냉동고는 텅 비었고 회칼 쥔 우리 들의 주방장은 발이 모두 열한 개. 호루라기 부는 우리들의 주둥이는 안으 로 못 박힌 지 이미 오래걸랑. 나는 끊임없이 딸려 갔지만 끊임없이 밀려났지. 밀면 밀수록 까슬까슬 숱 붓는 머리칼이 주책없이 돋아나 싹 튼 양파가 되고 말았거든. 여ㅡ기ㅡ공ㅡ날ㅡ아ㅡ가ㅡ유. 나는 할 수 없이 던져졌지만 할 수 없이 되받아쳐졌지. 국자가 퍼올리는 문어전골 속에서도 말똥말똥 나는 차가운 눈알을 휘굴리고 있었거든. 어렵쇼? 이건 또 뭐야 나는 어쩔 수 없이 버려졌지만 어쩔 수 없이 건져졌지. 어둠 속에서 어거지로 빛을 내던 내 누런 이를 어머 금닌가, 들고 뛴 저 가난한 문어 대가리 때문에

이제 그만 뚝! 하고 그깟 해골 따윈 넘기려 그랬는데

고작 한 방울의 바다. 눈물 속에서 나는 여직 종처럼 울고 있지. 글쎄, 나는 아니라니깐요. 철창 안은 온통 민숭민숭한 문어 대가리들뿐, 너나없이 우글우글 떠들어 대고 있었지. 이 좆만 한 새끼들, 아가리 안 닥쳐? 황 형사가 사정없이 문어 대가리들을 박치기시키자 부서진 석고처럼 흰 가루들이 우수수 쏟아져 내리기 시작했지. 흩날리는 가면 속에서 서서히 광대뼈를 드러내는 해골, 해골들은 말이 없고 코털 속에 귀지 속에 비듬 속에 사뿐히 내려앉은 흰 가루들은 어느새 환히 눈먼 아침을 불러왔지. 다급한 듯 삐뚜름히 가발을 뒤집어쓴 채 해장국을 이고 온 여자의 젖퉁이를 주물럭대는 황 형사야, 잊지 말아요 너도 문어 대가리야![5]

이 시는 여러모로 「저물면서 빛나는 바다」를 뒤집고, 뒤섞고 있다. 「박치기하면서 빛나는 문어」가 명백히 「저물면서 빛나는 바다」의 패러디임을 지적하지 않더라도 이 시는 1990년대적인 '우울'을 전적으로 우롱하는 데서 출발한다. 슬픔의 토대이자 그 슬픔의 무한성을 나타내는 '바다'는 "고작 한 방울의 바다, 눈물"로 폄하되고, 그 고통의 감각은 "깨물린 미

---

5   김민정, 「박치기하면서 빛나는 문어」, 『날으는 고슴도치 아가씨』(열림원, 2005).

더덕처럼 터진 입술의 혹"으로 표상된다. 정말 홀딱 깨는 일이 아닐 수 없다. 정치적 멜랑콜리의 이유 없는 슬픔, 우울은 지극히 개인적인 감상으로 폄하되고, 화자는 발랄하게 외친다. "이제 그만 뚝! 하고 '그깟 해골' 따윈 넘기지그래." 이는 1990년대적 정치적 멜랑콜리의 감수성에 대한 반정립의 선언이다. 그러나 이 '해골'에 대한 애착이야말로, 우울가의 작업이 아니겠는가. 그러니, 실은 이 해골을 붙잡고 있는 우울가의 태도를 그녀는 문제 삼고 있는 셈이다. 이 선언을 올바로 고쳐 말하면 이런 것이다. "이제 그만 뚝! 하고 '없는 해골' 따윈 놓아 버리지그래."

아감벤이 적시했던 우울증자의 역설도 이런 것이다. 우울증자는 아무 것도 상실하지 않았는데도 마치 상실한 것[6]처럼 행동한다. 소유한 적이 없었으므로, 상실한 적이 없었던 것을 상실을 통해 마치 원래 가지고 있었던 것처럼 만드는 것이다. 여기에 환상, 즉 환상적인 현실을 구축하려는 주체의 욕망이 걸려 있다. 지젝이 비판한 것처럼 이 속에서 상실된 것은 과잉 현존[7]한다. 그의 말대로, 이런 것이 우울증적 동일시일 것이다. 그러나 사실, 모든 대상이란 원래부터 주체에게서 박탈되었던 것, 상실된 대상이 아닐 수 없다. 우울가에게 모든 대상은 "결코 도달할 수 없는 것"[8]으로 현존한다. 나와 사물 사이에는 거대한 심연이 놓여 있고, 우울가는 이 건널 수 없는 심연 앞에서, 이 거리로부터 벗어나고자 하는 길과 대상에 도달하고자 하는 길의 양가적인 갈등 속에 갇혀 있기 때문이다. 그러니 원래 없었던 것을 마치 상실한 것처럼 다룸으로써, 역설적으로 그 대상을 소유하려는 우울증자의 작업은 지젝의 비판처럼 환상에 불과할지도 모른다.

---

6   G. Agamben, *Stanzas*, trans. by R. L. Martinez(Minneapolis: University of Minnesota press, 1993), 20쪽.

7   슬라보예 지젝, 『전체주의가 어쨌다구?』, 222쪽.

8   G. Agamben, 앞의 책, 7쪽.

그러나 그렇지 않을 수 있는가? 이를 환상이라고 비웃는다면 그 길에서 벗어날 수 있는 방법은 무엇인가? 해골을 던져 버린 후, 잔혹한 동화, 줄거리라고는 찾아볼 수도 없는 광란의 언어(delirium)가 시작된다. 문어 대가리들이 문어 대가리를 요리하고, 훔치고, 잡혀 가고, 떠드는 이 이야기의 화자인 '나'는 문어 전골 속에서 요리되는 문어 대가리이기도 하고, 던져진 해골이기도 하고, 싹 튼 양파이기도 하면서, 문어 대가리들이 벌이는 '사건'을 흥미진진하게 지켜보는 관찰자이기도 하다. '나'의 정체는 무엇인가? 이야기 안에 있으면서 이야기 밖에서 얘기하고, 이야기 속에 온갖 패러디와 인유를 섞어 놓는 이런 '나'는 무엇인가?

　　한입으로 여러 말을 하고〔多聲性〕 한 몸이면서 여러 몸〔多主體性〕인, 기존의 자아 정체성을 벗어나는〔脫主體性〕 자아, 2000년대 시에 등장한 '새로운 주체'의 특징은 이런 것이었다. 그러나 이는 간단히 보면 정신착란에 빠진 주체다. 그리고 이 정신병적 주체는 자신의 몸을 대상으로 삼는다. 2000년대 시의 어떤 '새로운 주체'로 명명되었던 이들의 광란의 언어는 따지고 보면 결국 '나'에 대한 이야기다. 그러니 여기에는 정신착란이 있고, 이 착란에 빠진 '나'를 보는 '나'가 있다. "내가 날 잘라 구운 살점들을 다 트림하고 나로 자란 그대들이 방방마다 걸린 액자 속으로 걸어 들어가 찰칵찰칵 기념 촬영을 한다"(김민정, 「내가 날 잘라 굽고 있는 밤 풍경」)에서 나타나듯, 2000년대 시에서 전면화된 육체의 해체-재조합 놀이는 대부분 자신의 몸을 대상으로 한다는 점에서 이는 자기 파괴적이다. 이러한 자기 파괴적 언어는 우울증자가 보여 주는 전형적인 특징이다. 자아의 밖에 있는 대상을 자아의 내부로 끌여들이는 우울증적 동일시의 파괴적인 결과이기 때문이다. 여기에, 1990년대적인 멜랑콜리와는 다른 형태의 멜랑콜리가 있다.

　　1990년대의 우울가들은 적어도 그들이 상실한 것이 '무엇'이었는지 알고 있었다고 할 수 있다. 그러나 상실된 것의 '어떤 점'이 나에게 고통을 주는지 알 수 없었기 때문에 우울에 빠졌을 뿐이었다. 대상에 압도되어 있지만 여전히 그것은 주체의 외부에 있으므로 이들은 그 대상과 나 사이의 거리감에 망연해진다. 그러나 그것이 무엇인지, 왜 나에게 고통을 주는지조차 알지 못한 채, 이미 모든 것을 상실해 버린 상태, 즉 상실이 주체의 존재 조건이 되어 버린 상태에 2000년대의 우울가들은 놓여 있다. 그들에게 남겨진 것은 자기이자 자기가 아닌 것, 자아이면서 대상인 것이 이미 우울증적 동일시를 통해 주체의 안에 들어와 있다는 것이다. 상실한 것은 대상인가, 나인가, 혹은 둘 다인가, 둘 다가 아닌가.

여기에서 자기 파괴적 작업은 대상 파괴와 동궤에 놓인다. 대상을 전적으로 파괴함으로써 대상과 나 사이에 놓인 심연을 극복하려는 시도인 것이다. 그리고, 그것이 성공했다고 여길 때, 이런 '해방감'에서 이들 시의 '웃음'이 출현한다. 대상에 압도되었던 주체의 해방, 내가 매달려 있던 그 무엇을 전적으로 파괴함으로써 거기에 더 이상 고착되지 않아도 된다는 해방감이 이들로 하여금 웃음을 낳는 것이다. 그러므로 이는 울증의 한 짝인 조증의 증상에 해당한다. 그러나 프로이트가 걱정했듯, 이 해방은 그 자체가 환상일 뿐이다. 구속은 은폐되어 있을 뿐이다. 그런 의미에서 다음 시는 매우 2000년대적인 애도 작업으로 읽힌다.

항상 부르는 사람 방문을 열 줄만 알았지 닫을 줄 모르는 사람 문틈으로 새어 들어오는 빛이 내 눈을 얼마나 아프게 하는데 나는 여자예요 때로 방문을 걸어 잠그고 작은 불을 켜고 한 계단 한 계단, 눈썹이 참 짙군요 당신아 당신 듣기 좋은 멜로디예요 귀를 자를까요 자르겠어요 꿈이겠죠 너무 멀리 가지 말아요 물고기는 싫어요 기르기 힘들죠 당신을 닮고 싶군요 개처럼 곧 이별이겠죠 그 전에 당신을 떠날까 봐요 아니 떠나지 않겠어요 입술이 차갑군요 당신 참 무서운 사람이에요 사랑할까요 사랑할래요 당신 차라리 죽어 버려요 아니 죽지 말아요, 계단을 내려서듯 더 많은 혼잣말을 통

해서만 계단 끝의 당신에게로 가는, 그래요 나는 상처투성이 여자 좀 까다
로운 여자입니다

(중략)

항상 떼쓰는 사람 이제 다른 시간이에요 당신의 붉은 뺨이 무서워요 새
사람을 만나세요 그만 그만해요 난 죽은 년이잖아요! 단 한 번뿐인 날이에
요 날 잊기 위해서 모두들 몰려올 거라구요 몰라요 더 이상 날 혼란스럽게
하지 말아요 가야겠어요 자신의 장례식에 늦는 천치가 또 있을까 제발 그
노래 좀…… 늦었어 아아 늦어 버렸다고요 겟 백 겟 백? 재수없는 새끼들!⁹

사랑했던 여자에 대한, 그리고 동시에 그 여자이기도 한 나 자신의 장
례식이 여기서 치러진다. 죽은 대상과 나 사이에 오가는 대화는 실은 그
여자가 나이기 때문에 독백이기도 한 것인데 이 독백적 대화의 핵심은
"사랑할까요 사랑할래요 당신 차라리 죽어 버려요 아니 죽지 말아요"에
놓여 있다. 사랑과 파괴의 두 가지 감정은 내 안에서 오가고, 결국 애도의
작업은 계속적으로 연기된다. 무엇을 애도해야 할지 알지 못하기 때문이
기도 하지만, 동시에 그것은 '나'이므로 이미 애도의 대상과 주체가 사라
져 버렸기 때문이다. 이런 사태가 벌어지면, 애도는 이미 "늦어 버"리며,
애도의 가능성조차 완전히 상실하는 것이다.

2000년대의 멜랑콜리는 무엇이 상처인지 전혀 알 수 없다는 데서 발
생한다. 무엇인가를 잃어버렸고 거기에 검은 상장(喪章)을 달아 주었지
만, 나는 그 검은 상장을 '나'에게 돌려 버린다. 외부는 나에게 기입된 흔
적으로 남아 있으므로 상실한 것도, 상실된 대상도, 그 고통도 없다. 다만,
오직 스스로에게 상처가 있다는 것, 그리고 여기에만 집중적으로 매달리
는 자의 웃음과 장광설만이 전시된다. 이는 일시적인 사태에 대한 감각이

---

9 황병승, 「그 여자의 장례식」, 『여장 남자 시코쿠』.

아니라 주체의 근본적인 조건에 대한 감각이다.

멜랑콜리 선언, 나는 파괴되지 않을 것이다

그러므로 이러한 시들에 전복적인 의미를 부여하는 것은 좀 과도해 보인다. 이는 여전히 대상에 고착되어 있는 멜랑콜리한 상태이기 때문이다. 그러나 상실에 대한 새로운 반응이라고는 말할 수 있다. 그리고 새로운 가능성은 이러한 자기 파괴에서 출발되고 상상된다. 이 즐거운 자기 파괴는 대상의 억압성을 파괴하는 일과 맞닿아 있기 때문이다. 해골들에게서 "부서진 석고처럼 흰 가루들이 우수수 쏟아져 내리기 시작"할 때 그 파괴는 아마도 "환히 눈먼 아침을 불러"올 수 있을 것이기 때문이다. 파편으로 흩어진 자아의 잔해들에게서 그 가능성은 시작된다. 비록 자아가 눈멀었다고 할지라도.

조화를 가득 실은 수레가 도선 사거리를 지난다. 어제도 그제도 오늘 내가 보는 이 꽃도 영원히 시들지 말라고 비가 내린다.

아무것도 파괴되지 않았다
당신과 나는 너무 많이 웃었다

30년 동안 물구나무를 선 남자는
꽃밭에 이르러 그만두었다고 한다
1년 후에 남자는 죽었고 성자로 추앙받았다
길 위에 꽃이 피어났다 우연이었다

나는 수레도 영혼도 수레의 영혼도 영혼의 수레도 믿지 않지만

you can count on me

밀라노로 유학을 떠나고
카자흐스탄의 미래를 걱정하고

나는 아무것도 아니다
결코 파괴되지 않을 것이다

나는 낙관적이다, 이건 사랑의 방식

감은 감꽃으로부터 얼마나 먼가
마른 나뭇가지 위에 다다른 까마귀와 같이

공이 마구 휘어져 돌아갔다
제 갈 길을 갔다

아무것도 파괴되지 않았지만
새로운 것들이 수레에 실려 왔다[10]

칸트는 자기 파괴적 광란을 두고, 멜랑콜리와는 다른 차원의 정신착란
으로 보았다. 우울가는 스스로 뭘 하고 있는지를 모르는 상태에 있고, 자
기의 사유의 과정의 연쇄를 통제하지 못할 뿐 아직 '미친' 것은 아니다. 그

---

10   이근화, 「수레의 영혼」, 『칸트의 동물원』(민음사, 2006).

러나 그가 지나치게 열중하는 병, 조병(躁病)이라고 불렀던 자기 파괴적 광란은 파괴를 주체의 법칙으로 삼는다. 객관적인 법칙과는 전혀 상관없는 규칙을 자기 내부에 엄격하게 세우고 오직 이 주관적인 법칙에 따라서 그는 사유하고 행동[1]한다. 그러할 때 이 주체는 전적으로 외적 억압에 굳건히 저항한다. 그러므로 파괴를 통해 그 파괴에 저항하는, 역설적으로 견고한 주체를 만들어 내는 것이다. 그것이 '미친' 일이라 할지라도.

감과 감꽃의 거리가 무한한 것처럼, 세계의 모든 사물들은 다 제각각의 운명에 따라 흩어져 있다. 자아와 대상 사이에서 놓인 거리는 너무 멀고 여기에는 깊은 심연이 놓여 있다. 그러나 시인은 그것을 상처로 받아들이지 않는다. 이 심연을 가로질러, 우리는 서로 기대고("count on") 이를 통해 서로에게 도달할 수 있기 때문이다. 그런 한에서 우리는 모두 파괴되겠지만 결코 파괴되지 않을 군건함을 획득할 수 있을지도 모른다. 부드럽고 단호한 언어로 이루어진 이 시가 선언하는 것은 그런 것이다. '아무것도 파괴되지 않았다'와 '나는 결코 파괴되지 않을 것이다'를 반복적으로 강조하는 것. 이 시가 광란적인 언어와는 전적으로 무관해 보일지라도, '나는 결코 파괴되지 않을 것이다'라는 선언은 이 모든 '미친 시'들의 선언으로 읽힌다. 외적 억압에 결코 굴복하지 않겠다는 선언, 아마도 여기에서 무언가 '새로운' 가능성이 시작될 수 있을지도 모른다. 매우 "낙관적"인 사랑의 방식이.

---

11 I. Kant, "On the Cognitive Faculties," *The Nature of Melancholy*, ed. by J. Radden(New York: Oxford University Press, 2002), 200~201쪽.

덤핑 그라운드 로맨티시즘

폐허

"천사는 아모데도없다. 파라다이스는 빈터다"라고 1930년대 이상은 시 「실낙원」에서 이렇게 말했다. 유례없는 식민지 수도의 번영 앞에서, 그 번영의 세계를 폐허로 보았던 이상의 우울함은 오늘의 시에서 이런 식으로 부활한다. "달이 뚝 떨어지는 난생처음의 새벽/ 어쩌자고 이런 쓸쓸한 날에/ 목이 긴 나의 귀부인은 열차를 타고/ 불같은 기관사의 손에 살해당해야 하는 걸까."[1] 2000년대의 시인은 기관사를 사랑하는 목이 긴 '천사'가 그 기관사의 손에 살해당하는 세계를 노래하고 있는 것이다. 세계를 살해하고, 혹은 세계에 의해 살해당하는 나를 음울하고 파괴적인 어조로 늘어놓았던 시들, 혹은 이미 폐허가 된 세계에 간신히 남아 있는 나의 존재 형식을 감각적으로 보여 주었던 시들이 2000년대의 지배적인 경향[2]이었다고 한다

---

1   황병승, 「니노셋게르미타바샤 제르니고코티카」, 「여장 남자 시코쿠」.

2   박슬기, 「'바깥'과의 조우, 위험하고 사랑스러운」, 《서정시학》, 2010. 여름.

면 이는 우리 시가 현실적 세계와 나 사이의 깊은 불화에 유례없이 자각적이었기 때문이라고 할 수 있을 것이다. 전대의 시와는 근본적으로 다른 감각을 지니고 있었던 셈인데, '서정의 인공정원'(이장욱) 혹은 '자연의 매트릭스'(김수이)와 같은 용어들은 이 지점을 지적하고자 했다. 어쩌면 가장 근본적인 지점에서 포에지의 변화가 일어난 것이다. 한동안 시단을 휩쓸었던 서정/탈서정의 논란이나 정치/미의 논란은 현실 세계와 시 사이의 올바른 관계 정립에 대한 고민이었다기보다는 '오늘날 시란 무엇인가'에 대한 가장 원론적인 탐구로 되돌아간 것으로 여겨진다. 그것은 이제 더 이상 '감정의 자발적인 흘러넘침'(워즈워스)이 포에지의 전부가 아니라는 인식에서, 내면의 절대성을 통해 성립하는 총체성, 영원한 아름다움에 대한 낭만적 동경이 우리 시에서 근본적으로 다시 고려되고 있기 때문이 아닐까.

"정신과 자연의 밀접한 통일"[3]을 토대로 하고 있던 '신성한 내면'(천재)의 시, 전체이자 모든 것인 '나'의 시를 낭만적 서정시라 할 수 있다면, 이는 사실상 보들레르에게서 이미 끝난 것이다. 벤야민은 이에 대해 경험이 그 구조에서부터 변했으며, 인간이 외부 세계의 경험에 자신을 동화시킬 수 없어져 버렸기 때문[4]이라고 설명했다. 외부 세계를 이루고 있는 모든 요소들은 서로 아무런 관계를 맺지 않으며, 이러한 외부 세계의 구조는 충격의 연속으로서만 나에게 체험된다. 인간의 삶과 노동이 자동화된 메커니즘에 의해 지배받는 세계, 모든 것들이 버려져 아무렇게나 놓여 있는 이 세계에서 어떻게 총체성이 가능하겠는가. 그럼에도 불구하고, 여전히 포기되지 않는 어떤 지점이 우리 시에 아로새겨져 있는 것 같다. 이는 무한한 동경이기 때

3   Paul de Man, "The Rhetoric of Temporality," *Blindness and Insight*(Minneapolis: University of Minnesota Press, 1983), 199쪽.

4   발터 벤야민, 김영옥·황현산 옮김, 「보들레르의 몇 가지 모티프에 관하여」, 『발터 벤야민 선집 4』(도서출판 길, 2010), 185쪽.

문에 낭만적이라고 부를 수 있는 것이지만, 그 방식은 낭만적이지 않다.

동경

멀고 먼 라플란드 소읍(小邑)까지 와
우체국을 찾는다. 찾아 헤맨다.
이차선 도로 위에
자전거만 몇 대 오가고
바람에 먼지 하나 실려 오지 않는다.

수석(壽石)집 꼽추 아저씨가
햇볕을 쬐고 앉아 있는 거리가 적요하다.
꼽추 아저씨의 박래품 우표들은 여전한가.
내 우표 수집책을 들고 가 버린
소학교 때 동창생은 잘 있는가.
성가(成家)하여 아이들도 잘 크는가.

편지 봉투에 쓰인 주소를 손으로 더듬는다.
단층집들 위로 햇볕이 쏟아지는데
거리에는 그림자 하나 없다.

이 거리에는 간밤 세상의 멸시를
몰래 누는 맥주색 소변으로나 푸는
술집 작부들이 드나드는 목욕탕이 있다.
목욕탕에서 몰래 누는 오줌을 들키며

그네들은 버리고 온 집 생각도 할 것이다.
목욕탕 건너편 미용실에는
파마약 냄새와 치정의 소문들이 항상 배어 있고
모퉁이 의상실의 이혼녀는
친구 남편을 사랑하여 슬프다. 못생겼으나 슬프다.
못생겼으나 그녀에게는 아들이 있다.

이 거리에는
심부름값을 자주 잃어버리는 사촌형들이 산다.
선조에게 물려받은 재산을 탕진한 사람들이
그림자도 없는 라플란드의 빛 속에서
적막하게 늙어 간다. 밑져야 본전이라는 심산으로 늙어 간다.
몰래 씨를 뿌리며 익살맞은 표정으로 돌아다니는
바둑이도 익살맞게 늙어 간다. 본전이라 우기며 늙어 간다.

멀고 먼 라플란드 소읍의 교육청 앞 이발소에서
치매에 걸린 할아버지의 손을 잡고 나오는
말쑥한 소년을 만난다
겉봉에 쓰인 주소가 점점 희미해져 가는 편지를

이제는 그만,
그 소년에게 주어야 하는데……

우체국을 찾지 못해 어쩔 줄을 모르고.[5]

---

5 장이지, 「우편적(郵便的) 6」, 《현대시》, 2010. 12.

"멀고 먼 라플란드 소읍"은 지도에 없는 마을이되, 매우 섬세한 이미지들로 구성되어 있다. 우체국을 찾으러 소읍의 미로들, 술집과 목욕탕과 미용실이 있는 쇠락한 골목을 헤맬 때 이 미로 사이를 걸어가는 나의 눈에 점멸하는 비루한 삶의 거처들. "수석집 꼽추 아저씨", "술집 작부들", "모퉁이 의상실의 이혼녀"들은 화자의 시선을 따라 출현하고 사라진다. 대도시의 변두리라면 어디에나 있을 법한 풍경이지만, 아무리 사실적인 기호들을 나열하더라도 이 거리는 결코 지금 여기의 어딘가에 사실적으로 존재하지 않는다. 이 수많은 비루한 삶의 표상들이 지니고 있는 실제성은 "멀고 먼 라플란드 소읍"으로 수렴되면서 사라진다. 즉 이 미로의 모든 장소들은 이를 호출한 "멀고 먼"이라는 기호와 수직적인 관계를 맺고 있는 것이다. 아무리 많은 골목을 돌아다녀도, 쌀집이라든가 꽃집이라든가, 혹은 국밥집들이 헤맴의 여정을 따라 끝없이 출몰하여 공간이 평면적으로 무한히 확장되더라도 단 하나의 초월적 기표 "멀고 먼 라플란드 소읍"으로 수렴된다.

그런 의미에서 이 시의 풍경이 이 세계에 없는 아득히 먼 옛날, 마음의 고향으로 돌아가는 주체의 내면 풍경이라는 점에서 이는 낭만적이다. 그러나 이를 확정하기에는 아직 이른데, 이 수직의 공간 안에 있는 또 하나의 지점, "우체국"이라는 장소 기호가 "멀고 먼 라플란드 소읍"의 완성을 계속 방해하고 있기 때문이다. "우체국"은 "라플란드 소읍" 안에 있으면서도 없는 지점, 라플란드 안에 있는 모든 장소의 기호를 돌아다니더라도 결코 발견할 수 없는 것이면서, 사실은 모든 장소 기호들 사이에 존재하는 장소다. "우체국"은 전해야 할 편지 위에 얹혀 있어서, 편지가 우체국이며 이를 들고 헤매는 나의 자리와 겹쳐진다. "쓰인 주소가 점점 희미해져 가"는 편지를 들고 초조하게 우체국을 찾아 헤맬 때, 편지의 주소가 소멸하면서 우체국 또한 결코 찾을 수 없는 장소로 휘발해 간다. 여기에서 나는 다만 '편지'를 전하는 존재이며, 이 전달하는 주체의 헤맴이 모든 장소 기호들을 그 자리에 불러온다. 이 전달자로서, 기표 사이를 건너다니는 '나'의 헤맴이 없다면 "라플란드 소읍"은 결코 하나의 풍경으로 완성되지 못할 것이다. 이 소읍은 수많은 장소 기호들의 중첩과 연쇄로서만 떠오를 수 있을 뿐, 내면에서 떠오르는 초월적 세계라는 지위를 얻지 못하는 것이다.

그런 점에서 이 시의 풍경은 단순한 낭만적 동경도, 고향에 대한 소박한 노스탤지어도 아니다. 각각의 파편적인 기호들을 편지로 연결하는 관계, 이 모든 장소들은 여정의 선후 관계에서만 출현하는 것이며 이 선후 관계를 통해서만 낭만적 동경의 장소가 떠오른다. 이 비루한 삶의 장소들은 감각적으로 여행하는 자에게 부딪쳐 오고, 이 감각들의 연쇄가 비감각적인 초월적 공간을 불러오며, 이 삶의 장소들을 수집하는 자에게서 낭만적 공간으로 성립할 수 있다.

꿈

나는 유일하지만 고유하지 않은 이름, 불행한 동명이인들을 가지고 있다. 대머리 노파는 폐가를 맴돌았다. 거리는 인기척으로 소란하지만, 사람들은 서로 버려질 것을 염두에 두느라 서로에게 다가서지 못했다. 몽유병자들. 너는 야속한 궤적들이 버거워 나날이 야윈다. 못 박힌 추억 때문에 십자가를 버리지 않는다. 파열음이 뒤섞인 낡은 파이프오르간 소리가 들려오고. 어려서부터 길러 온 전래 동화를 오늘 버렸다. 사랑을 알게 된 창녀는 엇갈린 상징이 되었다. 네게서 반납 받은 기억을 태웠다. 무덤 속을 더듬어 걸어가는 만큼의, 깊은 가사(假死). 암흑이 해부되어 있을 때 불면은 밝았다. 지금 너와 나는 판이하게 비슷하다. 밤이면 요괴들이 램프를 든 채 거리를 활보했다. 가난뱅이들은 가발을 구겨 쓰고 도둑이 되었다. 모든 뒤를 앞당기겠다고 결심한다. 네 이름은 유령을 애도하지 않는다. 미망인들은 콧수염을 달고 한데 묻혔다. 잠드는 일이 가장 눈물겨웠다.[6]

이 시가 주는 분위기는 마치 고딕 양식으로 지어진 중세의 고성(古城)을 떠올리게 한다. 암흑 속으로 한없이 내려가는 나선형 계단, 낡은 성벽에는 음울한 불꽃을 흔드는 램프들이 있고, 안식에 이르지 못한 자들이 묵묵히 배회하는 그런 성, 죽음과 비밀의 가장 내밀한 장소에서 울리는 파이프오르간 소리, 버석거리고 낡은 그래서 하나하나의 음들이 제각각 버석거리며 부서지는 소리가 울린다. 다만 이 성은 낡은 벽돌과 빛을 잃은 스테인드글라스로 지어진 것이 아니라 "유일하지만 고유하지 않은 이름, 불행한 동명이인들"로 축조되어 있다. 나는 대머리 노파를 지나, 유병자들을 거쳐, 사랑을 알게 된 창녀로 건너간다. 그들은 모두 나의 다른 이름, 나이면서 내가 아닌 자들이며, 우리는 이를 현대의 군중이라 부를 수 있을 것이다. "서로 버려질 것을 염두에 두느라 서로에게 다가서지 못"하는 자들은 서로 잠깐 스쳐 지나가는 찰나의 경험 속에서만 서로의 존재를 알아챈다. 그들에게 오래 지속되는 기억은 존재하지 않으며, 모든 오래된 것들은 '무덤 속을 더듬어 걸어가는' 이 교차되는 산책 속에서 버려진다.

이이체식의 이러한 기이한 산책에서 오래된 낭만적 수사들, 죽음과 비밀과 무덤과 어둠은 초현대의 군중 속으로 불려 올려지고, 모든 같으면서도 다른 자들이 스쳐 지나가는 순간의 엇갈림이 전혀 연결되지 않는 문장의 형식으로 표현된다. 너를 만나지만, 너라는 사건은 나의 내면에 기록되지 않는다. 이는 너가 동시에 나이기 때문이고, 우리는 결코 통합될 수 없는 자들, "판이하게 비슷"한 자들이기 때문이다. 나이자 동시에 너인 자들, 이 모든 자들은 서로 만나면서 만나지 못하니 이들 사이에 어떤 사랑이,

6   이이체, 「연혁」, 《문학과사회》, 2010. 겨울.

혹은 일종의 동일성이 성취될 수 있겠는가.

그런데 이 모든 자들 사이의 은밀한 유비 관계를 부정하면서도, 모든 스쳐 지나가는 이들의 '뒤'만을 바라보는 자리에 놓여 있어도 "모든 뒤를 앞당기겠다고 결심"하는 주체가 여기에 도드라지게 존재하고 있다. 보들레르에게서 아름다운 여인의 뒷모습만을 바라보는 사랑은 시작되자마자 끝나 버리며 소멸하는 것이었지만, 시인은 이 지점에서 다시 또 한번 시작하고자 하는 것이다. 물론 이는 불가능하다. 애초에 이 강력한 열망을 추구해 나갈 수 있는 '나'의 존재는 군중 속에서 소멸되고 나뉘어 있기 때문이다. 이 시가 전체적으로 뿜어내고 있는 낭만적 분위기는 불가능한 실현을 가능하게 하고자 하는 일종의 무대장치에 해당한다. 역설적으로 이러한 낭만적 분위기가 없다면 우리는 모두 파편적인 체험들 사이에서 흩어져 버릴 것이다. 그러나 이러한 안개와 같은 외양이 나를 통일적으로 실현시키는 것은 아니므로, 이 열망과 좌절의 반복은 끝없이 눈물겹게 계속된다.

우울

내부로부터의 소음을 잊기 위해 나는 울었다
그리고 슬퍼졌다

만년필을 빠져나온 자(字)들이 저녁을 옮기는 동안
백지 밖으로 떨어진 별똥은
날벌레들의 옅은 대기에 밑줄을 긋는다
'염소'라든가, '물병'같이
애써 숨기지 않아도 아름다운 별자리처럼,
저녁으로부터 가장 먼 쪽으로 레일을 까는

씌어지지 못한 자들의 광휘
늦은 밤, 달빛 대신 신호등이 비춰지고
동물원 우리에선 주인 없는 차들이 붐볐지만,
매일 아침 행간을 띄우던 저녁은
한 번도 스스로를 배반하지 않았다
발 없는 말들이 몸속 천리를 돌아
더는 갈 곳을 잃고 침묵으로 변해 갈 때,
뒤따라온 어감(語感)들은 어디로 흐르는 것일까
갓난아이의 울음으로 슬픔을 얘기하던 화가는
토막 난 달빛에 고막을 그린 후에야,
'아이'라는 자 가까이 귀를 댈 수 있었다는데
나이가 찰수록 귀가 순해지는 것도
'사람'이 아니라 그자 내부의 광기라는 생각
발화하는 별똥을 향해 태몽을 꾸는 날벌레들과
한 줄 비문(非文)을 가슴에 품어
비문(悲文)으로 남은 소설을 본 적이 있다
우주라는 저녁에 가면
핏빛 아침이 그리워진다는 사실을
진공(眞空)을 겪어 본 자들은 알 것이다
잉크가 말라 버린 만년필을 지니고서야
받아 적을 수 있는 울음이 있고
그 울음을 읽고서야 완성되는 예의가 있다
그러므로, 자신의 뇌를 보지 못한 문명인(文明人)들에게
'지나친 묶음은 인생에 해롭다' [7]

7   기혁, 「화이트노이즈 1」, 《현대시》, 2010. 11.

먼 하늘에서 긴 꼬리를 그리며 떨어지는 한 줄기 빛을 "별똥"이라 말할 때 혹은 쓸 때, 이 빛의 숭고한 아름다움은 "별똥"이라는 자(字) 속에 통합되지 못하고 빠져나가 버린다. 아름다운 모든 것들에 대해 말하는 것은 혹은 쓰는 것은 언제나 상실의 경험을 반복하는 것이다. "애써 숨기지 않아도 아름다운 별자리"를 말할 때는 "'염소'라든가, '물병'같이" 에둘러 말해야만 밤하늘에 빛나는 염소와 물병의 흔적이 희미하게 드러난다. 그러니, 이 아름다움은 결코 자(字)로서 씌어지지 못하고, "씌어지지 못한 자들의 광휘"는 아득히 먼 곳에서 빛나는 것으로서만 남는다. 이는 언어가 지닌 숙명이며, 이 시는 그러한 숙명에 매우 자각적이다. 이 시는 무수히 많은 기호들을 사용하지만, 이들은 모두 텅 비어 있는 기표들이다. 아무리 많은 기표들을 끌어모아도, 이 기표들은 '광휘'에 이르지 못하고 "침묵으로 변해" 갈 때 이 기표들이 끌고 다녔던 대상의 그림자, 아련한 흔적은 결코 명확하게 규정되지 않는 "어감(語感)"으로서만 남아 있을 뿐이다. 우울의 감정은 이렇게 언어의 숙명을 자각하는 자리에 태동한다.

상징적 어법을 불가능한 것으로 인식하지만, 그럼에도 불구하고 이 '광휘'의 아름다움을 어떻게든 언어로서 지시하고자 할 때 기표는 하나의 기표에서 다른 기표로 계속해서 이행한다. 빛을 별똥이라 말했을 때 이 기표 속에서 순간적으로 반짝이고 곧 소멸해 버리는 빛의 흔적을 찾아서 말이다. 이러한 끝없는 기표의 유랑을 알레고리라고 할 수 있다면, 이 시는 낭만주의가 가치 절하했던 알레고리를 낭만적 동경을 위해 되찾아 오고 있는 셈이다. 계속해서 실패하면서도 또다시 시작하는 이 강력한 열망이 이 알레고리의 연쇄를 추동해 나간다. "발화하는 별똥을 향해 태몽을 꾸는 날벌레들"의 욕망을 가슴에 품을 때 언어는 언제나 빛을 상실하고 더 막막한 슬픔의 언어(悲文)가 된다. 이 상실은 애초에 언어 속에 기입되어 있던 것이라서, 아무리 아름다운 기호들을 끌어 모은다 해도 이 언어로서는 결코 '아득히 먼 거기'의 아름다움을 표현할 수 없을 것이다. 계속해서 거기에 가닿고자 하는 자들은 깊은 우울에 침잠한다. 거기에 닿고자 하는 '내부의 광기'를 잠재우면서 달래며, 그럼에도 이에 귀 기울이는 이 우울한 주체는 기표의 조각들을 끝없이 쌓아 올리는 방식으로 아름다움에 도달하고자 하는 것이다.

덤핑 그라운드 로맨티시즘

우리는 아마, 이렇게 말할 수도 있다. 덤핑 그라운드, 폐허의 세계에서 푸른 꽃은 오직 파편들을 주워 모으는 넝마주이의 방식으로만 발견될 수 있다. 그러나 조각들을 가득 늘어놓아 보아야 그것은 다만 쓰레기 더미일 뿐, 그 가운데서 출현하는 푸른 꽃은 신비하지도 아름답지도 않은 플라스틱 형체일 뿐이다. 이 시들이 섬세하게 그려 내고자 하는 낭만적 풍경은 사실상 아무런 의미가 없는 기호들의 성좌로서 구성된 것들이다. 기호들은 동경의, 꿈의, 그리고 우울의 내면과 완전히 통합되지 않은 채로 버려져 있다. 그러나 그것은 덤핑 그라운드(Dumping Ground)에서 가능한 유일한 방식이 아닌가? 푸른 꽃에 대한 열망이 이들을 새로운 로맨티스트로 호명하는 것을 가능하게 한다. 경험의 파편들, 껍데기만 남은 기표들을 끌어모아 그것으로 스스로의 영혼을 증명하고자 하는 모든 시들은 끝없이 실패하면서도 또다시 여행하는 자들. 낭만적 가상과 타협하지 않는 이 여행의 모든 순간에서 푸른 꽃은 피었다 사라진다.

말이 잃어버린 음악과 시

숨결과 모음에 관한 단상

> 그러나 자다 깨면 님의 노래는
> 하나도 남김없이 잃어버려요
> 들으면 듣는대로 님의 노래는
> 하나도 남김없이 잊고 말아요[1]

　구전하는 민요가 그러하듯, 또한 대개의 우리 전통 시가가 그러하듯 3개 혹은 4개의 음절이 하나의 단위가 되어 끝없이 이어지면서 가락이 생겨난다. 가령, 「시집살이노래」가 "형님형님 사촌형님 시집살이 어떻뎁까 이애이애 그말마라"라는 식으로 이어지듯 말이다. 이는 어쩌면 정말로 낯설고 신기한 일이 아닐 수 없는데, 멜로디에 의존하지 않으면서 드라마틱한 음의 고저 변화도 없이 이 단순한 '말들의 나열'이 노래가 된다는 사실 때문이다. 심지어 끝도 없이 이어질 수도 있다! 푸념하듯, 기원하듯 낮게 읊조리는 이 노래들은 현란한 가락을 수반하는 잡가나 타령과는 또 다르다. 그것은 토했다가 멈추고, 다시 토하는 숨결처럼 느껴진다. 그러니 이 '말'들은 그 나열의 사이에 있는 휴지(休止), 말들이 멈추고 호흡이 드러나는 순간으로 인해 노래가 된다. 말하자면, 말이 부재하는 순간에, 말이 없

1　김소월, 김종욱 옮김, 「님의 노래」, 『정본 소월 전집』 상권(명상, 2005), 61쪽.

음으로 계속되는 말들, 이것이 요(謠)이자 노래다.

　한 시인의 산문을 읽다가, 나는 숨결에 관한 사유에 깊은 인상을 받았다. 시인은 나무들 사이에, 호흡하는 모든 사물들 사이에 존재하는 숨결의 공유에 대해 쓰고 있었다.[2] 그가 릴케의 문장에 밑줄을 그었듯, 근대 시인들이 분절적 언어로 미분절적인 숨결(네우마)에 도달하고자 했다는 대목에서 나는 고개를 끄덕인다. 호흡은 인간이 가진 모든 것 중에서 가장 원초적인 것이기도 하지만, 그렇기 때문에 가장 이질적인 것이기도 할 것이다. 더구나 '말'에 관해서라면, 호흡은 말을 시작하게 하는 기제인 동시에 말을 멈추게도 하는 기제다. 말이다가 숨결이다가 또한 숨결이다가 말이다가, 말할 때 우리는 숨결에서 가장 멀어지고 숨결에 가장 가까워질 때 말은 사라진다. 이것이 오래 지속된 '말하기'가 '노래'와 연결되는 지점이 아닐까. 니체가 민요의 선율을 두고 최초의 것이자 보편적인 것[3]이라고 말했을 때 그는 이 음악을 올림포스의 광란적 피리 가락과 연결시켰다. 그는 말의 현상과 말의 부재, 숨결의 들이쉼과 내쉼의 반복에 대해서는 민감하지 않았던 것 같다. 그러나 요(謠)를 이끄는 숨결이야말로 최초의 것이자 보편적인 것일 수 있다. 숨결은 말 이전의 말이자, 말의 원형이라 할 수 있기 때문이다.

　보편적으로 아이들이 최초로 배우는 말은 /pa/와 /ma/라고 한다. 야콥슨은 이 /pa/와 /ma/에 언어의 가능한 모든 소리 구조가 숨겨져 있는 것으로 보았다. 모음인 /a/와 소리 없이 입술로 내는 폐쇄음인 /p/, 이 둘의 대립과 조합은 입에서 모든 음운론적 차이를 표상할 수 있다는 것이다. 입을 닫고 짧게 발음하는 /p/와 입을 벌리고 성대를 울려 발음하는 /a/는 완전히 대립적이다. 말하자면, 우리는 /p/에서 멈추었다가 /a/에서 소리

2　김행숙, 「숨 쉬는 일에 대하여」, 『에로스와 아우라』(민음사, 2013).

3　프리드리히 니체, 박찬국 옮김, 『비극의 탄생』(아카넷, 2007), 102쪽.

를 낸다.[4] 그는 이를 바탕으로 /p/가 가장 원초적인 언어이며, 그 증거로 가장 먼저 습득하고 가장 나중에 잃어버리는 음운이라는 점을 든다. /ma/는 이에 대비되는 두 번째 이항 대립으로, 콧소리 자음인 /m/은 /p/를 대신하여 /a/와 결합된다. 야콥슨의 언어 구조에 대해 길게 논의할 필요는 없을 것이다. 다만, 이 논의는 자음에서는 소리가 멈춰지고 모음에서는 소리가 나온다는 것, 달리 말해 /p/와 /a/의 관계에서 /a/가 /p/에 선행한다는 것을 보여 준다. 순서상으로는 /p/가 앞서 습득되는 것이겠지만, /p/는 오직 소리가 나올 수 있는 입술의 열림이 없는 상태로 습득된다. 다음 과정에서 입술이 열려야만 발음할 수 있는 것이므로, 후행하는 /a/의 없음이라는 차원에서만 /p/가 앞선다. 이는 최초의 언어에서 자음이 아니라 모음이 더 최초의 것이라는 점을, 나아가 입술이 열리기 전에 머금고 있던 숨결이 말의 근원이라는 것이라 이해할 수 있지 않을까.

숨결이 말 이전의 말이자 말의 원초적 상태라면 이 숨결의 추상적인 지위는 말에서 '모음'이 대변한다. 모음은 자음을 가능하게 하는 조건이자, 말이 시작되게 하는 지점이다. 그러나 동시에 모음을 통해 나오던 숨결은 자음에 의해 막힌다. 그러니 우리의 말은 숨결의 자유로운 드나듦이 멈추는 순간에 시작되는 것이 아니겠는가. 숨결을 분절하면서, 입술을 닫고 숨결을 산산조각 내면서 말은 시작된다. 숨결은 말이 시작되기 위해서는 죽어야 하는 것, 인간의 언어가 감추고 있는 근원적인 무엇이다. 마치 오래되어 잊힌 음악처럼.

인간의 말이 그 자체로 음악이었을 때가 있었던 것 같다. 루소는 음악이 퇴화된 원인을, 정확히는 말과 음악이 분리된 과정을 자음과 모음의 발음법으로 설명한다. 로마인들에게 갈리아 사람들의 말은 '개구리 우는 소리'로 들렸던가 보다. 그 이유는 그들의 모든 분절음이 비음과 무성음이어서 모든

---

4 R. Jakobson, "Phonemic Patterning," Jakobson and Halle, *Fundamentals of Language*(Berlin; New York: Mouton de *Grytter*, 1971), pp. 50~51.

노래에 일종의 파열음밖에 없었기 때문이다. 이 듣기 싫은 자음을 감추기 위해서는 모음을 강조해야 하고, 음을 낮추어서 말이 잘 들리도록 해야 했다. 음은 낮추되, 각 음은 강하게 파열하는 등등의 과정을 거쳐 노래는 이내 부드러움도 박자도 우아함도 없는, 권태롭고 느린 음들의 연속이 되어 버렸다는 것이다. 이런 노래는 듣기가 괴로우므로, 여러 목소리들을 조화롭게 배치시킬 것을 고민하면서 화성이 탄생하고, 음악의 본래 선율은 힘을 잃게 되었다는 것이다.[5] 루소의 논의를 엄정한 진실로 받아들일 것인지와는 별개의 문제로, 말이 노래가 되는 가능성은 모음에 있다는 것을 되새겨 볼 수 있다. 모음이 재현하는 숨결, 말에서 잊힌 음악의 가능성 말이다.

숨결과 모음에 대한 단상은 나로 하여금, 최근에 출간된 시집에 수록된 한 시편에 머물게 했다.

> 모음의 비밀
> 누군가 몸을 웅크리고 있다
> 비 듣는 밤이 깊어지기 전
> 모음의 둘레를 삼키며
> 입안에 원을 모으고 있다
> 공 안에서 공을 찾듯이
> 수천 음절의 원이 하나의 원을 부를 수 있을까
> 수천 음절의 빗방울이 하나의 비를 부를 수 있을까
> 삼켰던 모음이 흩어졌다
> 같은 침묵을 다른 침묵으로 발음하는
> 비밀을 잃게 된 것

---

5   장 자크 루소, 주경복·고봉만 옮김, 「음악은 어떻게 퇴화했는가」, 『언어 기원에 관한 시론』(책세상, 2008), 140~141쪽.

우리는 수많은 비의 이름을 지어 불렀다

(중략)

흐린 호흡

하나의 흐린 호흡이 남는다

오늘은 심호흡을 앓지 않아도 될 것입니다

암시가 없는 혼잣말의 세계

흐린 납 같은 호흡을 위해

우리는 얼마나 사라지고 있는 것입니까

예보를 벗어나지 못하는

우리는 서로의 플롯이 될 수 없다

천둥이 등을 두드리자 얼굴이 나타났다

떨어져나간 호흡이 저 혼자 돌아오듯

우리는 폭우처럼 무거워진다[6]

　　음악의 작품 번호를 제목으로 삼은 이 시는 말이 잃어버린 음악에 관한 아름다운 비가처럼 보인다. "입안에 원을 모으"는 것은 모음을 발음하기 위해서이고, 이 한 번의 행위에서 수천 개의 음절이 시작된다. 하나의 모음은 수천 개로 분절되고, 이 모든 분절음은 단 하나의 모음으로 향한다. 모음이 시작되는 순간, 모음을 발음하기 위해 웅크렸다 둥글어지는 입술의 찰나적 움직임. 숨결이 모음으로 나오기 위해 둥근 공간을 공처럼 굴러가는 이 입속의 풍경은 얼마나 아름다운가. 그러나 아직 소리가 되지 못한 숨결은 입안에서 맴돌고, 모음은 발화되지 못한 채 삼켜진다. 숨결이 나오지 못하므로 침묵은 다시 침묵으로 흩어지는바, 오랜 '비밀'을 잃게 되는 것.

6　김성대, 「Op. 23」, 『사막 식당』(창비, 2013).

그러할 때 아직 모음이 되지 못한 "흐린 호흡"만이 남겨진다. 그것은 "암시가 없는 혼잣말의 세계". 우리가 서로 호흡으로 교류하지 못하는 세계.

나오지 못한 모음의 비밀이란 결국 시가 잃어버린 음악이다. 말이 숨결과 교차하며 만들어 가는 음악, 끝없이 모음을 내뱉기 위해 입을 둥글릴 때마다, 내뱉을 수 없는 안타까움과 잃어버린 모음에 대한 그리움이 이 시를 말 그대로의 의미로, 아름답게 직조해 간다.

다시, 숨결과 모음에 관한 단상으로 되돌아가자. 모음은 이제 더 이상 명시적으로 숨결을 뱉어 두지 않는, 아니 숨결을 뱉으라는 표지가 이제 더 이상 나타나지 않는 현대의 '자유시'에 남겨진 문자다. 즉 여기에 숨결이 있었음을 지시하는 흔적 기호다. 적혀 있는 문자, 음절을 발화하기 위해 입을 둥글릴 때 "맥박 속을 돌고 있는/ 모음의 무늬 같은 것들/ 우리에게 남은 태초란 그것뿐이니까"(김성대, 「이브에 다다르기」, 『사막 식당』). 우리는 숨결을 뱉을 때 우리의 맥박을 뱉고, 우리에게 남은 유일한 '태초'를 내뱉는다. 남은 것이 그것뿐이니까.

소월은 잠 속에서 듣고, 깨어서는 잊어버리는 '님의 노래'에 대해 썼다. "그러나 자다 깨면 님의 노래는/ 하나도 남김없이 잃어버려요/ 들으면 듣는 대로 님의 노래는/ 하나도 남김없이 잊고 말아요"(「님의 노래」, 『진달래꽃』). 노래는 나타나는 순간 잊히고, 잊힘으로써 원래 거기에 자신이 있었음을 드러낸다. 마치 말이 시작되자 끝나 버린 숨결처럼. 일반적으로 전통적인 노래와 결별하면서 우리의 시는 그 음악이라는 근원을 상실해 갔다고 이해된다. 현대시에서의 극단적인 산문화 경향은 그 상실의 과정이 낳은 비극적 결과물로 지목되기도 한다. 그러나 사태는 정반대다. 말은, 언어는 출발하기 전부터 음악을 상실했다. 그것은 숨결을 찢고 태어나는 말의 근원적 운명이며 시는 이 운명에서부터 출발한다. 잃어버린 것을 회복하려는 과정, 분절적 언어가 상실한 태초의 숨결을 회복하려는 글쓰기가 시다. 모음을 내뱉기 위해 둥글리는 입에서 시작되는.

밤의 몽상과 노래

송아지의 노래 망아지의 노래

멀리서 들려오는 목소리에 반가움을 금치 못했다. 한번 먹어 보라고 숟가락을 들이미는 손. 가느다란 팔목이 뻗어 있었다. 그 팔목을 타고 오르면 낯선 나라에 도착할 수 있을까. 루비 구두도 비단 구두도 없이 — 길을 떠날 땐 운동화가 낫다.

풀밭을 가로지르는 서툰 걸음. 피어오르는 먼지구름. 자주 뱃 침을 뱉고 발로 뭉개고

그러면서 시간이 흘러간다. 어느 해가 진다. 어느 길은 잠든다.

첫 이슬을 맞고 목소리를 잃어버린다. 깊숙이 잠긴 목소리. 깊숙이 잠긴 사랑. 내일은 꺼낼 수 있길 빌면서 노숙을 하고,

머어머어 멀리서 들려오는 울음소리. 그건 길을 떠나다 보면 만날 수 있는 노랫소리.

멀리 머나먼

나는 커튼이 반쯤 열린 작은 방에 앉아 어제처럼 앉아 오늘의 바람 소리 듣고

자주 멀리 가는 꿈을 꾸고 행장을 궁리하고 국경 너머 내 길이 이어질

거라 믿으며 머나먼 전설을 읽고

가끔 찾아오는 까치에게 하는 이야기 우리는 어디로 가나 어디로 갈까

오지 않은 시간을 확신하면서도 속눈썹은 자신이 없어 자꾸 신발 밑창

이 닳고 고무 밑창을 원하고

평발로 가고 쑤시는 무릎으로 물과 불 속에서도 걷고 걷는데

먼 멀리 머나먼 먼 멀리 머나먼 나의 방이 자꾸 고동치고 맥박 치고 나

는 자꾸만 먼 새벽을 지나 멀리 그렇게나 머나먼[1]

하루의 마지막 시간, 베개에 머리를 묻고 그날의 마지막 음악을 듣는
시간. 자욱한 안개와 같은 꿈결로 아득해지는 귓가에 "머어머어 멀리서
들려오는 울음소리. 그건 길을 떠나다 보면 만날 수 있는 노랫소리." 권민
경의 이 시를 읽다 보면, 낯설고 기이한 꿈의 가장 깊숙한 곳에까지 따라
와 자꾸 발걸음을 멈추고 뒤돌아보게 하는 어떤 음악을 만나는 것 같다.
프랑수아가 연주하는 쇼팽의 피아노곡이어도 좋고, 낮고 부드럽게 속삭
이는 오래된 팝이어도 좋겠다. 어떤 음악이든 그것은 "깊숙이 잠긴 목소
리. 깊숙이 잠긴 사랑", 밤의 적막 속에서 조용히 영혼을 파고드는 바람 소
리이니까, 그것이 어떤 소리이든 그 음악을 "타고 오르면 낯선 나라에 도
착할 수" 있을 테니까.

아니 어쩌면 우리는 잠이 들기 위해 음악을 듣는 것이 아니라 음악을
듣기 위해 잠이 드는지도 모르겠다. 꿈속으로 향하는 발길을 멈추기 위
해, 멈춤으로써 더욱더 깊은 잠 속으로 빠져들기 위해. 생각하고 판단하며
행동했던 오늘의 '나'는 꿈속으로 들어가며 사라지고 오로지 나의 밖에서
들려오는 음악이 나를 장악하여 기어이 '나'의 바깥에 내가 존재할 수 있

1   권민경, 「또, 내일」, 《현대시》, 2012. 9.

게 하기 위해서 말이다. 라쿠 라바르트가 지적했듯, 음악적 혹은 리듬적인 것은 사회적이고 언어적인, 사유하는 주체에 선험적이면서 주체의 바깥에 있는 존재의 상태이기 때문이다. 그러니 이 밤의 음악은 나로 하여금 "행장을 궁리하고 국경 너머 내 길이 이어질 거라 믿으며 머나먼 전설을 읽고" 내 바깥으로 하염없이 떠나게 한다.

그러나 이성이 상실한 음악, 사유가 배척한 음악이라는 전통적 관점에 입각하여 이 시에서 나의 바깥으로 귀환하는 사유 주체의 모험을 읽어 내기는 어렵다. 이 시의 이면에서 울리는 음악은 밤의 몽상에 가까운 것, 몽상이 본래 그러하듯 낮의 명료한 사유가 남긴 찌꺼기이자 흔적, 사유의 잉여에 해당하는 것이기 때문이다. 몽상하는 '나'는 적극적으로 미지의 세계로 나아가는 모험자가 아니라, 모험의 가능성만을 향유하는 자, 즉 모험을 상상적으로 수행하는 자다. 그러니 몽상가에게 모험은 몽상 속에서만 가능하고, 주체가 귀환해야 할 그 바깥은 모험의 상상적 수행을 통해 바로 그 수행 속에서만 존재하는 것으로 확인된다.

원래 '나의 바깥에 존재하는 나'란 그런 것이다. 나의 바깥이란 확인 불가능한 것이므로 존재의 상태를 확신할 수 없다. 나의 바깥에 존재하는 나, 나의 기원으로서의 바깥의 나란 그 바깥의 형식을 닮아 감으로써만, 이 형식의 수행 속에서만 존재하는 것으로 확인될 수 있을 것이다. 음악/리듬에 관해서라면, 음악을 닮아 가는 언어를 통해서만 본래 그것이 언어의 근원이었음을 발견할 수 있다. 권민경식 언어, 발랄하고 유쾌한 언어의 꼬리잡기가 풍부한 음악을 환기하게 되는 지점은 여기다. 밤의 몽상과 만날 때 언어는 상실한 음악의 리듬을 되살려 낸다.

멀리서 들려오는 목소리에, 목소리를 잃어버리고. 길을 떠나며 만나는 노랫소리에 다시 붙잡히고. 그렇게 되돌아보고 다시 돌아서고, 돌아섰다 다시 걸음을 옮기며 꿈결은 음악의 리듬을 닮아 간다. 이 시의 언어가 부드럽게 그리고 간헐적으로 끊기면서 이어지는 리듬을 닮은 것은 이 시가 멀리서 들려오는 노랫소리에 귀를 기울이기 때문이리라.

"작은 방에 앉아 어제처럼 앉아"라고 말할 때 "앉아"는 불필요하게 반복된 것, 경제적 언어를 구사하는 시인이라면 마땅히 경계해야 할 찌꺼기 언어다. "어디로 가나 어디로 갈까"에서 "어디로"나, "신발 밑창이 닳고 고무 밑창을 원하고"에서 "밑창"과 같이 이 잉여적 반복은 이 시의 거의 모든 행에서 수행되어 하나의 단속적 리듬을 만들어 낸다. 앉지 않고 서 있어도 상관없고, 밑창이 아니라 뒷굽이어도 상관없는 이 기표들은 오직 언어가 음악을 닮기 위해 남겨 놓은 흔적, 자신이 저 바깥의 음악으로부터 왔다는 내용 없는 표지판들이다. 우리는 이 찌꺼기 언어를 따라 음악으로 나아갈 수 있을 것, "먼 멀리 머나먼 먼 멀리 머나먼 나의 방"으로 여기에 없는 나의 자리로.

아침에 우리는 잠을 깨고, 노래를 잃어버린다. 그러나 또, 내일. 몽상은 한 번 더. 매일매일.

우울한 소녀의 키스

망토, 낯선 단어를 소리 내어 받아 적으며
우리는 슬픔을 이해해[1]

천사의 불평

어느 번잡한 까페, 생목을 쥐어짜는 가수의 노래는 웅성대는 사람들의
목소리 속에 묻히고 그 구석 어느쯤의 테이블 위에 턱을 괴고 찌푸린 얼
굴을 한 천사는 이렇게 말했다. "고작 이런 대우나 받으려고 착하게 산 게
아니야"(「일요일에 분명하고 월요일에 사라지는 월요일」). 천사가 투덜대는
것은 "자신이 거대한 태아"라는 사실이 싫어서. 누가 이 천사에게 자신이
태아라는 것을 알려 주었을까. 그의 시선이 닿는 지점에 놓인 거울이? 혹
은 공평하게 나눠 가진 그의 쌍둥이가? 아니면 "다리보다 많은 발가락을
가졌"(「곡예사」)던 의자가 알려 주었을 수도.

죽음 쪽에 한 다리를 걸치고, 늘 새로 태어나는 천사. 죽은 것도 아니
고 산 것도 아닌 태어나자마자 죽는 혹은 죽자마자 태어나는 이 천사가
보는 지점에 어제도 내일도 아닌 오늘이, 과거와 미래 사이의 아득하고
투명한 시간이 녹아내린다. 암막 커튼으로 둘러싸인 어떤 연극적 공간,

---

1 유계영, 「샴」, 『온갖 것들의 낮』(민음사, 2015). 이하 이 글에서 인용하는 시들은 이 책에서 인용함.

"커다란 밤이 날개를 젓고 있다// 정말 투명해/ 천사의 쌍거풀처럼/ 가려움 증 앓는 불빛들로 창 밖은 가득해"(「암막 커튼으로 이루어진 장면 묘사」)라고 말할 수밖에 없는 번잡하고도 흥성스러운 도시의 공간 속으로 말이다.

유계영의 첫 시집은 투명하고 거대한 천사의 날개가 만들어 낸 어떤 연극적인 공간을 현시한다. 그 중심에는 무한정 회전하는 '나'가, 주변의 모든 것이 지워지고 녹아내리고 그 안에서 오직 녹고 있다는 자신만을 바라보는 내가 여기에 있다.

완전히 사라지고 영원히 계속되는 시간

멜랑콜리 천사가 응시하는 지점에는 무엇이 있을까? 한곳을 뚫어져라 응시하는 멜랑콜리 천사의 이미지는 사색하는 자의 이미지와 연결된다. 그것은 생각을 유발하는 대상일 수도 있겠지만, 사실 그 시선 너머에는 아무것도 없을 것이다. 왜냐하면 그것은 원래 거기에 있었지만 지금은 없는 것 혹은 지금 없기 때문에 원래 없었을지도 모르는 것, 요컨대 잃어버렸지만 애초에 없었기 때문에 잃어버리지 않았던 대상일 것이기 때문이다. 천사가 보는 것은 그러므로 텅 비어 있는 지점 그 자체다. 우리는 천사를 따라 그 지점을 같이 바라볼 수 있겠지만, 유계영의 시에서라면 그 지점이 되돌려 준 시선에 사로잡힌 천사를 만날 수 있을 것 같다. "나의 기분은 어디에서 오는 걸까/ 완전히 쫓겨난 어둠에 관한 이야기"(「모형」)라고 말하는 천사를 따라서 말이다.

천사는 지금은 없는 무엇을 보고 있다. 그것은 정체를 알 수 없는 것이므로, 완전히 어두운 그림자에 가깝다. 그런데도 그것을 본다면 혹은 안다면, 무엇을 알고 보는 것일까? "내가 갖게 될 노인의 얼굴"이거나 궁극적으로는 "검게 물들어 갈 시간"(「모형」), 태어나자마자 죽어 가는 삶의 시간과도 같은 것이다. 그의 시선의 지점에서 시간은 늘어나 삶의 이쪽 끝에서 저쪽 끝으로 한정없이 부풀어 오른다. 이러한 무한한 시간 속에서라면 태어나자 마자 죽는 것을 영원히 반복할 수밖에 없을 것이다. "거대한 태아"처럼 말이다. 블랙홀이 만들어 내는 시간의 영원한 지평선처럼, 완전한 어두움으로 끝없이 빨려 들어가는 시간은 그 둘레에 영원히 계속되는 시간을 만들어 낸다. 이러한 시간은 "바람에게 그림자가 없다고 믿는다면/ 떨어지는 잎사귀에도 속력이 없"(「호랑의 눈」)는 시간, 자명한 모든 것들이 사라지는 고요한 시간. 이 시간을 통과하는 나는 나의 이름으로부터도, 이 시간으로부터도 미끄러져 사라진다.("깨어 있는 모든 시간은 미끄러운 경험"(「호랑의 눈」))

이러한 시간의 지평선을 만들어 내는 곳은 바로 시간이 사라지는 지점, 빛을 점점 잃어서 완전한 암흑으로 바뀌는 그 지점이다. 그런데 여기는 모든 것이 소멸되는 지점일 텐데, 이 지점에서 무엇인가 나와서 사로잡는다. "검게 물들어 갈 시간을/ 경험으로 알아보듯이/ 봉제선 안으로 꼭꼭 접어 둔 그림자만이/ 나의 유일한 의지라면/ 이런 예감은 어디서 오는 것일까?"(「모형」)라고 말할 때, 시인은 그 그림자를 자신의 의지로 전치시키지만 그것은 그의 '의지'가 아니다. 무언가가 막연하고도 강렬한 예감이자 불안정한 기분으로 그를 사로잡은 것이다. 아마도 그것은 얼굴, 나의 쌍둥이이자 사라지길 원해도 결코 사라지지 않는 나가 아닐까. "내게는 둘레가 없고/ 무한히 접혔다 펴지는 반대편 얼굴"(「룰루는 조르제트의 개」)이 그 암흑의 지점에 있다는 점이 드러난다.

그는 언제나 갑작스럽게 출현한다. "엎드려 자던 가축의 네 다리처럼/ 갑자기 나타나 보여 주는 것/ 혓바닥의 모래처럼 뜨거워지는 것/ 안경알을 찌르는 빛이 되는 것"으로, "수면 위로 올라가/ 천연덕스럽게 눈을 뜨고서" 나에게 이렇게 말한다. "나를 아는지/ 우리가 연습한 놀이의 이름을/ 알고 있는지"(「눈천사가 지워진 자리」). 무슨 놀이 말인가. 놀이의 이름은 "'전생이 되어 보기'"(「늑대」), 죽음을 연습하는 놀이다. 그 놀이의 원래 이름은 '이런 삶을 한번 상상해 봐'였지만, 이름이 바뀌면서 놀이는 완전히 바뀐다. '이런 삶'은 '전생'으로, 삶은 삶 이전의 삶, 즉 죽음으로 바뀐다. 탄생과 죽음은 이렇게 회전한다. 탄생과 죽음, 두 개는 언제나 동시적으로 출현한다. "살았다고 감동하는 모든 순간/ 죽지 않았다고 말하는 모든 유감이여/ 생일상 아래 흔들거리는 왼발 오른발이여"(「오늘은 나의 날」). 그리고 그에게 삶은 탄생과 죽음이 스위치되는 순간에만 존재한다. 이 지점이야말로 시간이 완전히 빨려 들어가는 지점, 그러면서도 영원히 계속되는 지점이 아닐 수 없다. 너의 삶이 나의 죽음이며, 나의 삶이 너의 죽음이지만, 나와 너는 반복해서 교차해 가며 삶을 지속시킨다. 그러니, 나의 분열은 사랑의 방식이자 삶의 방식.

　　네가 부르고 내가 받아쓴 최초의 단어

　　이름보다 빗금이 더 많은
　　전화번호부 속에서 빠져나와
　　걸어 보았다

　　간지러웠다
　　해결할 순 없었지
　　나는 너보다 먼저
　　고요에 도착하기 때문
　　네가 시작될 때
　　나는 끝났기 때문

　　너는 벚나무 아래서
　　기념사진을 찍었다

나는 나선형 광장의 조명 아래
서 있었다

이렇게 함께라니

너에게 날 빌려 주고
나는 무기명으로 오래 살았지
네 몸에 아직도 둥근 부분이 남아 있다면
나를 찔러 길게 터뜨려 버리지[2]

주체의 분열이라는 테마는 언제나 파괴적이다. 내가 누구인가에 대한 회의가 가능하다면, 그것은 여전히 내가 나이기 때문이다. 그 어떠한 회의도, 사유도 불가능해진다면 그것은 이미 내가 나일 수 없다. 하나인 나로 남기 위해서는 두 가지 가능성밖에 없다. 보다 더 나라고 확신한 내가 타자인 그를 눌러서 없애 버리거나, 순순히 나의 자리를 내주고 타자인 그에게 먹히거나. 어느 쪽이든 파괴적이고, 결과적으로는 나의 기원에 대한 관점을 은폐할 우려가 있다. 그것은 확실히 절망적이지 않은가. 자신이 패륜아였다는 사실을 깨달았을 때, 오이디푸스는 자신의 눈을 찔렀다. 죄를 지은 자가 여전히 자기 자신이라는 사실을 볼 수 없었기 때문이다. 그러나 눈을 찔렀다고 해서, 보지 않는다고 해서 그 원천은 사라지지 않는다. 오이디푸스는 죄를 지어서가 아니라, 그 죄를 보지 않으려 했기 때문에 비극으로 치닫는다. 분열 그 자체, 원래 나는 그렇게 하나의 순환의 일부로서 태어났다는 사실, 아마도 영원히, "내가 사라져 주길 원하겠지만/ 나는 잘 사라지지 않"(「뛰는 사람」)기 때문이다.

---

2 유계영, 「발가락들」 부분, 『온갖 것들의 낮』.

남는 것은 세계와 질서의 흔들리는 자리, 나와 나 아닌 그가 계속해서 뒤바뀌는 자리에 서서 내가 사라지고 동시에 그가 태어나고, 그가 사라지고 동시에 내가 태어나는 지점 위에 끝없이 서 있는 일뿐이다. "먼 곳의 빛이 점점 다가오는 것을 지켜보았다/ 우리는 긴 터널을 통과하는 기차를 탔다기보다/ 두 마리의 토끼처럼 마주 앉아 있을 뿐이다"(「복화술사」). 그러므로 바로 그 자리 위에서만 세계는 원래 그러했던 것처럼 구성될 수 있다. 이 자리를 예전에 나는 서정의 제3 전선이라 부르고, 그것은 앞면과 뒷면에 동시에 도달하는 일종의 뫼비우스의 띠 같은 것이라고 명명한 적이 있다.[3] 그 위에 서 있는 주체들은 지시하고 사라지는 부재하는 중심, 세계 속에 존재하는 구멍이자 소멸된 중심으로, 양쪽의 세계를 스위치하며 존재하되 부재하는 전환사 코기토라고 불렀다.

스위치하는 유계영, 그의 방식은 사랑, 끝없이 회전하는 사랑의 방식이다. "숫자 8을 돌려 쓰면서/ 우리는 마주한 얼굴 너머로 회전하지"(「샴」) 누구에 대한 사랑인가? 나인가 혹은 나의 쌍둥이, 내가 끝없이 바라보는 나의 한쪽 면인가. 사랑의 실체에 관한 이러한 질문은 아무런 응답을 받지 못할 것이다. 그의 사랑은 내가 사라지고 내가 태어나는 그 모호하고도 불투명한 지점을 끝없이 바라보고 향하는 열정이며 이 사랑만이 자기를 구원하는 유일한 길이다. 벤야민이 말했듯, 만약에 어떤 구원이 존재한다면 그것은 자기의 암담한 운명 자체의 심층에 존재하는 것,[4] 최초의 죽음과 탄생의 순간을 끝없이 반복하는 이 강력한 마음의 지향성이 유계영의 사랑의 방식, 멜랑콜리 천사의 사랑이다. "발밑의 벌레들이 종횡무진/ 나는 이를 신의 형상이라 믿었습니다"(「녹는점」). 이러한 운명은

---

3 박슬기, 「서정의 제 3전선 ──전환사 코기토의 탄생」, 《세계의 문학》, 2012. 가을.

4 발터 벤야민, 『독일 비애극의 원천』, 90쪽.

존재가 필연적으로 가지고 있는 것, 그런 의미에서 유계영의 사랑의 방식은 파괴적이지 않으면서 그 슬픔을 이해한다. 그는 우리가 은폐했던 슬픔을 이해한다. 우리의 존재의 가장 최초의 순간을 들여다보면서, "누구의 생일인지 기억나지 않는 모호한 축하를/ 반씩 나누는 나의 샴, 나의 뒤통수, 나의 휠체어"(「오늘은 나의 날」)라고 서로를 축복한다. 그러할 때 그가 보낸 생일 축하 카드에서 존재의 근원에 대한 슬픔과 이해, 그리고 그에 대한 끝없는 사랑을 읽는다. "아침은 그렇게 오는 게 아니죠/ 모퉁이를 돌 때마다 열리는 새로운 골목의 끝에/ 내가 발가벗고 서 있는 거예요/ 아침은 그렇게 밝는 거예요"(「생일 카드 받겠지」).

곧 다가올 키스처럼

유계영을 나는 잘 알지 못하지만, 시인인 유계영을 생각하면 언제나 떠들썩한 술집의 한가운데, 가장 고요하게 앉아 있는 소녀가 떠오른다. 소녀는 턱을 괴지도, 찌푸린 얼굴을 하지도 않았지만 "나는 여기에 있지만 여기에 없어요."라고 말하는 것처럼 보였다. 사람들의 대화에 장단을 맞추면서 엷은 미소를 지으며 고개를 끄덕였지만 소녀의 자리는 늘 그 자리에서 기묘하게 어긋난 지점에 있는 것처럼 느껴졌다. 떠올려 보면, 소녀의 투명한 눈은 번다한 삶의 자리 위에 부드럽게 내려앉는 투명하고 거대한 천사의 날개를 응시하고 있었던 것인지도 모르겠다. 소녀는 시인이라서 아니 시인은 소녀라서, "어떻게 두어도 자연스럽지 않은 혀의 위치처럼"(「에그」) 기묘하게 어긋난 자리에 앉아 자연스럽고 체계적인 질서를 모두 뒤집어 버린다. 다만 그 자리에 앉아 있을 뿐인데, 소녀의 언어는 마치 우리의 모든 자리를 뒤흔들어 버릴 것 같은 두려움을 동반한 두근거림처럼, "곧 다가올 키스처럼"(「에그」).

3부

알레고리,
말들의
고백

우울한 언어의 연금술사들

현란한 감각의 윤리를 위하여

우울한 언어—현란한 감각의 진정성

우울한 언어에 대한 가장 아름다운 비유는 아마 이런 것일 테다. "사랑을 말하기 위해/ 천 개의 단어를 사막에 심었다네/ 바빌론의 강가에서 나는 고백했지/ 레몬 트리 레몬 트리, 모든 물결들이 나를 춤추네".[1] 천 개의 단어가 단 하나의 단어를 말하기 위해 사막에서 바빌론의 강으로 아득히 먼 길을 유랑한다.[2] 일렁이는 모든 물결들이 피어나고 솟아올라 '나'를 춤추게 한다. 그런데 이 언어들은 바빌론에 가서 새로운 슬픔에 빠진다. "우리는 바빌론의 개천가에 앉아/ Zion을 그리워하며 눈물 흘렸노라".[3] 시편 137편 1절이라는 주석을 달고 있는 이 구절은 우울한 언어가 지니고 있는 숙명을 암시한다. 이 언어들은 너무 많이 말하지만, 너무 적게 말하며, 기

---

1   함성호, 「레몬 트리」, 「너무 아름다운 병」.

2   박슬기, 「우울한 그대, 사랑하는 자」, 《시현실》, 2009. 여름. 나는 이 시를 멜랑콜릭 알레고리의 한 예로 언급했다. 이 글은 멜랑콜릭 알레고리를 탐구하는 두 번째 글이다.

3   함성호, 「죽음의 기하학」, 앞의 책.

호의 한계를 뛰어넘고자 하지만 기호의 본향에는 이르지 못하는 언어들이다. 2000년대 초반에 나온 함성호의『너무 아름다운 병』은 우울가의 언어들의 아름다운 폐허를 펼쳐 보여 준다.

'우울한 언어'라는 말은 벤야민의 알레고리 개념의 맥락에서 사용한다.[4] 벤야민은 우의에 대한 부정적인 사후 구성에서 우의를 우울가의 언어로 건져 올린다. "우의는 유희적인 형상화 기술이 아니다. 언어가 표현이듯, 나아가서는 문자가 표현이듯 우의도 표현이다."[5]라고 말할 때, 그는 우울을 문자로 구성된 우울로 간주한다. 말하자면, 우의란 의미를 상실하고, 끝없는 연쇄를 통한 의미 작용만이 있는 '죽은 문자'로 구성된 우울인 것이다. 달리 말해 언어의 우울이라 할 수 있을 테고, 우울가의 언어라고도 할 수 있을 것이다.

이러한 우울한 언어는 2000년대 이후의 시에서 유례없이 광범위하고 폭발적으로 우리 시에서 펼쳐진 것으로 보인다. 함성호의 시 이후, 우리 시에서 펼쳐졌던 난해하고 복잡한 언어들은 우울한 언어의 한 갈래들이었다. 너무 많이 말하는 장광설의 언어들과 너무 적게 말해서 침묵에 가까운 언어들의 세계가 펼쳐졌다. 이들 시가 보여 주는 난해성에 대한 논쟁은 식을 줄 모르고 들끓었다. 현란한 감각들의 진정성이 도마 위에 올랐다. 한차례의 폭우가 지나간 자리에, 이러한 감각의 미학과 정치학에 대해 차분한 논의가 진행되고 있다.[6] 이 글은 다만 지금 앞에 놓인 시들에 대해서만 이야기하려고 한다. 그리고 이는 진은영의『우리는 매일매일』에

---

4   알레고리(allegory)는 본래 다르게 말한다는 뜻을 가지고 있다. 이를 우리말로 우의(寓意)라고 할 때, 더욱 생생한 표현을 얻게 된다. 즉 의미가 본래의 집에 거주하지 못하고 다른 빈집에 빌붙어 있다는 말이다. 그래서『독일 비애극의 원천』의 번역자는 알레고리 대신에 우의라는 용어를 주로 사용한다.

5   발터 벤야민,『독일 비애극의 원천』, 212쪽.

6   《창작과 비평》 2008년 겨울호와 2009년 봄호에 실린 진은영과 이장욱의 글이 대표적이다.

실린 한 시로부터 출발한다.

아름다움에 대한 사유, 상징의 언어와 알레고리의 언어

오늘 네가 아름답다면
죽은 여자 자라나는 머리카락 속에서 반짝이는 핀과 같고
눈먼 사람의 눈빛을 잡아끄는 그림 같고
앵두 향기에 취해 안개 속을 떠돌며 지나가는
모슬린 잠옷의 아이들 같고
우기의 사바나에 사는 소금기린 긴 목의 짠맛 같고

조금씩 녹아들며 붉은 천 넓게 적시다가
말라붙은 하얀 알갱이로
아가미의 모래 위에 뿌려진다
오늘

네가 아름답다면
매립지를 떠도는 녹색 안개
그 위로 솟아나는 해초 냄새의 텅 빈 굴뚝같이[7]

시가 아름답다고 한다면, 아마 이런 시를 두고 이를 것이다. 그리고 시가 아름다움에 대해 사유한다고 하면 이런 형상 이외에 더 나아갈 수는 없을 것이다. 이 시는 "아름답다면"이라는 가정법에 기대어, 아름다움에

---

7 진은영, 「아름답다」, 『우리는 매일매일』(문학과지성사, 2008).

대해 이야기한다. 그것은 "눈먼 사람의 눈빛을 잡아끄는 그림", "모슬린 잠옷의 아이들", "소금기린 긴 목의 짠맛"과 같은 것으로 이야기되고, 이러한 형상들은 더없이 '아름다운' 것들이다. 죽음 속에서 반짝이는 핀의 눈부심, 눈먼 사람이 볼 수 있는 어떤 본연의 빛을 가진 그림, 안개 속에서 들려오는 모슬린 잠옷이 바스락거리며 스치는 소리, 기린의 목을 타고 내리는 사바나의 비릿한 빗물의 맛. 이 감각들은 모두 아득한 꿈과 같은 아름다움을 빚어낸다. 아름다움이란 지금 여기에 있는 것들이 아니다. 그것은 이 시에서 먼 나라의 감각으로 형상화된다.

이 아름다움은 어느 정도 플라톤적이다. 이념은 이렇게 감각으로 현상되고, 개념적이지도 언어적이지도 않은 하나의 이미지로 형상화된다. 그러나 이러한 이미지는 순간적이지 않은가? 핀은 죽은 여자의 머리카락에서 반짝이기에 곧 쇠퇴할 것이고, 그림에 향해진 눈빛은 곧 스쳐 지나갈 것이다. 안개 속을 지나가는 잠옷의 소리나, 짧은 우기의 빗물이란 모두 한순간에 지나가고, 곧 다시는 돌아올 수 없는 아릿한 안타까움을 남긴다. 측량할 수 없는 무한을 한 유한한 감각의 '순간'에 잡아 놓는 일, 아름다움은 그래서 '상징'이라 불릴 수 있을 것이다.

상징은 감각의 아름다움을 통해 존재의 가장 충만한 순간을 형상화하고, 그런 한에서 아득히 먼 이념과 현상으로서의 감각은 '순간'적으로 통일된다. 이러한 상징을 르네상스는 숭배했고, 그들은 아름다운 인간의 조형물로써 진리를 감각적으로 현상할 수 있다고 여겼다. 그러나, 이러한 아름다움은 "해초 냄새의 텅 빈 굴뚝"처럼 그 속이 비어 있는 것이다. 상징적 총체화, 즉 이념-현상의 통합이 감각이 숨기고 있는 본질적 이념을 현상할 수 있다는 것은 하나의 기만에 불과하다. 모든 감각들은 이념을 형상화하는 것으로 붙들리는 순간, 그것은 이미 지금 여기의 감각이 아니게 되기 때문이다. '순간' 속에 고정된 이미지 속에서 감각의 언어는 죽어 버린다. 그럼에도 불구하고, 상징적 총체화가 가능하다면 그것은 이러한 이미지를 산출하는 개인의 능력에서 기인한다. 오직 한 개인의 내면 속에서 일어날 뿐인 상징의 총체성을 미학적 완결성으로 간주하고, 여기에 어떤 신적인 형상을 부여하는 것은 근대적 개인의 자율성을 절대화하는 것과 한 발짝도 떨어져 있지 않다.

　서정시의 총체성은 이러한 기만 속에서 산출된다. 미의 추구는 진리의 추구가 되고, 이때 개인의 내면은 미와 진리가 일치하는 절대적인 영역이 된다. 계몽주의가 인격적 완성을 개인의 미적 완성과 동일시한 것은 이러한 지점을 가리키는 것일 테다. 그럴 때, 윤리는 미와 진리를 일치시키는 개인의 내면 속에 자리 잡게 된다. 개인의 내면이 절대적인 윤리의 척도가 되어 버리는 것이다. 일단 윤리적인 주관이 개인 속에 함몰해 버리는 것이며, 이는 벤야민의 표현대로, "심장은 아름다운 영혼 속에서 흔적도 없이 사라"[8]지는 것이고, 이 시의 화자의 어법으로 하면 "텅 빈 굴뚝"에 지나지 않게 된다.

　그렇다면, 조금 더 미학적인 의미에서 윤리적인 것은 어떤 것인가? 그것은 현상으로서의 언어는 그 자체로서 어떠한 본질도 완전하게 구현할 수 없다는 당연한 상식을 인정하는 데서 출발한다. 그것은 마치 실어증 환자의 말과도 같은 것이다. 사랑이라는 한 이념을 말하기 위해서는 천 개의 단어를 유랑해야 한다. 이는 결코 자신의 의미의 집에 거주하지 못하고, 끝없이 다른 언어의 집에서 동가식서가숙하는 말하기, 알레고리의 언어를 취하는 것이다.

8　발터 벤야민, 앞의 책, 209쪽.

죽은 문자로 말하기, 말할 수 없는 것들은 말할 수 없다

상징의 언어가 언어를 넘어서 저 높은 본질의 영역을 현상하려고 한다면, 알레고리의 언어는 언어를 넘어가지 않는다. 아니, 넘어갈 수가 없다. 상징이 저 높은 곳을 향한 수직적 비행을 한순간에 성취할 때, 알레고리는 자폐증에 걸린 아이처럼 언어의 조각들을 수평적으로 늘어놓는다. 이런 언어의 한 양상을 다음과 같은 시에서 볼 수 있다.

모든 것은 오후의 마지막 햇빛 속에 숨어 있다

분열하고 발산하고 산란하는 빛
　발산하고 산란하고 분열하는 빛
　　산란하고 분열하고 발산하는 빛

나는 쓴다
나는 모든 것을 쓴다
나는 모든 것을 쓴다 라고 쓴다

기억의, 기억하지 못하는 기억의,
기억할 수 없는 기억의, 기억 밖의 기억의, 기억 아닌 기억의,

매 순간 허물어지는 벽과 무너지는 바닥
내 손은 어둡고 낯설어 빛의 속도를 받아 적을 수가 없네

종이 위를 미끄러지는 일로 시간의 공포를 잊으려 하는 이 분열증의 목소리를 그칠 수만 있다면, 이 모든 말의 기억을 버릴 수만 있다면

위는 아래의 위, 아래는 위의 아래

오른쪽은 왼쪽의 오른쪽, 왼쪽은 오른쪽의 왼쪽

너는 너무 많은 입을 흘리고 있구나 말할 수 없는 어둠을 흘리느라 울고 있구나 입을 다무는 발설의 방식으로 오후의 마지막 햇빛이 기울어 간다 자라나는 그늘만큼 얼굴들이 사라진다[9]

"모든 것은 오후의 마지막 햇빛 속에 숨어 있다"라고 말할 때, 이 구절은 정말로 많은 것을 겨냥한다. 빛은 모든 사물을 생생하게 드러내는 서정적 주체의 시선으로 기능한다. 그래서 보통의 잘 짜인 서정시라면 햇빛 속에 숨어 있는 여러 사물의 이미지를 배치하고, 이 이미지들의 통일성을 통해서 그것이 무엇이든지 간에 하나의 풍경을 그려 낼 것이다. 그러나 이 시는 그렇게 하지 못한다.

마치 빛을 묘사할 수 있는 최선의 언어는 "분열하고" "발산하고" "산란하는" 세 단어뿐이라는 듯, 단어의 순서만 바꿔 가며 반복한다. 이러한 언어는 햇빛에 숨어 있는 '모든 것'에 대해 아무것도 말할 수 없다. 그러나 이 단어들 외에 빛을 더 잘 형상화할 수 있을까? 아마도 어떠한 단어를 동원하더라도 "오후의 마지막 햇빛"을 적절하게 형상화할 수는 없을 것이다. 오후의 마지막 햇빛이라는 곧 소멸할 것이 주는 아름다움, 그리고 이 소멸의 빛 속에 놓여 있는 '모든 것'들의 쇠락할 수밖에 없는 운명은 그 어떠한 것으로도 완전히, 온전하게 형상화할 수는 없을 것이다. 그러므로, 시인은 다만 "쓴다/ 나는 모든 것을 쓴다/ 나는 모든 것을 쓴다 라고 쓴다"라고 쓸 수밖에 없다. 이는 쓰는 행위만을 가리킬 뿐, 쓰는 행위가 어떤 것도 표상할 수 없다는 우울을 야기한다.

---

9   이제니, 「그늘의 얼굴」, 《작가들》, 2009. 봄.

그러니, "매 순간 허물어지는 벽과 무너지는 바닥"은 오후의 햇빛이 사라지는 속도, 그 짧은 순간의 속도로 소멸해 가고, "내 손은 어둡고 낯설어 빛의 속도를 받아 적을 수가 없"다. 이 손은 시인의 '언어'를 가리킨다. 여기에는 허물어지는 벽과 무너지는 바닥이라는 사물에 결코 도달하지 못하는 언어의 운명이 걸려 있다. 그는 곧 소멸할 빛과 함께 소멸할 많은 것들을 기억을 통해 건져 올리고 싶어 하지만, (많은 서정시가 기억의 수사학을 따르는 것처럼) 그가 할 수 있는 것은 다만 "기억의, 기억하지 못하는 기억의,/ 기억할 수 없는 기억의, 기억 밖의 기억의, 기억 아닌 기억"이라고 반복적으로 적어 놓는 일 뿐이다. 그는 '기억'이라는 단어의 한 표층도 뚫고 들어갈 수 없으므로, 기억이라는 단어의 둘레를 계속해서 배회한다.

단 한 단어를 건져 올려서, 단 한 순간을 포착할 수 없으므로, 시는 너무 많이 말하지만 너무 적게 말한다. 그는 "종이 위를 미끄러지는 일로 시간의 공포를 잊으려 하는 이 분열증의 목소리"밖에 소유할 수 없는 우울한 주체인 것이다.

우리의 언어는 본래 죽은 언어다. 언어가 그것이 가리키는 본질적인 사물의 의미를 전달하는 것이라고 이해할 때, 언어는 늘 그 앞에서 미끄러진다. 그것은 본래 사물들이 시간 속에서 늘 소멸해 갈 수밖에 없기 때문에 그러하다. 오늘 내가 '오후의 빛'이라고 말하는 순간 내가 부른 빛은 곧 사라져 버린다. 언어는 늘 한 발짝 늦고, 언어는 원래 거머쥐려 했던 사물의 그림자, 죽은 것들만을 종이 위에 고착시켜 놓는다. 그러니, 이러한 언어는 시체로서의 문자가 아니겠는가.

그러나 태초에 신이 말씀으로 세상을 창조했듯, 본래 언어는 사물의 기호이자 본질이었다. 벤야민이 "모든 언어는 자신을 전달한다."[10]라고 말

---

10   발터 벤야민, 최성만 옮김, 「언어 일반과 인간의 언어에 대하여」, 『발터 벤야민 선집』 6권(도서출판 길, 2008), 74쪽.

할 때 그는 이 점을 겨냥한다. 벤야민이 보기에 이러한 태초의 언어는 아담이 원죄를 짓고 낙원에서 추방될 때 그 자신의 본질을 상실하게 되었다. 그래서 그는 이를 언어의 원죄라 부르고, 이 원죄는 3중의 의미가 있다고 말한다. 하나는 언어를 적절한 인식의 수단, 즉 단순한 기호로 만들었다는 점, 두 번째는 호명을 통해 그 사물을 고착시키는 새로운 마법을 등장시켰다는 점, 마지막으로는 언어는 그 직접성을 상실하고 추상화되었다는 것이다. 요약하면 사정은 이렇다. 태초의 사물의 본질을 직접적으로 가리켰던 언어는 그 직접성을 상실하고 간접화되고 추상화되었다. 그러므로 이제 언어는 과다하게 말하거나 침묵할 수밖에 없다. 언어는 우울해졌다. 그리고 이 우울한 언어를 다루는 자는 이 시체가 된 언어를 뒤적거려 그 태초의 흔적을 찾아낼 수밖에 없다. 그런 점에서 우리는 여기, 우울한 언어의 잔해를 뒤적거리는 한 우울한 주체를 만나게 된다. 모든 감각을 동원해서.

문자의 우의도(寓意圖)—낯선 별의 잔해들

오늘은 평소엔 쓰지 않던 감각들이 일제히 되살아나고 있다

자욱한 연기 속에서
모든 소리란 소리들의 과녁이 되어 버린 귀와
啻(말씀 言+마디 寸)이 色(사람 人+병부 巴)의
혼돈으로 물결치는
지치지 않는 통독의 혀
(숨을 멈춰—음, 그리고, 이 불안의 색을 들어 봐)
너의 입술의 맛은 장3도로 흔들리다 완전5도로 어울려

이 음악이 지속되는 순간만이,

사랑이라고 믿게 하네

싸구려 라디오에서 솟아오르는 무지개

한 번 눈꺼풀이 닫히고 열릴 때마다

새롭게 펼쳐지는 광경

모든 과거는 [미래＝망각]의 거울 속에 저장되고

나는 새롭게 본 걸

죽이고 다시 창조한다

(행성과, 은하와, 신들까지)

존재하지 않는 모든 맛들을 위한

향연 — 폐부 깊숙이에서 한 호흡의 숨이

다른 세상의 빛을 보여 주고

너의 혀가 들려주는

누군가를 위한 조종(弔鐘)

나의 우울은 출렁이는 벽의 표면을 타고,

흐르고

婁＋攵와 歹＋ㅣ의 허공으로 접은 물고기들의 집이

하나, 둘, 셋

거기엔

절벽의 끝까지,

시간의 파랑이 뒤집히고

처음과 끝이 서로를 애무하는 상실이 — 세상의 끝에서 돌아선 자는,

거기에서 스스로의 끝을 보게 되리라

(중략)

나는 한 호흡의 순간을 멈출 수는 없네
거기에서
거대한 나무처럼 솟아오르는
잠깐 동안의 세계를,
한 호흡처럼 사라질 세상을,

거부할 수 없기 때문이지
나는 시간의 앞장에서
우주의 조성을 간직한 숫자들의 안내를 받으며
어느 한 모서리를 향해
빛의 화음을 던지고 있네

나지막이, 나지막이, 황홀한 노래들이
감각의 입체를 아름답게
채색/文 ── 하고 있네[11]

언어 생성에 대한 한 가설은 모든 언어는 의성어적이라는 것이다. 벤야민이 보기에 이 견해는 조야하고 원시적이기는 하지만, 언어가 본래 자연과 세계에 대한 미메시스적 욕망을 지닌 채 탄생했다는 점을 지시하고 있다. 아마도 처음에는 언어는 그 자신이 모방한 것과 유사성을 지니고 있었을 것이다. 이럴 때 별들의 지도를 보고 땅 위의 길을 발견하던 고대의 방랑자처럼, 언어는 그 유사성을 감각적으로 인간에게 전달해 줄 수

11   함성호, 「감각의 입체」, 《문학과 사회》, 2009. 봄.

있었을지도 모른다. 그러나 지금은 '집'이라고 써 놓은 문자를 보고 집이라는 감각적 형상을 떠올릴 수는 없다. 원래 있었으나, 지금은 지각할 수 없는 유사성을 일러, 벤야민은 비감각적 유사성[12]이라고 부른다. 우리가 감각할 수 없는 이유는 '그 무엇'을 지금 우리의 지각 세계는 갖고 있지 못하기 때문이다. 이러한 언어의 유사성을 아직 간직하고 있는 문자는 아마도 '상형문자'일 것이다. 그러므로, 우울한 언어를 파고들고자 하는 시선은 모든 문자를 상형문자적으로 파악한다.

이 시에서 주체는 "평소에 쓰지 않던 감각들"을 모두 동원한다. 쓰지 않던 감각의 각성에 의해 그는 소리가 귀로 들어와 혀로 나가는 길을 예민하게 탐지한다. 소리는 "불안의 색"이라는 시각적 영상에서 "입술의 맛"이라는 미각으로 변화하고, 이 모든 소리의 변화는 "장 3도로 흔들리다 완전 5도로 어울"리는 아름다운 음악으로 탄생한다. 이 변화를 이끌어 내는 것은 소리, 음색(音色)이라는 언어의 파편화다. "音(말씀 言+마디 寸)이 色(사람 人+병부 卩)"으로 분절될 때, 소리는 기호로서 모방하는 '그 무엇'을 드러낸다. 음색을 파헤치고 들어가니, 그것은 음과 색이라는 파편의 결합체라는 것이 발견된다. 음은 다시 말과 마디라는 파편으로, 색은 다시 사람과 병부절이라는 파편으로 결합된 것이다. 병부절에 걸려 있는 각주는 병부절이라는 언어의 과거를 더듬어 가고, 그 과거에서 '그 사람'이라는 본래의 의미를 건져 올린다. 각주는 나아가 병부절에서 출발한 단어 '색'의 역사를 추적한다. "그러니까 색(色)은 '그 사람'이란 뜻이다. 사물의 고유성을 지칭하면서 자연스럽게 '색깔'의 뜻도 가지게 되다가 나중에는 불교의 경전을 한역하면서 '존재'를 뜻하게 된다."라고 할 때, 이 색이라는 단어의 역사는 태초의 유사성을 잃어버리고 추상화된 언어의 역사를 보여 주는 것이 아닌가.

12   발터 벤야민, 「유사성론」, 『발터 벤야민 선집』 6권, 203쪽.

이 문자 '음색'이 감추어 두고 있던 본질은 '그 사람의 말마디'로 구체화된다. 이러한 언어는 근대적 상형문자이자, 문자의 우의도(寓意圖)가 아닐 수 없다. 그러므로, 이 음색이 흘러나오는 라디오에서 솟아오르는 것은 저 아득한 곳의 "무지개", "새롭게 펼쳐지는 광경"이다. 언어의 가장 깊은 곳으로 들어간 우울한 주체의 시선에서 "(행성과, 은하와, 신들까지)" 소멸했다가 새롭게 탄생한다. "다른 세상의 빛"이란 이런 우울가의 시선에서 죽은 언어의 잔해가 펼쳐 보이는 무한한 우주다. 이러한 문자의 우의도는 "婁+攵와 歹+刂의 허공으로 접은 물고기들의 집"에서 반복되고, 확장된다. 언어는 이렇게 수열(數列)로 전개된다. 수열을 "婁+攵와 歹+刂"로 분절했을 때, 무한한 의미의 우주가 열린다. 부서진 뼛조각들이 지닌 날카로움으로 별들은 조각조각난 문자로 흩뿌려지고, 이 허공으로 접은 언어의 집들은 절벽의 끝까지 무한 증식하는 수열의 규칙으로 배열된다.

죽은 언어들은 우울가의 시선에 의해 새롭게 탄생한다. 우울가는 언어의 조각난 파편들을 끊임없이 이어서 그 언어에 생명을 부여한다. 그는 죽은 언어에 집중하고, 그 언어들의 밑바닥으로 내려가 언어의 잔해들의 지도에서 무한한 우주를 품은 문자로 발견한다. 그것은 그가 "잠깐 동안의 세계를,/ 한 호흡처럼 사라질 세상을,// 거부할 수 없기 때문"이다. 문자가 지닌 고정성, 결코 의미를 붙잡지 못하는 언어의 불능성을 구원하는 것은 현란한 감각들이며, 이 언어들은 다시 현란한 감각을 "아름답게/ 채색/文 ─ "한다. 그리하여 지금 여기의 현상 세계는 이 죽은 문자들의 연쇄에 의해 '아름다운 폐허'로 긍정된다.

자연과 역사의 파편들, 조각들 속에서 문자의 우의도는 펼쳐진다. 그 죽은 해골에는 쇠락하는 자연과 역사의 운명이 새겨져 있다. 표현의 '상징적' 자유, 형태의 고전적 조화, 인간적인 것, 이 모든 것이 거기에 결여되어 있다[13]

---

13   발터 벤야민, 『독일 비애주의 원천』, 217쪽.

하더라도, 이러한 죽음과 지하의 세계로 우울가들은 계속해서 내려간다.

지하실에서 형이 어머니의 치마에 그려져 있던 나비의 유골을 발견했다. 윤회하듯 웅크린 채였다. 샛노랗게 만개한 털들을 흩뿌리고 살은 썩은 땅으로 스며들어 있었다. 생전에 펄럭이던 횟수만큼 풍성한 뼛조각들이었다. 흐린 흙먼지들이 점점이 묻어 있어 더욱 형형했다. 형은 치마폭에 안길 때의 얼굴로 그것들을 바라보았다. 치맛자락처럼 일그러져 있었다. 유골의 곁으로 울긋불긋한 실타래들이 널브러졌다. 네모지게 깎인 나무 계단은 위층의 전생들이었다. 날개를 늘어뜨리고 걸으면 사라락사라락 불편하게 쓸고 오르내릴 수 있는 하나하나씩의 생이었다. 어머니가 한 칸 한 칸 올라갈 때마다 뼈가 차츰 바스러졌다. 우리는 나비로부터 누락된 바람들을 줍느라 미궁에 갇혀 버리겠지. 그러니 이 땅을 너무 사랑하지 말자. 먼지들이 사려 놓은 색색의 실뭉치들이 점점 앙상해져만 갔다. 위층에서 새어 들어오는 찬 공기가 지하실을 적셨다. 어머니가 형을 부르는 목소리였다. 올라가자, 궁에 가둔 바람들이 나비를 버렸다. 형이 입을 걸어 잠그면서 유언했다.[14]

"치마에 그려져 있던 나비"란 죽은 언어를 가리킨다. 형과 나는 지하실로 내려가 이 나비의 "유골"을 발견한다. 이미 생명력을 잃은 언어의 잔해란 이렇게 묘사된다. "샛노랗게 만개한 털들을 흩뿌리고 살은 썩은 땅으로 스며들어 있었다. 생전에 펄럭이던 횟수만큼 풍성한 뼛조각들이었다. 흐린 흙먼지들이 점점이 묻어 있어 더욱 형형했다." 팔랑이던 노란 날개를 잃고, 이제는 죽어 버린 나비의 잔해들은 오히려, 풍부한 의미들을 흩뿌려 놓고 있다. 나비의 뼛조각들은 실제보다 훨씬 더 풍성하다. 이 뼛조각들에서 우울가는 나비의 전생을, 나비의 과거를 길어 올린다. 그것은 위

---

14 이이체, 「나비궁전」, 《시현실》, 2009. 봄.

층으로 올라가는 계단만큼이나 많은 "하나하나씩의 생"이며, 언어가 근대의 언어가 되면서 잃어버린 생명력들이다. 그러나 이 시의 우울가는 함성호의 우울가보다 훨씬 더 침울하다. 언어의 잔해들을 통해 무수한 의미의 우주를 발견하는 대신에, 그는 "나비로부터 누락된 바람들을 줍느라 미궁에 갇혀" 버릴 거라고 생각한다. 잔해들을 끝없이 연결해, 그 연쇄를 통해 새로운 세계를 발견할 수 있겠지만 그 세계 역시 쇠락하고 소멸해 갈 수밖에 없는 운명에 놓여 있다. 아마도 거기에는 구원을 향한 출구가 없을지도 모른다. 그러므로, 그는 "한 호흡처럼 사라질 세상을, 거부할 수 없"었던 우울가와는 달리, "이 땅을 너무 사랑하지 말자"고 다짐한다. 그렇지만 그는 또 내려간다. 이 잔해에 대한, 어쩔 수 없이 소멸할 수밖에 없는 현상들의 세계를 끝없이 바라보는 일, 이는 본질과 구원에 도달하지 못하더라도 그 흔적들을 더듬어 본연의 사물에 도달하고자 하는 시도를 멈출 수 없는 우울가의 사랑이기도 하다.

우울한 언어의 윤리 —— 폐허에 대한 사랑

다시, 처음의 문제로 돌아가 보자. 우울한 언어들, 현란한 감각들로 펼쳐지는 이 의미 없는 언어들의 연쇄에는 진정성이 있을까? 거기에는 윤리라고 할 만한 것들이 있는 걸까? 이 글은 다만 사랑을 말하기 위해 긴 길을 우회했다.

1. 초록버드나무 호수

누가 네 이름을 지었니?
너는 황혼의 냄새, 어스름의 향기를 갖고 있구나

너의 목소리로 나를 말해 줘, 내가 어디에 있는지를
나는 아무 생각하지 않고 모든 것을 생각하고 싶어
그 숲은 해 지는 너머에 있었다
음울한 내 의식 아래서 떠오르는 하루
거기 나는 물의 거울 앞에 서 있었다
바람은 물 주름을 만들며
저 깊은 곳에 쓰여진 말들을 물 밖으로 흘려보냈다
흰 물떼새들은 숲을 깨우고
내 몸을 통과한 말은 머리 위로 사라졌다

말은 어디서 오는 것일까?
나는 나를 알 수 없었으므로
시간을 기다렸지만
시간도 어쩔 수 없어 핑계만 대었다

어떠한 형태로도 고정시킬 수 없는
팽창하는 우주처럼,
나는 새로운 지평선에 목말라 했다

알 수 없는 깊이에서 솟아오르는 너의 눈빛
나는 네 안의 밤과 만나고 싶어
네 젖은 눈 속으로 잦아드는 태양의 날개들
네가 바라보는 것을 나는 바라봐

너의 꿈이 저녁을 익게 한다
물속에 잠겨 있는 분홍빛 하늘

나무는 그 하늘에 뿌리를 내리고

거기로 부드러운 황혼이 배어들고 있다[15]

　　우울한 언어의 연금술사들은 자연과 역사에 대해 말하지 않는다. 언어가 과다하게 말할 동안 언어는 사물의 본질이라는 그 자신을 잃어버렸다. 여기에 자연은 다만 침묵으로 대응한다. 우울가의 일은 이 죽은 언어의 잔해들을 통해서, 자연이 침묵을 깨고 그 스스로 말하게 하는 것이다. "누가 네 이름을 지었니?/ 너는 황혼의 냄새, 어스름의 향기를 갖고 있구나"라고 물어본 우울가는 침묵을 되돌려 받는다. 나는 "너의 목소리"를 요구한다. 그것은 자연이 '나'를 말해 주길 바라기 때문이다. "너의 목소리로 나를 말해 줘, 내가 어디에 있는지를/ 나는 아무 생각하지 않고 모든 것을 생각하고 싶어"라고 말할 때, 그는 스스로 자연의 침묵 속으로 들어가고, 그와 내가 같은 운명임을 자각한다. 이 우울가의 침잠에서 "모든 것을 생각"할 수 있는 힘이 나올 것이다.

　　말들은 어디서 오는지 알 수 없고, 곧 사라진다. 나는 모든 것에 대해 알고 싶지만, 그리하여 말을 통해 그 모든 자연의 "새로운 지평선"을 보기를 원하지만 말을 통해서는 거기에 도달할 수 없다. 그럼에도 불구하고, 이 자연의 침묵에 귀를 기울이는 일은 "알 수 없는 깊이에서 솟아오르는 너의 눈빛/ 나는 네 안의 밤과 만나고 싶"기 때문이다. 이 만남을 하염없이 소망함, 다시 말해 사랑이라 부를 수 있지 않을까?

　　상징의 빛을 거부한 우울가들은 동시에 구원의 믿음도 거부했다. 여기에는 소멸해 가는 자연과 역사에 대한 천착들, 때를 놓친 것, 고통에 겨워하는 것, 실패한 것들, 죽은 해골에 대한 천착이 걸려 있다. 그러므로 그들은 아름다운 상징을 거부하고, 추한 알레고리로 나아간다. 여기에 이 우

15　김연아, 「녹색 섬광의 시간」 부분, 《현대시학》, 2009. 1.

울한 언어의 감각들의 윤리가 매달려 있다. 그것을 '어떤 무엇'이라고 정의할 수는 없는 것 같다. 다만 벤야민을 따라 이렇게 말할 수 있을 뿐이다. 19세기의 파리의 번영 속에서 우울을 경험한 보들레르는 알레고리적 인식을 통해 그 번영의 환상을 파괴하는 데 성공했다. 그는 영혼의 부활이라는 기독교적 해법을 거부하고 이 '새로운 자연'에 충실했다. 다만, 폐허를 고집하는 것 말고는 달리 의지할 데가 없었기 때문이다.

장광설과 침묵, 시인의 존재론

김언, 『소설을 쓰자』(민음사, 2009); 신해욱, 『생물성』(문학과지성사, 2009)

나는 다양한 미래들에게(모든 미래들이 아닌)

끝없이 두 갈래로 갈라지는 길이 있는 정원을 남긴다.[1]

X가 해답인 어떤 수수께끼들

보르헤스의 소설 「끝없이 두 갈래로 갈라지는 길들이 있는 정원」에는 이런 이야기가 나온다. 중국인 취팽은 끝없이 두 갈래로 갈라지는 길이 있는 정원을 남겼다. 하나의 갈래를 지나면, 또 하나의 갈래를 만나고 그 길들을 이어 가다 보면 어디에 있는지 혹은 어디로 가고자 했는지조차 잊어버리는 그런 정원 말이다. 그리고 또한 동일한 방식으로 구성된 책을 남겼다. 공간 대신에 시간이 갈라지는 길들이 있다. 여기에선 누구도 시간의 주인이 될 수 없고, 끝없이 갈라지는 그 시간의 선 위에서 어디로든 갈 수밖에 없다. 알버트는 취팽의 손자를 앞에 두고 이렇게 물어본다. "심지어 그는 '시간'을 뜻하는 유사한 단어조차 쓰지 않고 있습니다. 당신이라면 이러한 의도적인 삭제를 어떻게 설명하시겠습니까?" 취팽은 왜 이런 일을 했는가. 아니, 취팽은 왜 시간만이 주인인 이야기에서 시간이라는

---

1 호르헤 루이스 보르헤스, 황병하 옮김, 「끝없이 두 갈래로 갈라지는 길들이 있는 정원」, 『픽션들』 (민음사, 1994), 158쪽.

'단어'를 삭제해 버린 것일까. 그것은 "그 해답이 장기인 어떤 수수께끼에 대해 물어볼 때 해서는 안 되는 말"이기 때문, 즉 「끝없이 두 갈래로 갈라지는 길들이 있는 정원」은 그것의 해답이 시간인 하나의 거대한 수수께끼, 또는 우화인 것"[2]이기 때문이다.

자, 스무고개를 시작해 보자. 질문은 이렇게. "그것은 생물입니까?" 답은 "예"와 "아니오" 둘 중 하나로. 이렇게 질문자는 끝없이 갈라지는 두 개의 길을 만난다. 출제자는 오직 답만을 제외하고는 모든 대답을 해 준다. 하나의 질문이 또 하나의 질문을 낳고, 질문은 계속되고 그 질문에 대한 답은 말해지지만, 해답만큼은 결코 말해지지 않는다. 이런 스무고개식 수수께끼, 즉 해답만을 제외하고 세상의 모든 것을 말하는 수수께끼가 김언의 새 시집 『소설을 쓰자』(민음사, 2009)에 해당한다. 그러나, 결코 대답하지 않는 출제자가 있다면 어떤가. 혹은 끊임없이 대답을 연기하면서 딴소리만 해 대는 출제자가 있다면. 신해욱의 새 시집 『생물성』(문학과지성사, 2009)은 이런 류에 해당한다.

해답 대신에 모든 것을 말하는 수수께끼, 해답 대신에 모든 것에 침묵하는 수수께끼. 스무고개는 주어진 질문 스무 개가 끝나면, 끝나 버리지만 이들의 수수께끼는 끝나지 않는다. 질문이 또 다른 질문을 낳고, 이 연쇄된 문장들이 끝없이 스스로를 확장해 나가서 모든 것이 되어 버리거나, 혹은 결코 발설되지 않음으로써 모든 질문을 무화시켜 버리는 수수께끼. 그리고 결국은 다시 돌아와 해답 앞에 서게 하는 수수께끼들. 해답이 X인 수수께끼가 지금 시작된다.

---

2 위의 책, 163쪽.

발화자 X, 무한 연쇄 사건의 소실점

김언의 새 시집『소설을 쓰자』는 이런 시로 시작한다. "내가 덥다고 말하자 그는 문을 열었다/ 내가 춥다고 말하자 그는 문을 꼭 닫았다./ 내가 감옥이라고 말하자 그는 꼼짝 말고 서 있었다."(「감옥」) 그러니 사태는 이렇다. 말이 사건에 선행한다. 이 시집의 후문을 쓴 평론가는 명민하게도, 이 '말'이 사건을 낳는다고 평가한다. 이 시집이 선포하는 것도 그런 것이다. "사건 다음에 문장이 생기는 것이 아니라/ 문장 다음에 사건이 생긴다."(「이보다 명확한 이유를 본 적이 없다」)라고 말할 때, 처음에 실린 「감옥」은 이 시집에서 펼쳐지는 무한한 사건의 연쇄를 낳는 일종의 최초의 발화다.

그러나 좀 이상하지 않은가. 말이 사건을 낳을 수는 없다. 아니, 말과 사건은 그 존재론적 범주에서부터 그 영역이 다르다. 말하는 주체가 낳는 것이 말이고, 행동하는 주체가 낳는 것이 사건이라 할 때, 말이 사건의 주체가 되기는 어렵기 때문이다. 최초의 시들, 「감옥」과 「입에 담긴 사람들」은 한 사람의 입에서 나온 말이 사건을 탄생시키는 바를 보여 준다. "한 사람의 부정확한 발음이" 누군가를 죽이고, 시내를 마비시키는 사건들을 탄생시킨다. 그러나 이 시들만이 최초의 발화다. 이후의 시들은 이 발화가 시작되고 사건이 탄생한 후, 사건이 사건을 탄생시키는 사건의 연쇄를 이루어 간다.

이보다 명확한 이유를 본 적이 없다. 혼란한 정국을 틈타 문장들이 새로 완성된다. 논리와 오류를 함께 내장한 문장. 이전에도 그랬고 이후에도 그랬고 지금 이 순간의 문장이 가장 중요하다. 밤하늘의 별들이 그 선언으로 완성된다. 논리와 오류를 함께 지니고서 태양은 빛나고 별은 겉돌고 달은 움직이지 않는다. 순간순간을 파괴하며 돌아오는 말 지구는 팽창 중이다.

국가는 쇠락 중이며 우주는 얼어 죽고 별은 타 죽기 위하여 불필요한 수식
을 제거한다. 과학자의 입에서

　　대답하기 귀찮을 때 빅뱅이 튀어나왔다. 라디오 프로그램에서 그 단어
가 다시 튀어나왔다. 우연한 몇 초 사이에 그 단어는 몇십억 배의 크기로 확
장되었다.[3]

　"할머니가 돌아가셨다"는 말이 발화되자, 약속대로 전쟁이 터진다. 사
방에서 포로들이 몰려온다. 내 손에 백기가 쥐어지고, 시신은 화장된다.
이 시는 말들의 연쇄로 전쟁이라는 사건을 구성한다. 전쟁의 선포가 있자
전쟁이 있었고, 항복의 선언이 있자 항복이 있고 종전이 있다. 새로운 헌
법이 선포되자 국가는 새로 만들어지고, 변호사의 변호가 있자 법의 집행
이 시작된다. 그러므로 이 세계는 모두 말로서 만들어지며, 말로서 완성된
다. 그러나 이는 말이 사건을 만들어 내는 것이 아니라, 말이 사건 그 자체
가 된다는 것을 의미한다. 사건이 사건을 만들어 내며, 이때 사건은 말이
라는 점에서 동일한 존재다.
　이 시집의 시들은 말이자 사건들, 사건이자 말들을 통해 이어져 나간
다. 「인터뷰」에서는 인터뷰이인 시인은 인터뷰어의 질문에 어느 하나 대
답을 못하고, TV를 본다. 이종격투기의 싸움은 공룡들의 싸움으로 이어
지고, 이 싸움에서 꿈의 시간으로, 다시 잠에서 깨고, 꿈 다음에 오는 시간
은 쓰다 만 글을 마무리 짓는 시간과 이어지고, 다시 공룡으로 돌아간다.
즉, 여기에서 시간은 말-사건 위에 얹혀 있다. 최초의 발화 이후, 말은 사
건이 되고, 사건의 연쇄들이 이어진다. 말과 사건은 같은 것이므로, 이는
장황한 말들의 연쇄, 장광설들이다.
　엄청나게 많은 말들이 이어지고, 말-사건들이 탄생하지만, 이 말-사

3　김언, 「이보다 명확한 이유를 본 적이 없다」, 『소설을 쓰자』(민음사, 2009).

선들의 연쇄 사이에 이 말을 '발화'하는 사람만큼은 숨겨진다. 이 장광설은 "혼자서 밥을 먹고 둘이서 식사를 하고 셋이서 춤을 추고 다섯이서 나머지 한 명을 찾아다니는 시간"들이지만, 여기서 이 말-사건들을 탄생시키는 존재만큼은 "그보다 빠르게 생략되는 존재는 없다"(「톰의 혼령들」)며 생략되고 숨겨진다. 말-사건들은 이어지지만, 그 말을 발화한 존재는 이 말들의 틈 사이에 숨겨져 있다. "그럼 누가 말한 거니?"라는 질문이 주어질 때, 대답은 "내 앞에서 〈아!〉 한 자와/ 내 뒤에서 〈그리고〉 하고 부른 자."(「톰의 혼령들과 하품하는 친구들」)로서 주어진다. 발화자는 오직 그가 발음한 말로서만 지칭되며, 그 존재 자체는 숨겨지는 것이다.

그러므로, 여기에서 말해지지 않는 해답은 발화자 X다. 말이 자율성을 얻어 마치 "수많은 갈래들의 길을" 만들며 각각이 "영원히 다른 길"(「아메바」)로 향할 때, 이는 오직 말들의 진행일 뿐이다. 여기에서는 말들만이 이 사건들의 주인이지만, 발화자가 없는 것은 아니다. 그는 다만 말들의 요소로 변형되어 숨겨져 있을 뿐이다. 말 속에 숨겨져 있고, 오직 말로서만 나타나는 발화자 X, "동사"가 될 수도 있고, 이 말들의 이야기 속에서 모든 것이 될 수 있는(「오브제의 진로」) 그. 이 모든 말들을 탄생시키고 사건의 연쇄를 탄생시킨 그는 최초의 발화자인 것이며, 시인 주체 그 자신이다.

그러니, 사실은 이 수수께끼의 해답은 '시인'이다. 「당신은」에서 펼쳐지는 질문과 대답을 보라. 질문자가 "그렇게 말하는 당신은?" 누구인가라고 해답을 즉각적으로 요구할 때, 그는 룰을 어긴다. 그러니 응답자는 '무엇이다'라는 해답을 숨겨 놓고, "당신과 다르다는 것으로 만족한다"는 수수께끼 같은 대답을 내어놓는다. 시집의 구성 형식을 응축하고 있는 이 시에서, 퍼붓는 질문에 동문서답으로 대답하고 있는 출제자 그 자신이 이 수수께끼의 해답인 것이다. 사실 시인이야말로, 언어에 자신을 실어서 전달하는 자, 말로써 오직 말로 구성된 세계를 탄생시키는 자가 아닌가.

이 끝없이 갈라지는 길들, 말들의 사건이 구성하는 것의 해답은 '시인'이고, 이 시들은 엄청난 많은 말들을 통해서 말의 존재론이 아니라 시인의 존재론에 대해 얘기하고 있는 것이다. 그는 모든 것이 될 수 있고, 모든 사건의 주인이 될 수 있으며, 모든 사건들의 사이에 위치할 수 있다. 그러니, 밤하늘의 별들이 선언으로 완성되듯 시인은 말들로서 완성된다. 끝까지 갈라지는 길들은 다시 처음의 길들로 돌아온다. 그럼으로써 시인, 최초의 발화자이자 이 모든 장광설들의 주인인 최초의 발화자 앞에 서게 된다.

침묵하는 발화자, 몸에 기록된 말들

정신을 차릴 수 없도록 속사포처럼 늘어놓은 김언의 말들과 달리 신해욱의 새 시집 『생물성』의 말들은 느리다. 행과 행 사이에는 간극이 생겨, 연과 연이 된다. 연과 연 사이에는 또 " * "와 같은 기호로 된 벽이 세워진다. 이 시의 말들은 다음으로 넘어가기 위해서는 빈 공간을 뛰어넘어야 하고, 기호로 된 벽을 뛰어넘어야 한다. 혹은 빈 공간 앞에서 되돌아오고, 벽 앞에서 가로막혀 그 자리에서 멈춘다.

이상한 전화가 왔다.
"기다려. 지금 갈게."
  *
기다려. 지금 갈게.
식민지가 된 것처럼 나는 조용했다.

여분의 손에 수화기를 맡기고
두 손을 포함하여 나는

원래부터 그래야 했던 것 같았다.[4]

　이상한 전화가 "기다려. 지금 갈게."라고 말하자, 그 전화 속의 말의 힘은 나를 꼼짝 못하게 만든다. 기다리라고 말했으니, 그 자리에서 기다려야 한다. 이 말은 기호로 된 벽을 뛰어넘어 나의 말이 되고, 이 나의 말은 다시 기호의 벽을 뛰어넘어 나의 행동을 규정한다. 그리고, 마치 "원래부터 그래야 했던 것"처럼 말의 힘은 나를 사로잡는다. 원래부터 (말의) "식민지가 된" 나를 현상하는 것이다. 말은 나의 통제를 넘어서는 것들이며, 나는 말의 주인이 아니다. "그것은 나의 왼쪽 팔에 팔짱을 끼고/ 왼손으로 글씨를 쓰는 사람인 것처럼/ 스스럼없이 나를 따라다녔다.// 내 팔을 놓아라.// 그러자 그것은 하얀 쪽지 위에 하얀 색연필로/ 똑같이 받아썼다."(「반+」)에서 보이는 것처럼, 말은 나에게서 나오는 것이 아니라 '어딘가'의 조각에서 구성된다. 나는 그것이 내 말이 아니기에, "찢고 싶었지만/ 나에게는 결정권이 주어지지 않"았으므로 이를 통제할 수 없는 것이다.

　이 시집을 사로잡고 있는 '생물성'은, 이렇게 말을 통제하지 못하는 데서 비롯된다. 말은 나에게서 나와 어딘가로 확산되는 것이 아니라, 어딘가에서 말이 나와서 나를 통제하고 규정한다. 이렇게 통제되는 나를 '생물'로서가 아니라면 무엇으로 명명할 수 있겠는가. 말은 기본적으로 인간의 영역이되, 말의 목적과 도착지를 통제하고 조절하는 자만이 말을 소유한 인간적 주체라고 할 수 있을 것이기 때문이다. 그러니, "실은 입이 점점 병들고 있는 중이었다.// 동시에 두 개의 말이 나오는데// 나는 말의 방향을 짐작할 수 없었다."(「생물성」)라고 고백할 때, 말하는 주체는 말 속에서 소멸되어 버린다. 말과 말의 틈 사이에서, 주체는 계속해서 사라지고 녹아버린다. "손금은 제멋대로 흐르다가/ 제멋대로 사라지고// 꿈속에 사는

4　신해욱, 「벨」, 「생물성」.

사람은/ 꿈 밖으로 팔을 뻗어 전화를 받고"(「따로 또 같이」)처럼, 나는 원래 인간의 형상인 "두 개의 눈과/ 두 개의 귀와/ 수많은 머리칼이 있"는 형상을 갖추지 못한다.

그러니 신해욱의 시에서 발화자 X는 존재하지 않는다. 말과 말 사이에서 내가 녹아 버리고 지워져 나라는 주체는 각각의 개별적이고 고유한 조각들로 변환되기 때문이다. 그러나 모든 이야기는 여기에서 시작된다. "모자 속에 눈이 묻히고/ 총에 맞아도 웃음이 살아남는/ 인형의 입술이 되"(「굿모닝」)면, 그제서야 그는 "목 밑에 목이 이어지는 것처럼/ 오래도록 이야기를 할 수 있"는 존재가 된다. 이 각각의 조각들로 녹아 버린 몸의 파편들의 이야기만이 계속해서 이어지게 되는 것이다. 발화자가 없으므로, 말은 하나의 소실점에서 시작되지 않는다. 모든 조각들의 이야기, 모든 조각들의 말만이 계속해서 이어지기 때문이다. "어제의 이야기/ 오늘의 이야기는 조금/ 속도가 다르고// 무엇으로도 이어지지 않는다."(「나와는 다른 이야기」)처럼 이야기는 이어지지 않고, 계속해서 연기되고 미루어진다. 말하자면, 하나의 점 위에서 계속되는 이야기가 아니라, 복수의 점들에서 동시다발적으로 출발하는 이야기들인 것이다. 그리고 불연속적으로 이어지는 모든 이야기가 나("나는 쉽게 길어진다./ 예측 불허의/ 이야기 같다"(「나의 길이」))이다.

이 말들은 나의 말들이 아니므로, 침묵이다. 이 말들을 말이라고 할 수 있다면, 그것은 나의 말이 아니라 내 몸에 기록된 말들, 파편들의 말이라고 할 수 있을 것이다. 그러므로 신해욱의 수수께끼가 숨기고 있는 해답을 알기 위해서는 질문의 내용을 바꾸는 것이 아니라 질문의 대상을 바꾸어야 한다. 출제자에게 묻는 것이 아니라 질문에게 질문한다. 끊임없이 다른 것을 대답하는 대답들에게 질문한다. 너의 장소가 어디냐. 너의 위치는 어디냐. 그러할 때 해답은 이렇게 도출된다. 나는 머리에서, 나는 손에서, 나는 발에서 나오는 말들이다. 우리는 모두 각각의 장소에 기록된 말들이다. 우리의 연원을 묻지 마라. 우리의 장소가 우리이며, 그것은 말이자 말이 아닌 것, 각각의 장소에 기록된 각각의 존재들이라는 것을.

발화자 X와 발화체 X들, 수수께끼의 해답들

다시, 알버트는 취펭이 결코 '시간'이라는 해답에 대해 말하지 않았던 이유를 이렇게 추리한다. "어떤 단어를 강조하기 위한 가장 뛰어난 방법은 그것을 〈영원히〉 생략해 버리거나, 췌사적인 은유, 또는 뻔히 드러나는 우회적인 언어에 호소하는 방법일 것입니다."[5] 이 두 수수께끼가들도 이런 방법을 사용한다. 신해욱이 그것을 영원히 생략해 버렸다면, 김언은 뻔히 드러나는 우회적인 언어의 연쇄를 사용했다. 발화자 없는 발화들, 주체가 없는 몸들의 말, 즉 발화체(發話體) X들이 신해욱의 해답이었다면, 김언의 해답은 모든 말들의 소실점, 모든 말들이 숨기고 있는 발화자(發話者) X, 즉 시인이다. 그러니 둘 다 시인의 존재론에 대해 말한다. 말로써 모든 것을 창조하고, 모든 세계를 구성하는 시인, 최초의 발화자가 되는 시인. 그리고, 모든 것에 말을 빼앗기고 오직 사라지고 녹아내리는 시인, 남기는 것은 오직 발화체 X들인.

---

5   호르헤 보르헤스, 앞의 책, 164쪽.

밤의 분명한 악몽, 모그 y 씨의 뒤집기 놀이

진수미, 『밤의 분명한 사실들』(민음사, 2012)

←Backspace를 누르건

↵Enter를 누르건

그것은 그대의 자유,[1]

　　모그 y 씨가 미간을 찌푸리고 낱말 카드를 뒤집는 놀이에 집중한다. [목련]을 뒤집으니 [mæɡ|noʊliə], [마술사]를 뒤집으니 [ɪ|luː:ʒənɪst]. 아니, [ɪ|luː:ʒənɪst]를 뒤집었던가? 이 뒤집힌 카드들은 각각 자신의 뒷면을 보여 준 것이 맞기는 한 걸까? 모그 y 씨의 놀이는 "동그랗게 손바닥을 말아 밖으로 내밀었다 입가에 가져오니 뒤집힌 손등이다 뒤집어 본다 다시 손등이다 또다시 손등 손등 손등 그 위로 쏟아지는 시곗바늘들"(「모그 y, 매달린 손가락」)처럼 혼란스럽다. 뒤집은 면이 앞면이었던 것처럼 혹은 뒤집지 않아도 뒷면이었던 것처럼 아니, 두 면이 애초에 등을 대고 있었던 양면이 아니었던 것처럼 낱말 맞추기는 대혼란에 빠진다. 모그 y 씨, 즐거운 놀이를 하면서 얼굴을 찌푸리고 있는 건 그래서인가요?

　　가령 이런 방식. "새가 좋아요. 그게 되겠어요. / 갑자기 싸구려가 된 새

1　진수미, 「비몽」, 『밤의 분명한 사실들』(민음사, 2012). 이하 이 글에서 인용하는 시들은 이 책에서 인용함.

물건, 그런 게 있잖아요. / 그대에게 난 새 같은 전갈을 물릴 수 있을까. / (뾰족한 입술을 내밀며 그대가 말한다) 그건 재갈이겠지.”(「모래의 사건」). '하늘을 자유로이 날아다니는 짐승'이라는 뜻을 가진 〔새〕라는 카드를 한 번 뒤집었더니 '새로운'이라는 뜻이 나오고, 이를 또 한 번 뒤집었더니 '전갈의 모양새'로 되었다가 또 한 번 뒤집으니, '입에 물린 재갈'이 되는 놀이. 말하자면 〔새〕는 한 번 뒤집을 때마다 각기 다른 시니피앙으로 되돌아 나온다. 아마도 모그 y 씨의 손에 들린 카드는 〔새〕라는 의미 카드가 아니라, [새:]라는 발음 기호 카드인 모양, [새:]는 뒤집힐 때마다 의미와는 전혀 상관없는 시니피앙들만 나열되고, 그것은 마치 “음들이 순환하는 방식”(「옹호되지 않는 삔치」)으로서만 하나의 문장이 된다.

그러니 진수미의 새로운 시집 『밤의 분명한 사실들』의 전반에 놓여 있는 이미지들, 기이한 낱말들의 결합을 두고 그것이 숨기고 있는 '의미'를 추적하는 일은 아무런 성과를 얻지 못한다. 이 시집의 전반에서 행해지고 있는 놀이, 낱말을 뒤집고, 이미지를 뒤집어 놓는 이 놀이는 관계사도 없고 연결어미도 없는, 오직 신택스들(「옹호되지 않는 삔치」) 그 자체이기 때문이다. 그럼에도 어쩐지 이 신택스들은 무엇인가를 숨기고 있는 것 같다. 아니, 이 시니피앙들이 숨기고 있는 것이 아니라, 시니피앙들이 촘촘히 짜 놓은 그물망의 사이에서 어떤 것들이 퐁퐁 솟아나고 있다. 그것은 그의 이전 시집 『달의 코르크 마개가 열릴 때까지』(문학동네, 2005)에서부터 이어지고 있는 피의 여성성, 여성적 광기가 통사적 법칙을 해체하면서 수면 밖으로 튀어나오는 것이라고 할 수도 있다.

그러나 튀어나오는 것들이 무엇이든 간에, 이 시니피앙들은 의미에서 무한히 탈주하는 기표의 자유를 누리고 있지 않다. 진수미의 이 신택스들이 다만 의미를 부정하고, 통사적 법칙을, 현실의 규범을 해체하는 데서 끝나지 않는 것은 이 때문이다. 여타의 기표 놀이와 달리, 그의 기표들이 존재론적 차원을 획득하는 것은 이 기표 놀이가 모그 y 씨의 '행위'이기 때문이다. 모그 y 씨가 집어던졌다가 다시 되돌리고 또다시 집어던지며 만들어 내는 것, 이 신택스는 기표들의 우연적 결합이지만, 모그 y 씨의 존재 형식이기 때문에 필연적 행위다. '진짜'는 이 행위 속에서만 존재하고 드러난다.

말하자면, 발음 기호들은 발음을 지시하는 표지가 아니라, 자신이 기호의 '의미'가 아니라는 것을 과시한다. 그것은 의미가 아니라 틈새를 보여 주는 것. 과시는 은폐의 일종이니, 이 기호들은 그 자신이 기표임을 과시하며 의미를 은폐하는 것이 아니라, 의미를 드러낸다. 빙글빙글 뒤집히면서 열리고 닫히는 일종의 회전문처럼 그것들은 과시했다가 은폐하고, 숨겼다가 드러내면서 살짝살짝 보여 준다. 그 아래에 숨겨져 있는 진짜를.

그것은 내가 언어를 만들어 내는 것이 아니라 "복기할 수 없는 음들이 밤바다 찾아오"(「빛의 저격수」)는 사태를, 나의 언어들의 중심은 그 아래의 깊은 바닥에 있다는 것("언어의 중심은 아래쪽이야/ 항상 바다를 그리워하지"(「모그 y의 물방울 시간」))을 지시한다. [mægǀnoʊliə] 나 [ɪǀluːʒənɪst]와 같은 발음기호라는 회전문은 아래쪽에서 올라오는 그것들을 빙글빙글 돌며 보여 주고, 잠깐씩 열리는 문을 통해 우리는 이 문이 감추고 있는 것, '진짜'를 언뜻언뜻 만난다. 이 조각난 말들을 다 짜맞추기 전에, 그 틈새로 보이는 것은 "뭉개져 곤죽이 된 붉은 액즙 속에/ 작은 턱뼈, 이빨, 긴 꼬리들이 형체를 간신히 유지하고 있"(「모그 y의 톱날 같은 날」)는 장면, 모그 y 씨의 진짜 머리. 그것들은 언어가 아니기에 규정될 수 없는, 깨진 채로 붙어 있는 꿈의 이미지들이다. 해체된 얼굴의 조각이라는 이미지를 가면으로 쓰고 있는 것들, 이 꿈은 무엇을 가리키는가?

"이것은 환시고/ 저것은 fact고,"(「[ɪǀluːʒənɪst]」) 구별할 수 없는 그것들은, 모그 y 씨가 꾸는 꿈인가 우리가 꾸는 꿈인가. 우리의 악몽인가 모그 y 씨의 악몽인가. 얼굴을 찌푸려 가며 끝없이 낱말을 뒤집는 모그 y 씨는 악몽을 반복해서 언어들의 세계에 올려놓고, 우리는 그가 뒤집어 놓는 낱말들의 사닥다리를 타고 올라 이 신택스들의 밑바닥에 도달한다. 분명한 것은 이 악몽이 밤의 사실들(real)이라는 것. 자꾸자꾸 악몽이 삐져나오는 이 밤에 우리는 backspace를 눌러 현실로 돌아올 것인가, enter를 눌러 악몽 속에 더 깊이 빠져들 것인가. 그것은 "그대의 자유"이겠지만, 중요한 건 우리가 잡고 있는 문이 회전문이라는 사실(fact).

잃어버린 단어들의 여행지, 아프리카

이제니, 『아마도 아프리카』(창비, 2010)

우리가 잃어버린 것은 몇 개의 단어다. "하찮고도 보잘것없는 단어 몇 개"(「편지광 유우」). 그런데 마치 모든 세계를 잃어버린 듯 슬퍼하고 이 단 어들을 찾기 위해 온 세상을, 페루에서 아프리카까지 떠도는 이 시인. 대 체 이 단어가 무엇이길래? 이런 질문은 아마 불필요하거나 무용할 것이 다. "닿을 수 없는 그 모든 것들"(「공원의 두이」)을 위한 이름, 찾자마자 잃 어버리는 모든 것을 위한 고유명사들이기 때문이다.

감각을 단어로 치환하는 것은 이 시집의 특유한 방식이다. 그는 단어 로 사유하고, 단어로 느끼며 단어로 세계를 만든다. 이 세계에서 문장은 명사로만 구성된다. 이런 것. "이후의 시간은 방부 처리된 길고 투명한 유 리병의 나날"(「그늘의 입」). 만날 수 없는 너를 기다리는 나의 시간은 아마 도 지리하고 끝나지 않는 순간들로 채워질 것이다. 이 기다림의 시간, 한 없이 무료하고 모든 의미 있는 일들이 휘발되는 이 시간들에게 그는 "유 리병"이라는 이름을 붙여 준다. 더없이 적절한 이 명명법에서 기다림의 시간은 그 이름을 얻게 된다. 그의 시집 어디를 펼쳐도 만날 수 있는 이러 한 명명법들은 일종의 은유법에 해당하지만, 단어와 지칭하는 대상 사이 의 어떤 유사성에 근거하는 것은 아니다. 그는 그저 이름을 붙여 준 것이다. 불명확하고 모호한 대상들을 부르기 위해서, 그들에게 도달하기 위해서 어떤 이정표를 그 자리에 대신 세워 두는 것과 같다.

가령, "뵈뵈"라고 불리는 무엇. 양날톱을 휘저으며 무언가를 옮겨쥐려고 하는 뵈뵈. 큐피를 보여 주자 얼굴을 쓰다듬으려 했지만 만질 때마다 길고 가는 흡집을 만들고 마는 뵈뵈. 이 고양이인지 개인지, 늑대인지, 아니 동물인지 사람인지조차 알 수 없는 이 무엇의 이름은 뵈뵈다. 뵈뵈에게 나는 말을 건네고, 큐피에 관한 이야기 복덕방 김 씨에 관한 이야기를 늘어놓는다. 나와 함께 싸구려 도너츠를 사 먹기도 했던, 언제나 나의 얘기에 "그저 응, 이라고만" 대답하는 뵈뵈.(「뵈뵈」) 이 시에서 나는 계속해서 뵈뵈를 부르지만, 뵈뵈가 누구인지 무엇인지 이 이름은 아무것도 말해 주지 않는다. 뵈뵈에게 하듯, 나는 이 얘기 저 얘기를 늘어놓고 있을 뿐. 우리는 이 뵈뵈를 애완동물이라고 여겨도, 친한 친구라고 여겨도 심지어는 골방의 벽이라도 여겨도 좋다. 이름이 무엇이든, 뵈뵈는 자기의 이름으로서가 아니라 오직 화자의 말이 도달하는 곳 혹은 도달해야 하는 곳으로서의 이름이다. "그러니까 뵈뵈, 내가 하고 싶은 말은. 내가 하고 싶은 말은, 뵈뵈"라고 말할 때, 이 이름의 역할은 선명하게 드러난다. 뵈뵈, 두이, 녹슨씨, 큐피, 자니마, 모리, 유우 등 무수히 많은 이름들은 이름의 소유자의 정체에 대해서는 아무것도 말해 주지 않는다. 듣기에도 낯설고 부르기에도 이상한 이름들, 사물의 성격과도 무관하며 우리의 명명 관습과도 동떨어진 이 명명법은 그 어떠한 '이름의 언어'에도 속하지 않는다.

인간의 언어는 어느 쪽이든 명명의 언어다. 개별 대상이 내포한 무수한 차이를 단 하나의 이름에 통합시켜 버리는 개념의 언어이든, 사물이 말하는 언어를 듣고 그 본질을 불러 주는 아담의 언어이든 인간의 언어는 타자를 이름으로서 불러들이고 이 이름을 통해서 타자와 소통할 수 있다. 벤야민이, 그리고 많은 사람들이 개념의 언어를 폭력의 언어로 비판했지만 개념의 언어라 해서 사물의 본질과 전적으로 무관한 명명법을 기반으로 하는 것은 아니다. 명명이란 근본적으로 '가장 적절한 이름을 붙이기'에 복무하고 있기 때문이다. 그러나 이 이상한 명명법. 대상과는 무관하고, 어쩐지 가장 비적절한 이름을 붙이기에 골몰하는 이 명명법은 대상과는 무관한, 오직 나의 언어를 전달하기 위해서 선택되는 것이다. 그리고 이 언어는 언제나 도착지에 도달하지 못한다.

"은밀히 내가 너를 부르던 이름"(「아름다운 트레이시와 나의 마지막 늑대」)이 적혀 있는 낱말 카드를 건넬 때 나는 너의 이름을 너와의 소통을 위해 사용한다. 그러나 낱말 카드에는 이름이 제대로 기록되지 않았을 것이다. 이름은 잘못 붙여진 이정표이므로, 내가 아무리 너를 불러도 나의 언어는 너에게 도달하지 못하고 낱말 카드들은 수없이 교체되고 수없이 버려진다. 찾았다는 생각이 들면 잃어버리는 말들(「편지광 유우」), 언제나 틀린 낱말만을 디디는 말들(「단 하나의 이름」)은 아무리 많이 늘어놓아도 문장이 되지 못하고 너에게 도달하기 위해 가는 동안 꼬리를 감추고 사라져 버린다. 이 시집에서 말들의 운명은 이렇다. " 나는 너에 대해 모든 것을 썼다 모든 것을. 그러나 여전히 아직도 이미 벌써. 너는 공백으로만 기록된다."(「블랭크 하치」) 여전히, 아직도, 이미, 벌써. 지나간 시간과 앞으로 올 시간, 모든 시간에 나의 말은 도착하지 못한다.

이 시집에 만연하는 슬픔의 정서는 이렇게 나의 언어가 너에게 도달하지 못하기 때문에 발생한다. 계속해서 도달하고 싶은 장소, 너라는 장소에 대한 한없는 그리움이 슬픔에 동반되어 나타난다. 언어로 도달할 수 없다면 꿈으로 찾아갈 수밖에. 그러므로 페루에서 아프리카, 이 모든 아련한 장소들은 나의 언어가 도달할 '너'라는 장소다. 찾지 못하거나 찾아도 잃어버리는 장소, "내가 원하는 건 편지 보낼 주소를 갖는 것뿐."(「카리포니아」)인데 나는 그 주소를 알지 못하는 것이다. 그러나 이 한없는 슬픔과 그리움이 주소를 모르는 자의 진짜 절망은 아니다.

주소를 잘못 적은 것은 나 아닌가? 적절하지 않은 이름을 붙여 준 것,

너라는 장소에 너와는 무관한 이정표를 세워 놓은 것은 너가 아니라 나다. 너는 다만 그 장소에 있었을 뿐인데, 이정표를 잘못 세워 놓는 것이다. 이는 도착을 계속해서 지연시킨다. "언제나 나는 도착하고 싶었다/ 도착한 순간조차도 도착하고 싶었다"(「단 하나의 이름」)라고 고백할 때, 이는 도착할 수 없는 절망이 아니라 도착하지 않겠다는 의지로 읽힌다. 이는 '너'라는 장소가 나의 말로서는 결코 포섭할 수 없는 대상이기 때문이기도 하고, 나의 말의 근본적인 불가능성 때문이기도 하다. 인식의 보편적 한계와 맞물려 있는 이러한 지점은 그러나 이 시집에서는 덜 중요하다. 나는 너에게로 가는 이 말들의 여행을 결코 끝내고 싶지 않은 것이다.

나의 말이 너에게 도착하는 순간, 나의 말은 모두 끝난다. 애초에 이 시집의 말들은 너에게로 가는 여행으로서만 존재하기 때문이다. "나를 달리게 하는 것은/ 들판이 아니라 들판에 대한 상상"(「처음의 들판」)인 것처럼 나의 말은 이 여행 중에서만 살아 있을 수 있다. 그러니 나는 일부러 단어를 몇 개씩 잃어버린다. 단어에서 의미를 누락시키고, 끝말잇기하듯 단어의 소리만을 계속해서 이어 나간다. "피로와 파도와 피로와 파도와/ 물결과 물결과 물결과 물결과"(「피로와 파도와」)라는 식으로 계속해서 단어가 의미를 잃을 때까지 반복하면서 말이다. 이 단어들은, 내가 도착하고 싶은 고향 '너'라는 아프리카로 여행한다. 그리고 이 끝없는 여행 속에서만 아프리카는 잃어버린 단어 위에서 떠오른다. 그리고 조금의 위안. "코끼리 사자 기린 얼룩말 호랑이/ 멀리 있는 것들의 이름을 마음속으로 부를 때/ 나는 슬픈가 나는 위안이 필요한가/ 아마도 아프리카 아마도 아주 조금"(「아마도 아프리카」). 어쩐지 모든 것을 잃어버린 느낌, 이유를 알 수 없이 쓸쓸하고 즐거운 순간에 기어이 운율을 맞추어 읊어 보자. "카렌다 레코다 기카이다. 도케이 시케이 만포케이. 메이레이 시레이 한레이."(「창문 사람」) 세상에 없는 단어들의 리듬을 따라 아프리카를 상상할 수 있도록.

4부

지금,
가능한
정치 시

폴리에틱스, 잉여들의 시 — 정치 혹은

시의 영역에서, 시적인 아름다움과 정치적 올바름은 오랫동안 평행선을 달리는 것처럼 보였다.[1] 이는 한 평론가가 답답해하며 말한 것처럼, 처음에 제기된 고뇌가 실제적인 삶의 영역으로서의 '정치'와 시의 영역이 어떻게 조화롭게 결합할 수 있을 것인가에 대한 질문이었다면, 시의 '정치성'에 대한 원론적인 논의로 흘러갔던 점이 없지 않아 있기 때문이다. 그는 시의 미학적 전위성이 시의 '정치성'의 원천이 될 수 있다고 하면서, 실제로서의 '정치적인 것'과 장(場) 자체를 성찰하게 하는 '정치학적인 것'으로 구별하면서 이 문제를 돌파하고자 했다.[2] 그러나 용어가 엄밀해질 수는 있을지언정, 실제로서 '정치적인 것'의 개입이 지닌 미적 가능성에 대해서는 유보하는 것 같다. 정치적인 것으로 보이는 '투명한 코기토

---

1 이는 진은영의 「감각적인 것의 분배」(《창작과 비평》, 2008. 겨울)에서 촉발된 한국 시에서의 시와 정치의 관계에 대한 담론의 전개를 염두에 둔 것이다. 이 논의의 흐름에 대해서는 거의 정리되어 있거니와, 이 글은 이 논의를 거쳐 각각 하나의 입장을 확립하게 된 두 개의 글(신형철, 서동욱)에 의거하고 있으므로 이를 따로 정리하지 않는다.

2 신형철, 「가능한 불가능 ─최근의 '시와 정치' 논의에 부쳐」, 《창작과 비평》, 2010. 봄.

의 정치학'마저 '정치학적인 것'으로서 유예한다. 첨예하게 미학적인 시의 문을 열고, 그 안의 정치학적인 것까지를 읽어 내는 일이 비평이 할 수 있는 유일한 일이라면, 이는 그가 비판했던 논의 '사후적 확인을 요구하는 또 하나의 가능한 해석'[3]과 어떻게 다른가? 가령, 문제를 최초에 제기한 시인은 "별이나 사랑, 다른 시인"에 대해 노래하는 것과 "네팔 이주노동자 미누나 용산 참사"에 대해 쓰는 것, 즉 소재적 차원에서 정치적인 것을 끌어들일 때 미학적으로 실패한다는 선입견을 비판하는데,[4] 이때 정치적인 것은 시인의 삶의 장(場)과 그 안에서 작동하는 역학을 '직접적'으로 끌어들이는 것을 의미하는 것이기 때문이다.

그런 점에서 오히려, '비진리의 진리'로서 시의 고유한 영역을 원론적으로 고수해 온 서동욱의 입장이 '정치적인 것'을 끌어들이는 데는 적극적으로 보인다. 그는 시의 미학을 '발화의 주체'의 차원으로 돌려놓고, 이 발화가 토대하는 욕망이 지니는 근본적이고도 전복적인 지점에서 시의 정치성을 끌어낸다. 비록 그의 '익명적 주체의 정치성'에 대한 담론이 "통상적인 의미의 정치 영역, 자명한 치안적 논리들이 새겨진 삶에 대한 비판으로 뻗어 나가지 않을 이유가 없다."(진은영, 「좌담」)라는 비판에 적극적으로 대응하지 않으며, 이러한 시의 실제적인 힘에 대해서는 결론 내리기를 회피한다는 점에서 '정치적인 것'이 아니라 '시의 정치성'이라는 원론적 차원으로 이해될 수 있는 여지를 만들어 내고 있음에도 불구하고, 시의 정치의 문제를 '주체'의 차원으로 되돌려 놓은 것은 직접적으로 시와 실제적 삶이 만나는 지점을 겨냥한다.

즉, '실제로 정치적인 것'은 자율적이거나 독자적인 개인의 내부에서

---

3   강계숙, 「'시의 정치성'을 말할 때 물어야 할 것들」, 《문학과 사회》, 2009. 가을.

4   김춘식·서동욱·조강석·조연정·진은영 좌담, 「우리 문학의 이전과 이후 —2000년대 이전과 이후의 우리 시」, 《문장 웹진》, 2010. 1.

출현하는 것은 아니다. 개인 그 자체로서는 정치적일 수 없다. 정치란 광장에서 만나는 것, 우리 모두의 '공동체'에서 만나는 것을 의미하는 것이기 때문이다. 그러나 이 공동체가 '공통적인 것'의 공유에 기반한다면 불균등한 개인들의 독자성을 은폐하고 성립하는 것이므로 아마도 가짜일 것이다. '용산'과 아름다운 시가 불화한다면, 그것은 용산이라는 사건이 정치적인 것이며 의도 편향적인 것이기 때문이 아니라, 이 사건 기표가 발휘하는 강력한 영향력이 개인을 '우리'로서 결속하게 하는 일종의 계급적 호명으로 작용하기 때문이다. 시가 정치적 문제를 다룰 때, 쓰이기도 전에 미학적으로 무조건 실패한 것이라는 선입견이 토대하는 것은 고유한 독자성에서 출현하는 미학과 정치의 집단성의 불화다.

그러므로 첨예하게 미학적이면서도 정치적인 시의 출현은 '주체'의 문제로 돌려진다. 불균등하고 무엇으로도 호명할 수 없는 주체의 불투명성을 끌어안고 광장으로 나아가고자 하는 주체, 신형철이 '투명한 코기토'라 부르고 서동욱이 '익명적 주체'라 부른 이 두 주체는 그런 점에서 달라 보이지 않는다. 그들은 독자성을 확립하고자 하지만 사회적 관계에 부딪칠 때 실패하고, 실패하면서도 고고하고 초월적인 내면의 세계로 돌아가지 않는다. 이 주체들이 정치학적인 것이 아니라, 정치적인 것은 이러한 시적 주체들의 고군분투가 정확하게 실제적인 정치의 역학을 시 속에서 실현하고 있기 때문이다. '용산'이라는 사건이, MB의 억압적 정책이 우리에게 어떤 '행동'을 요구할 때 행동의 실현에 앞서는 것은 대체 나는 누구'로서' 행동할 수 있는가 하는 물음이 아닌가. 그리고 이 물음은 고스란히, 계급의 문제다.

마르크스의 오랜 전언이 제기한바, 계급은 자본주의적 관계에서 성립한다. 사회 경제적인 구조에서 객관적으로 동일한 위치를 점하고 있는 계급과는 별개로, 스스로를 이 계급적 지위와 일치시키는 것은 객관적 조건이 아니라, 계급의식이다. 계급과 계급의식이 꼭 일치하는 것은 아니며,

스스로를 계급의 공통 목표를 공유하며 이에 대립되는 다른 계급을 인식할 때 비로소 계급이 형성된다. 톰슨이 900여 쪽에 이르는 『영국 노동계급의 형성』에서 말하고자 했던 것은 이 계급 형성에 관여하는 '개인들의 경험'이며, 그래서 그는 노동자는 산업혁명의 맏아들이 아니라 '마지막 도착자'라고 말했다. 그들은 계급의 내부에 있으면서도 외부에 있는 자들, 오직 자기의 정체성에 대한 투쟁으로서 계급이 될 수 있는 자들이다. 이러한 차원에서 아직 오지 않은 '계급', 계급적 호명을 부단히도 거부하고 거부하는 방식으로서만 스스로 계급이 되고자 하는 이들이 시 속에 갇혀 있는 것이 아니라, 실제로 '있다'.

'투명한 코기토'에 걸려 있는 이 아름다운 수사 '투명한'과 '익명적 주체'에 걸려 있는 존재론적 규정과는 상당한 괴리가 있지만, 우리는 이미 이러한 방식으로 자기의 독자성을 확보해 가고자 했던 수많은 '사람들'의 존재를 알고 있다. 스스로를 '잉여'라고 부르는 사람들, 직업과 자본의 구속에서 이탈하는 행동으로서 스스로를 규정하고자 하는 자들이 그들이다. 그들은 이른바 '루저'들이 아니다. 그들은 "비싼 옷도 잘 사고 직업도 전문직인 것 같고 영어도 잘하"[5]지만 스스로 '잉여'라 부른다. 멀쩡한 직업을 가지고 낮에는 열심히 일을 하지만, 퇴근 후에는 취미 생활에 몰두한다. 그러나 이 취미 활동은 생산적이거나 자기 충전적인 작업들이 아니다. 그들을 밤을 새우고, 끼니를 굶어 가며 각종 첨단 기기들의 매뉴얼을 만들어 정성껏 올리고, 좋아하는 드라마나 배우들의 흔적을 재생산하며 그것들을 공유하며 '논다'. 모든 '놀이'가 '잉여 짓'이 되는 것은 아니다. 절대로 생산적이지 않은 것들, 사회적으로 공인된 좋은 삶을 살기 위해서는 오히려 방해가 되는 일들, 다시 말해 시간과 노력과 정열을 깡그리 '낭

5   김사과, 「20대 얘기, 들어는 봤어? —청년 세대의 문화와 정치」(김사과·정다혜·한윤형·정소영 대화), 《창작과 비평》, 2010. 봄, 290쪽.

비'하는 것들만이 '잉여 짓'이 된다. 중요한 것은 실제로 '잉여 놀이'의 특성이 무엇인지가 중요한 것이 아니라, 그들이 스스로를 '잉여'로 호명한다는 것이며, 동일한 무엇을 공유하는 것이 아니라 오직 '잉여'로 호명하고, 호명됨으로써 동질감을 획득한다는 것이다.

이를 계급이라 말할 수 있다면, 그들이 자본적 관계 속에서 놓여 있기 때문이며, 동시에 이 관계에 '부응하지 않음'이라는 방식으로 계급을 의식화하고 있기 때문이다. 그러나 뚜렷한 계급적 대립 전선을 형성하지는 않는데, 그것은 각 개인이 마주치는 삶의 정치적 국면들이 모두 다르기 때문이다. 그런 점에서 이들은 전통적인 계급관념으로서는 호명될 수 없으며, 자본의 구획 속에 온전히 들어올 수도 없는 자들이다. 그들은 일하면서 낭비하고, 자본의 잉여가 됨으로써 자본의 외부에 위치한다. 나는 이 '잉여'가 한국 사회에 출현한 새로운 계급이며, 이는 계급이 아니면서도 동시에 계급이기 때문에 첨예하게 정치적이라는 말을 하고 싶은 것이다. 어째서 그런가. 이를 위해서는 다소 전통적인 계급 정체성에 대해 언급할 필요가 있을 것이다.

투명한 계급적 연대는 가능한가?

마루 위에서 뒹구는
쌀자루 흰 옆구리를 부축하던 아내는 허리가 아파서 누워 버렸다
동전을 모으는 아이는 빈 맥주병을 들고 나가 30원을 받아 들고 왔다
세상에 이럴 수가 있나
낮인데도 형광등을 켜야 신문을 읽을 수 있다니
나는 슈퍼로 달려가서 맥주병은 50원인데 왜 30원이냐고 따졌다
아이는 슈퍼 주인처럼 옆에 서서 이 동네에서는 모두가 그래요 한다

30원을 먹은 돼지저금통의 내장은 그렇게 슬픔으로 가득 찼다

그날 나는 돈으로 환산이 불가능한 미발표 시의 제목을 바꾼다
'나는 미쳤다'라는 시의 제목은 '처음에 나는 미치지 않은 아버지였다'
가난하지만 시가 변명이 될 수는 없는 법이었다
은행에 가져갈 고지서를 모으고 계산기를 두드렸다
한때는 계산이 미숙한 것까지를 좋아했던 아내는 슬슬 걱정하는 눈빛
이었다[6]

　　50원을 받을 수 있는 빈 맥주병이 슈퍼로 가서 30원으로 돌아왔다. 이
20원의 차이가 '슬픔'을 만들어 내는 것은 이 20원에 집착할 수밖에 없는
가난 때문이다. 그는 이렇게 명확히 스스로를 '가난한 자'에 위치시킴으
로써, 경제적인 관계에 토대한 계급에 자각적이다. 이기인의 시는 최근의
시에서는 예외적일 정도로 한국 사회의 하위 주체에 관심을 기울이고 이
를 주제적으로 전면화하고 있다는 점에서, 그의 시는 계급-정치적이다.
그러나, 자본적 관계가 전통적인 계급-정치적인 시들과 그를 차별화하
는 것은 그가 실제로 하위 주체여서도 아니며, 혹은 '소외받은 자'들을 경
제적 하위 주체로서 호명함으로써 그들을 타자화시키는 위험에도 빠지
지 않는다는 점이다. 오히려, 그는 매우 의식적이고 자각적으로 스스로를
'하위'로서 주체화한다. 즉, 그는 이 자신의 정체성을 이 계급에 위치시킴
으로써 자신의 계급을 창출한다. 가난에 대한 슬픔과 민망함은 이 지점에
서 나온다.
　　역사적이며 정치적인 계급의식은 이렇게 형성된다. 실제로 먹고살기
힘들어서 혹은 경제적으로 차별받아서가 아니라 가난이라는 경험의 토대

6　이기인, 「쌀자루」 부분. 『어깨 위로 떨어지는 편지』(창비, 2010).

위에 자신의 정체성을 세움으로써 말이다. 이는 상당히 명확하고도 투철하므로 그의 시에서 이들 하위 주체들과의 연대 의식은 망설임 없이 견고하다. 그의 시가 아름다워지는 지점은 이들에 대한 공감과 연민의 정서를 표출할 때가 아니라, 이 견고한 의지가 별다른 장식 없는 소박한 언어 사이로 배어날 때이다. 가령, 이런 장면. "극적으로 감자의 세계 끝까지 밀고 나아가서 쇠젓가락이 빠져나온다/ 감자를 쥔 손이 그의 양식을 한 손에 들고 있다/ 배고픔으로 뭉쳐진 감자의 숨소리가 모락모락 김을 뿜어낸다/ 감자 먹는 사람들의 동그란 그늘이 뜨겁다"(「뭉쳐진 숨소리」). 감자 먹는 사람들(자루 속의 감자라는 비유 이래로, 그리고 고흐의 그림 이래로 감자란 동서고금을 막론하고 가난한 자의 알레고리가 아닌가.)의 세계, "감자의 세계 끝까지 밀고 나아가"고자 하는 이 주체의 의지의 강렬함은 "감자 먹는 사람들의 동그란 그늘"을 열도 있게 감각할 때 뜨거운 감정으로 고양된다.

이러한 시는 아마 '정치적'으로 올바르며, 또한 한국 사회의 하위 계층은 경제적으로 박탈당한 계층임에 틀림없으므로 이 시의 관점 또한 올바르다. 그러나 지금의 한국 사회에서 소외받는 자들을 경제적 하위 주체로서, 나아가 견고한 연대 의식을 지닌 자들로서 소환하는 것은 다소 추상적이다. 한국 사회에서 자본은 하나의 동일한 이해관계를 지닌 집단에 작용하는 것이 아니라, 이 집단의 모든 개인에게 개별적으로 다른 국면으로 작용한다. 이 복합성은 가난한 자들의 연대를 통한 혁명의 가능성을 불가능하게 한다. 자본에 복속된 가난한 자들에게 남겨진 가능성은 같은 가난한 자를 외면함으로써 혹은 더 성실히 일함으로써 가난에서 구제될 수 있을지도 모른다는 것이다. 가령, 파업이 발생했을 때 가장 적극적으로 외면하는 사람들은 파업하는 사람들과 동일한 이해관계를 지닌 사람들[7]

---

7 파업은 계급의식을 생성시키고 하나의 계급으로 단결시키는 역할을 하지만, 한국에서 이는 아마

이다.

　물론 사람을 진심으로 감동시키는 것은 뜨거움의 강도가 자본의 차가운 관계를 관통하여, 정면 돌파하는 장면이다. 경제적으로 소외받은 자들의 입장에 동일하게 서는 것이 정치적으로 윤리적일 수 있는 것은 이 뜨거운 '행동'이라는 강력한 윤리적 결단을 동반하기 때문이다. 시에서라면 아마도 올바르지 않을 것이다. 이러한 계급의식에 편안하게(내적 갈등의 치열함이 덜하다는 뜻이지 실제로 편하다는 것은 아니다.) 스스로를 위치시킬 때, 시의 배후에서 삶은 단순히 이항 대립으로 남는다. 나(와 집단)와 타자(와 타집단). 언어는 해이해지고, 소박한 진심은 그 힘을 잃게 될 것이다. 언어와 그리고 시가 배태한 삶 자체가 추상화되어 버렸기 때문이다. 이는 정치적인가? 시적인가?

전선의 복수화, 소년 파르티잔들의 게릴라전

　　　　　붉은 엉덩이를 치켜들고 만국의 소년이여, 분열하세요.
　　　　　배운 대로, 그렇게.[8]

　둘의 결합을 모색한다면 우리는 아마 조금 다른 전선(戰線)을 채택해야 할지도 모른다. 가령 "소년 파르티잔"들이 선언한 방식처럼 말이다.

'계급'의 차원이 아니라 '단위 사업장'의 차원에서만 가능해진 것 같다. 단적으로 최근의 기아차 비정규직 노동자들(동희오토)의 파업에 기아차 정규직 노조가 참여하지 않은 것을 보라. 모두가 사용자들에게 자신들의 생계를 걸고 있기 때문이다. 기아차의 정규직 노조원들이라 해서 내적인 갈등이 없겠는가. 이 개인들이 마주치는 자본적 관계는 전방위적이다.

8　서효인, 「소년 파르티잔 행동 지침」, 『소년 파르티잔 행동 지침』(민음사, 2010).

『소년 파르티잔 행동 지침』의 제1선언은 이런 것, "만국의 소년이여, 분열하세요"다. 이 선언 자체는 기묘하게 모순적인데, 이미 '만국의 소년'이라며 집단적 주체를 호명하면서, 호명하는 순간 그 집단을 와해시키는 명령을 내린다. 이는 '만국의 소년'을 무수한 원자 단위로 쪼개어서 집단 자체를 성립 불가능한 것으로 만드는 것이 아니라, 만국의 소년이 대항해야할 단 하나의 전선(戰線)을 원자 단위의 전선(戰線)들로 바꾸어 놓는 것이다. 집단적 주체로 호명하는 것을 철회하면, 전선이 후퇴하거나 소멸하는 것이 아니라 쪼개진 원자의 단위만큼 불어난다. 그러므로, 이 만국의 소년들은 세상의 모든 곳에서, 게릴라적으로 "궐기"한다.

과연 소년 파르티잔들은 '대한논리속독학원', '아카데미속셈학원', '민족사관논술학원' 등 소년들이 마주치는 모든 관계에 개별적인 방법으로 대응한다. 속독에는 대각선 읽기로, 속셈에는 조용히 셈하는 것으로, 공부하라고 만들어 놓은 "우리학교야자시간"에는 "휘영청 휘영청 마음껏 변신할 것"이라는 방법 등으로 말이다. 이 방법들은 모두 정해진 규율을 아주 조금씩 비틀어 놓는 것이다. 결코 이 '학원들' 전체를 파괴하려고 하지 않는데, 그것은 가능하지 않기 때문일 것이다. 이 소년 파르티잔들에게 세계는 결코 단일한 것이 아니며 그들은 오히려 단일한 것으로 만들고자 하는 자들에게 저항한다. "선생이 기마 자세와 앞으로나란히를 시키지만 줄은 자꾸만 느려지고 휘어지"는 이유는, "세상이 나란하지 않았"(「장난치기 좋은 날」)기 때문이다.

단순히 세상에 반항하는 게릴라들일 수 있는 이 저항이 계급적일 수 있는 것은 그의 시에 등장하는 수많은 인간 군상들이 모두가 자본적 관계에 놓여 있는 존재들이기 때문이다. 대형 마트에 밀려 문을 닫을 위기에 처한 '마리슈퍼 주인장'(「슈퍼 마氏」)이나, 이리저리 용도대로 쓰이다가 죽음으로써 버려지는 노동자(「잠자는 감자」)나 다방 레지(「한없이 시끄러운 쟁반」), 열심히 일하고는 있으나 언제 버려질지 모를 삶을 사는 회사원(「그리고 다시 아침」), 아마도 경제적 이유 때문에 그 스스로를 상품으로 계산해야 하는 사내(「내려가는 사람」)나 나가요 밴드 여가수들(「처음부터 나가요 밴드는 아니었지만」) 등은 모든 삶의 조건이 자본에 귀속됨으로써 불행을 맞게 되는 사람들이다. 그런데 이들의 개별적 국면은 모두 다르며, 대처 방식 또한 다르다. 슈퍼마리오로 변신하는 슈퍼 마氏의 방식이나, 자신의 조건을 체념적으로 받아들이는 사내, 나가요 밴드 여가수들, 회사원, 이미 죽었으므로 아무것도 할 수 없는 노동자. 이러한 사회/정치적 현실과 '나'는 대체 어떤 방식으로 관계를 맺을 수 있는가?

여기에 대해서 이 시집은 대답이 없다. 다만 다시 자신의 입장으로 되돌아올 수밖에 없는 것인데 그것은 이 시집의 첫머리에 실린 소년들의 성장기에서 보이듯, 모든 폭력적인 억압에서 약간씩 비켜나면서 자신들을 온전히 보존해 가는 방식이다. 가령, 이런 것. "선생은 그들을 향해 벌레 같은 놈들아 기어라 기어, 했지만 그들은 좀 더 섬세하고 세련된 은유를 거친 날벌레였다 천장에 매달리고 기둥을 오르고 더러운 창에 머릴 박았다 날벌레의 배후를 밝혀내느라 선생의 오후는 퇴근까지 절멸했다"(「분노의 시절 — 분노 조절법 중급반」). 폭력에 대한 이 유쾌한 대응 방식은 자신들을 파괴하지 않고, 오히려 선생을 분노에 사로잡히게 만든다. 그러니 분노 조절 중급반은 스스로를 파괴할 수도 있는 분노를 가볍게 대상에 넘길 수 있는 방법을 배우는 것이다. 분노에 사로잡힌 선생이 발견한 것은 스스로가 "조직의 거대한 음모 속에 자리한 한 마리 가여운 사면발니"라는 것, 그리고 더 큰 분노에 사로잡히는 것이다. 이러할 때, "하이얀 도포 같은 날개"로 가벼운 자유를 얻은 우리와 "이글이글한 분노의 원심력을 당구 큐대나 야구방망이나 담양대뿌리 등에 부착해 허공에 휘두"르는 선생과의 권력적 관계는 전도된다.

서효인의 시는 반항하지도 않으면서 뒤집어엎지도 않는, 다만 비웃으며 슬금슬금 일탈하는 잉여들의 정치학을 보여 준다. 반항도 혁명도 불가능한 것은 모든 개인적인 존재들이 실제적인 삶에서 부딪치는 관계의 첨예한 접점들이 각각 다 다르기 때문에, 하나의 공통적인 전선을 형성할 수 없기 때문이다. 그러나 이 모든 관계의 접점들이 불투명하게 이어지며 형성하는 하나의 선은, 각 개인들을 동질화시키는 규정적 폭력이다. 그러므로, 서효인의 시에서는 사실상 두 개의 공동체가 부딪치는 셈이다. 하나는 동일한 가치를 내면화시켜 '공통'의 집단을 만들고자 하는 선생들의 공동체, 그리고 이 공동체의 호명에 지속적인 "엇박자"(「박치」)로 어긋나며 좌충우돌하는 개인들의 공동체. 그러나 후자의 공동체는 아무런 공통의 목표를 공유하지 않으므로, 공동체라 불릴 수 없는 공동체다. 그들은 원자 단위로 분열하고, 이 분열 속에서 스스로의 독자성으로서 마주치는 공동체(들)이라고 할 수밖에 없다.

그런데 서효인의 시는 이 두 번째 공동체를 형성하는 원자-주체들의 '관계'에 대해서는 말하지 않는다. 이는 그의 전선이 두 개의 공동체 사이에 중점적으로 있기 때문이기도 하지만, 이 원자-주체들이 맺고 있는 연대감에 대한 믿음이 경험적인 차원에서 존재하고 있기 때문이다. 서효인의 '소년 파르티잔'들은 88년 올림픽을 경험하고, 억압적이고 폭력적인 학교에서 성장했으며 건담과 스트리트 파이터에 열광하며 자란 동일한 성장기의 경험을 공유하고 있다. 이 시집에서 이 세대의 무수한 문화적, 정치적 경험 대상들을 잡다하게 끌어모으며, 아무런 저항감 없이 '우리'로서 호칭하는 것은 이 경험의 유사한 토대에서 나오는 믿음 때문이다. 그러나 이는 세대의 특징이 아니라, 후기 자본주의의 한국 사회의 모두에게 공통된 경험이므로 세대의 범위를 넘어선다. 건담이 아니라 유희왕 카드거나, 스트리트 파이터가 아니라 스타크래프트라고 한들, 중요한 것은 비슷한 정치 문화적 경험의 토대가 불균등한 계급적 공동체 사이를 가로지르면서 새로운 계급적 상상력을 형성하고 있다는 점이다.

연대의 불가능성과 가능성, 잉여적 주체들에게 남는 것

> 문득, 은하의 별들은 모두 한 방향으로 울고 있다고 생각
> 했다
> 내 등의 굽은 내력은 공중의 그대를 향한 낡은 활일지도
> 모른다는,[9]

그러나 불투명하고 모호한 공동체조차 의문에 부쳐진다면, 모든 개별적인 존재들의 각개전투만이 남게 된다. 이는 이 개별적 관계에 훨씬 자각적이라고도 말할 수 있는 것인데, 서로가 공유하는 어떠한 공통적 토대조차 거부하는 것이기 때문이다. 가령, 이런 인식, "살과 살이 만나면 화색이 돌지. 노랑빨강분홍초록빛 물이 돌지. 체리쵸코바나나딸기맛의 당신. 그렇지, 라오스인디아알제리리비아의 당신. 내가 당신을 열 달 동안 불리는 동안 당신은 쿵쿵 2박자로 똑똑, 누구세요? 헤헤, 나는 누구죠? 마을회관 야매 미용사처럼 나는 머리칼을 거칠게 쓸어 올렸지."(김산, 「무럭무럭」, 《시를 사랑하는 사람들》, 2009. 4)에서 나는 당신을 규정하려는 모든 시도에서 실패한다. 당신은 체리맛이기도 쵸코맛이기도 딸기맛이기도, 그래서 세상에 존재하는 모든 맛이기도 하지만 그렇기 때문에 세상의 어떤 맛과도 닮아 있지 않다. 세상의 모든 나라를 다 읊어 보아도 아마 실패할 것이다. 당신의 규정이 실패하므로, 이는 다시 나를 규정하는 데 실패하는 것으로 되돌아온다.

김산이 발표한 시에서 '우리'라는 호명이 거의 나타나지 않는 것은, 여기에 기인하는 것으로 보인다. 김산의 시에서 모든 '우리'는 오직 당신과 나 혹은 그라는 3인칭의 단수들의 관계로 조각나고, '우리'는 다만 서로에

---

9   김산, 「하현」, 《현대시학》, 2008. 2.

게 거리를 두고서 "다만, 위태롭게 떠 있을 뿐"(「내가 그린 기린 구름」,《시와 문화》, 2008. 가을)이다. 가히 당신과 나 사이에는 광활한 우주가 놓여 있다. 당신과 내가 존재론적으로 만나지 못하고, 그리하여 어떠한 방식으로든 함께 전선을 구축하지 못할 때 남는 것은 말 그대로 게릴라전일 뿐이다. 이는 무용하면서도 바보 같은 짓이라는 점에서 진짜 잉여다.

우리의 궁극적 과제는 파리를 압사시키는 데에 있지 않다. 파리의 피를 보는 것이 끝장을 보는 것이 아니다. 파리가 빗맞아 다리 하나만 떨어진다면 좋다. 날개만 살짝 스쳤다면 더욱더 좋다. 우리의 손엔 언제나 파리채가 들려 있고 파리는 돌아서면 잊고 식탁 위에서 당신이 생각하는 모든 것들을 공유하기를 원할 것이다. 고백건대, 파리채를 이용한 러시안 혹은 지속적인 자기최면과 반복으로 완성되어진다. 그리하여, 마침내 당신은 파리의 아니, 빠리의 낭만 자객이 될 것이다. 그렇지만, 이 세계는 맨주먹으로 파리를 사냥하고 심지어는 팔꿈치로 파리를 짓이겨 버리는 몰지각한 세계이다. 최근엔 니킥으로 파리를 공격하는 국적 불명의 이종 세력이 등장했고 최면을 통해 파리를 조종하는 신세대 사냥꾼들이 세간의 이목을 집중시키고 있다.

다시 말하지만, 이것은 결코 당신이 꿈꾸는 윤택한 삶과는 거리가 멀다. 이것으로 바람피우는 당신의 남자를 때려눕힐 수도 없고 사이비 종교에 빠진 마누라의 얼굴을 강타할 수도 없다. 이것은 다만, 당신의 헛된 꿈을 더욱 크게 부풀리고 부풀리어 종장에 터지게 만들 것이다. 폭발하게 만들 것이다. 당신은 아마, 최상급의 로맨티스트가 되거나 최상급의 격투기 선수가 될 것이다. 당신은 사랑해요, 좋아해요, 멋있어요, 따위의 문장들을 다신 입 밖으로 발설하지 못하게 될지도 모른다. 말의 문을 모두 잠그고 종일 파리채만 만지작거릴지 모른다. 그러나, 안심하라. 당신은 파리채와 키스하고 애무하고 섹스하고 파리채 새끼를 낳고 해피하게 한 세계를 살아갈 것이다. 다시 말하지만, 이것은 러시아와 무관하다. 무관하지만 러시아에 관한 모든 것을 포용한다.[10]

이 시는 러시안 훅이라는 격투기의 기술을 훈련하는 방법을 적어 놓은 일종의 보고서다. 신체적으로 열세인 선수가 우세한 선수에게 가하는 파괴력이 대단한 기술이라는데, 이를 파리 잡는 데 동원하는 것도 우스운 일이지만 더 실소를 자아내게 하는 것은 이를 터득하기 위해 "20대를 기꺼이 탕진"했다는 진지한 진술이다. 새로운 프로그램을 설치할 때 그 유해성에 대해 거듭 경고하는 친절한 컴퓨터처럼, 이 보고서는 훈련의 무용함을 거듭 강조한다. "이것이 당장 당신의 신변을 지켜 줄 것이라는 것에 대해서도 나는 회의적이다. 나는 사기꾼 몽상가이기에 나 자신도 실제에 접목하지 못한 비과학적 접근일 뿐이다.(나는 멍청하게도 이 비생산적인 것을 터득하기 위해 20대를 기꺼이 탕진했다.)" 그러나 훈련용으로도 실전용으로도 아무짝에도 쓸모없는 이 어이없는 훈련이 진지하게 정치적인 것으로 바뀌는 것은 "기꺼이"라는 부사 때문이다. 무용함을, 비생산적임을 자각함에도 불구하고 '기꺼이' 이에 헌신하고 시간과 노력을 낭비하는 것, 여기에는 모든 유용함이라는 척도를 빠져나감으로써 성립하는 잉여의 정치학이 있다.

이 낭비의 행동 지침이란 첫째는 헛힘을 쓰지 말라는 것, 둘째는 파리채는 유연하다는 것, 셋째는 목표물을 겨냥해서는 안 되며 15도가량 어긋난 지점을 겨냥하고 찰나의 순간에 파리채를 비틀라는 것이다. 다시 말해 정면으로, 잔뜩 굳은 채로 대항하지 말라는 것으로 이는 앞의 서효인의 시가 보여 주었던 대응 방식과 같은 방식의 것이다. 그러나 그는 복수

10 김산, 「파리채를 활용한 러시안 훅 트레이닝」 부분, 《현대시》 2008. 9.

를 살짝 건네주고 날개를 얻은 소년 파르티잔보다 이 게릴라적 방식에 훨씬 비관적인데, 파리와 파리채의 싸움은 결코 끝나지 않는 것이기 때문이다. "궁극적 과제는 파리를 압사시키는 데 있지 않"다. 슬쩍 괴롭히기만을 원하며 계속해서 이 싸움이 반복되기를 바라는 것은 무엇보다도 파리채를 들고 있는 주체에게서 발생하는 욕망이다. 파리채를 든 자가 계속하기를 바라는 한, 싸움은 계속된다. 이 관계에서라면, 파리도 파리채도 어떠한 규정성도 획득할 수 없다. 파리와 파리채는 오직 이 관계에 매개되어서만 비로소 존재할 수 있기 때문이다. 그런 의미에서 이는 모든 정치/계급적 관계의 심층에 다다른다. 서로에게서 대립할 만한 요소를 발견했기 때문에 대립하는 것이 아니라, 이 대립의 관계가 각각의 대상에게 적대성을 부여한다. 그리고 이 대립의 관계를 지속시키는 것은 각각의 어디에도 속하지 않는 일종의 추상적인 원리다. (계급적 차원에서 말하자면, 모든 개별적 존재들을 이 대립 관계 속에 몰아넣는 자본이라고 말할 수 있다. 여기에서는 전통적인 계급 관념에서 타도해야 할 대상, 자본가 역시 다만 자본의 노예로서 전락해 있다.) 그러므로, 파리를 두고 "러시아와 무관하다. 무관하지만 러시아에 관한 모든 것을 포용한다."라고 말할 때, 이 시는 모든 정치/계급적 관계를 추동하는 원리의 존재를 겨냥하며, 동시에 이제 더 이상 명확한 전선(戰線)은 존재할 수 없다는 것을 승인한다. 이는 곧 결코 이 관계에서 빠져나갈 수 없다는 절망을 암시하는 것이기도 하다.

그러할 때 이 잉여적 주체에게 남는 길은 다만, 우주를 사이에 두고 떨어져 있는 모든 개별적 존재들에게 직접적으로 가닿는 것이다. 그들은 각각 고단한 삶을 이끌고 살아가는 자들이기는 하지만, 거기에 대한 어떠한 자의식도 가지지 못한 존재들, "몸만 남은 몸"(「이명(耳鳴)」,《시인시각》, 2008. 여름)이다. 가계에 얽힌 빚의 무게는 아무리 열심히 일해도 결코 덜어 낼 수 없는 것이며, 그들은 다만 "손과 발이 닳아 묵음(默音)이 되어야 했던 사람들(「이명」),"로서만 이 차가운 세계에 존재할 수 있다. 김산의 시에서 무수한 인간 군상들, 플로리스트나 새벽부터 일어나 출근하는 사람들, 학생들은 고유한 이름을 부여받지 못한다. 그들은 "행인 ㅇ" "행인 ㄱ" (「플로리스트」,《시와 사람》, 2008. 겨울)이라 불리거나, 생계를 책임지기 위해 일하는 모든 사람들을 가리키는 보통명사 "엄마와 아빠"(「갈릴레오 갈릴레이」,《창작 21》, 2009. 봄)로만 불릴 뿐이다. 이름 없는 그들과 무엇을 도모할 수 있겠는가? 내가 할 수 있는 일은 다만, "동그랗게 부서지며 몸뿐인 몸으로 내 지문을 조금씩 지우는 것", "묵묵한 귀 하나로 한 생을 부유"하는 대부분의 존재들처럼 "먹먹한 귀를 갖"(「이명(耳鳴)」)는 것. 혹은 "말이 통하지 않아서" 공장에 불이 났다고 하는 공장장에게 마음속으로 항의하는 이주 노동자의 말 아닌 말, "모르시는 말씀, 보르네오 보르네오 후후 보르네오는 말이 아니야."(「보르네오」,《창작 21》, 2009. 봄)에 귀를 기울이는 것.

이를 달리 말해 사랑의 방식이라고 할 수도 있으며, 이는 각 개인들이 삶에서 마주치는 모든 국면에서 그 어떠한 투쟁도 할 수 없다는 점을 절망적으로 승인한 후에 남는 것이지만 패배적이거나 퇴행적인 것은 아니다. 호명될 수 없는 존재, 몸으로 남은 그들을 나의 몸으로서 다시 태어나게 하는 이 지향은 모든 사회/정치적 관계에서 진정으로 빠져나가는 "날 것들의 이름"(「부두의 장례」,《우리시》, 2008. 11)에 전복적인 힘을 부여하는 것이기 때문이다.

한국 사회 전반에 출현한 이 '잉여'들을 계급으로서 불러들이기는 했지만, 그것은 잉여들이 자본주의적 관계망에 위치한다는 점에서 계급적인 것이지 이 자본주의적 관계망을 오히려 빠져나간다는 점에서 이들은 계급의 외부들이다. 그들은 내적으로 독자적인 존재로서 서로를 지향한다는 점에서는 공동체적이지만, 오히려 그런 점에서 사회가 하나의 통일된 집단을 형성하기 위해서는 은폐해야 하는 개인 주체들이다. 이를 두고 폴리에틱스(polietics)라 명명한 것은 정치적인 것이 시적인 것과 결합할 때, 삶과 시가 온몸으로 맞부딪히는 지점에서 가능한 것은 이러한 삶과 정치의 문제에 정면으로 마주하면서 어떻게 스스로의 독자성을 지켜 나가는가 하는 것, 곧 주체성의 문제라는 점을 환기하고 싶어서다. 정치적인 것과 시적인 것의 결합은 소재로서 정치적인 것을 가져오는 것도 아니며, 미적인 것 자체로서 자족하는 것이 아니다. 집단이 아니라 개인들이 개별적인 자리에서 마주치는 삶의 역학 관계를, 그리고 그 관계 속에 그어지는 전선을 시 속에 끌어들이는 것이다. 이 잉여들이 취하는 방식은 사회/정치적 관계를 명확하게 하여 이에 대립하는 것이 아니라, 이 관계를 불투명하고 모호하게 만들거나 혹은 그 관계의 실제적 권위를 부정함으로써 자신의 독자성을 지켜 나가는 것이다.

들끓는 마음의 윤리―총력전 시대의 정치 시

서효인, 『백 년 동안의 세계대전』(민음사, 2011)

총력전의 시대, 정치적 연대는 가능한가

"만국의 소년이여, 분열하세요."(「소년 파르티잔 행동지침」)라던 명령
이 있었다. 공산당 선언을 유쾌하게 뒤집어 놓은 이 명령은 정치적 연대
와 단결을 교묘하게 비웃는다. 분열의 명령은 조직적인 단결을 해체하는
것일까? 아니, 단일한 정치적 연대가 불가능한 시대에 가능한 유일한 단
결은 개인의 단위에서만 단결이 가능하다는 성찰이다. 분열한 만국의 소
년들 수만큼 결사대는 불어나며, 각각의 개인들이 마주치는 모든 국면에
서 이들은 다면적인 전선(戰線)을 형성하는 것이다.

서효인은 첫 번째 시집 『소년 파르티잔 행동 지침』에서 후기 자본주
의 한국 사회를 살아가는 다양한 인간 군상들의 삶을 보여 주었다. 구멍
가게 주인이거나 다방 레지이거나, 혹은 일하다 죽은 노동자이거나 간에,
이들은 모두 자본적 관계에 귀속되어 있다는 점에서 동일한 조건에 놓여
있다. 그러나 그들이 자신의 개별적인 삶에서 마주치는 국면은 모두 다르
다. 그들을 일괄적으로 하나의 계급적 집단으로 호명할 수는 없다. 가령
고연봉 전문직 종사자는 노동자인가 아닌가. 재개발 지구 철거민들은 동

남아시아 소년공들과 같은가 다른가. 말하자면, 이제 단일한 계급적 호명은 불가능하며, 우리는 무엇으로도 집단이 될 수 없으므로 영원히 고립된 정치/경제적 원자들이다. 서효인이 후기 자본주의 한국 사회 속에서 어떤 정치적인 가능성을 모색해 왔다고 한다면, 그것은 다양한 처지의 인간들을 단순히 하나의 계급으로 환원하는 일을 거부하고 각 개인이 마주치는 정치/사회적인 국면들의 본질을 꿰뚫어 보고자 했기 때문이다.

그렇다면 한 시인의 혹은 한 개인의 '정치적' 투쟁이란 나 이외의 자들과 연대하여 그들을 해방하는 길로 나아가는 것인가? 서효인은 이 시집에서 개인들이 마주친 정치/사회적 국면의 가장 심층에까지 이른 것 같다. 모든 개인들을 하나의 거대한 집단으로 호명할 수 있었던 시대, 거대한 자본의 질서를 한꺼번에 뒤흔들 수 있었던 힘을 이 집단이 가질 수 있었던 시대에 혁명은 가능할 수 있었다. 그러나 이제 이러한 전쟁은 가능하지 않다. 이제 전선은 집단과 집단 사이가 아니라, 개인과 집단 사이에 무수히 형성되었기 때문이다. 전방과 후방이 구별되지 않는 이 전쟁, 모든 공장이 군수 공장이고 모든 개인이 싸움터에 내몰린 시대의 전쟁은 총력전이다. 총과 칼은 자본의 뒤에 숨어들었고, 자본주의 백 년의 평화 안에서 우리는 다만 두 종류의 삶의 형태를 강요받는다. 폭격을 당하거나 혹은 제외되어 안도하거나.

"노래책을 뒤지며 모든 일을 망각하는 당신은 유머러스한 사람이다. 불침번처럼 불면증에 시달리는 당신은 사람이다. 명령을 기다리며 전쟁의 뒤를 두려워하는 당신은 사람이었다. 백 년이 지나 당신의 평화는 인간적으로, 계속될 것이다. 당신이 사람이라면."(「백 년 동안의 세계대전」) 그는 눈 앞에서 펼쳐졌고 펼쳐지고 있는 전쟁 속에 인간, 투쟁, 역사가 고스란히 전개되고 있음을 알아차렸다. 말하자면, 그에게 백 년 동안의 전쟁, 이 총력전으로서의 자본주의 사회는 역사와 인간에 대한 일종의 물음을 제기한다. "불침번처럼 불면증에 시달리는 당신", "명령을 기다리며 전쟁의 뒤를 두려워하는 당신"은 무엇을 두려워하는가. 총칼이 비호하는 자본주의의 질서 속에서 우리는 어떤 가능성을 꿈꿀 수 있을까. 이 가능성에 대해 서효인의 새 시집은 폭력의 역사와 인간성 사이의 관계를 끈질기게 성찰함으로써 대답하고자 한다.

도덕과 폭력의 은밀한 공조

이 총력전의 시대에 개인은 하나의 벌거벗은 신체에 지나지 않는다. 서효인의 이 시집을 가득 채우고 있는 성과 폭력의 은밀한 연관 관계는 폭력이 자행되는 지점이 한 개인의 신체에 해당한다는 것을 선명하게 보여 주고 있다. 가령 「아프리카 논픽션」에서 다음과 같은 제국주의자들의 대화, "양가죽 타악기처럼 툭 튀어나온 저 엉덩이를 보게 놀랍지 않은가, 콜린스가", "저 음순이야말로 빅토리아 호수의 현신이지 않은가 말일세, 올리비에가"라고 말할 때, 이들의 시선 속에서 인간의 신체는 외설적 대상으로 전락한다. "툭 튀어나온 엉덩이, 마운틴고릴라, 제거된 음순, 하마의 어금니, 손톱 다이아, 신종 성병, 향긋한 커피콩, 터무니없는 무더위 모두 밀랍이 되었다. 교회 옆 '콜린-올리브' 자연사박물관에 각기 따로 전시되었다."에서 전시되는 바는 신기하고 이국적인 것들이다. 이들 제국주의자들의 순회 속에서 아프리카적인 모든 것은 오직 "짭짤하겠지! 부자가 될 거야!"라는 기대 속에 상품으로 회수되어 전시된다.

자본의 확대가 전 지구적으로 확대되기 시작했던 19세기에 제국주의자들이 인간을 법의 바깥, 비인간의 영역으로 내몰았던 양상은 2011년에 미국이 관타나모를 대하는 방식에서 더욱더 선명해진다. 「관타나모 포르노」에서 고문과 폭력은 성적인 행위로 은유된다. 이 시에서 "상병이 되는 날을 손꼽아 기다"리는 제임스 일병이 상상하는 "알몸으로 비누나 음모를 줍는 일, 부탄이나 네팔 사람들과 마시는 위스키, 마늘이나 향신료 속에서의 고문"은 제국주의 권력이 전 지구에서 일으키는 폭력에 해당한다. 이 시에서 관타나모 수감자들은, 혹은 세계의 모든 벌거벗은 신체들은 이러한 폭력에 대해 대체 무슨 일을 할 수 있겠는가. 그들은 국적이 없으므로 시민이 아니고 시민이 아니므로 법 바깥에 버림받은 자들이기 때문이다. 그럼에도 불구하고 이러한 폭력은 무차별적으로, 그것도 신성한 것으로 수행된다. "구멍에 손을 넣었다 빼고 다시 넣는 것으로 시작하자 글로리 랜드, 글로리 랜드"(「관타나모 포르노」), 제임스 일병이 빠르게 되뇔 때 그는 하나의 국가가 만들어 내는 평화로운 질서에 영광스럽게 동참하는 것이다. 폭력은 국가의 이름으로 수행된다. 9·11 테러도, 아랍에 대한 무차별 폭격도 그것은 신성한 국가를 수호하기 위한 것, 국가가 보호하는 생명을 위한 것이라는 점에서 정당화되는 것이다.

이때 신의 이름은 다만, 인간보다 숭고한 이념을 상징할 뿐이다. "뜻대로 이루어지소서!"(「다마스쿠스 여행 에세이」)를 외치면서 무수한 이교도들을 약탈하고 살해했던 먼 옛날의 십자군 전쟁은 본질적으로 무엇이었던가. 신의 이름은 약탈과 폭력에 도덕적 헤게모니를 부여하는 이름이었을 뿐이다. 보편적 신의 단일한 말씀으로 무수한 이방인들의 방언을 제압하고 하나의 단일한 공동체, 인간보다 높은 인간의 집단을 세우는 것이다.

한쪽에서 국가의 이름으로 폭력이 이루어진다. 그것이 어떤 이름을 달고 있든, 폭력을 당하는 당사자는 아무런 이념을 달지 못하고 다만 하나의 신체로서 폭력을 온전히 당해야 한다. 그런데 우리의 도덕은 아마도 이러한 폭력을 용납하지 못할 텐데, 어째서 이러한 폭력들이 인간의 역사를 지배할 수 있게 된 것일까. 우리가 침묵으로써 공조했기 때문이다. "급기야 시인들은 서로를 몽둥이로 때리며 점점 분명해지는 옆집의 소리를 외면한다. 우리는 계속해서 늙었다. 옆집은 그대로다. 보이지 않는 것은 보지 않을 수 있게 되었다. 남은 음식이 뒤섞인 그릇을 오늘 자 신문으로

덮는다. 악마의 행복도 이렇게, 치밀하지 못했다."(「그의 옆집」) 내가 당하지 않는 한에서, 나는 침묵해야 한다. 폭력의 공조는 도덕의 이름으로 수행되는 것이다.

그는 다시 걷는 일에 골몰한다
도덕을 지키기 위하여

멍청한 짐승의 내장을 빠져나오다 몇 명의 여성과 몸이 닿았다 정중하게 사과하고 싶었으나 여성들은 걷는 데 노력을 기울였다 노력하는 모습은 도덕적이다 그는 노력이 부족해 몸을 맞대었고 냄새가 나지 않을까 걱정하지만, 걱정하는 마음은 비윤리적이다 그것은 멍청한 짐승의 냄새였고 짐승에게는 도덕이 없다

지갑을 꺼내려 오른손으로 본인의 엉덩이를 만진다 엉덩이를 만지는 것은 도덕적이다 자신의 몸은 자신이 사랑하여야 하고 지갑은 없고 깊은 구멍에는 바람만이 가득하다 쪼그린 자세로 개찰구를 빠져나와 주위를 살피지만, 두리번거리는 일은 비윤리적이다 그것은 당혹스러운 찰나였고 순식간에 지갑을 빼내 가는 짐승은 없다

(중략)

그는 진단지 버릴 곳을 찾는다
도덕이 그를 지켜본다[1]

---

1 서효인, 「아주 도덕적인 자의 5분」 부분.

이 시는 도덕과 비윤리를 맞대응시켜 가며, 도덕의 윤리성을 조롱한다. 몸을 맞대지 않고 걸어가려 "노력하는 모습은 도덕적이다"와 냄새가 나지 않을까 "걱정하는 마음은 비윤리적이다", 자신의 "엉덩이를 만지는 것은 도덕적이다"와 지갑을 찾아 "두리번거리는 일은 비윤리적이다"의 대칭에 걸려 있는 도덕과 윤리는 무엇인가. 그는 도덕과 비도덕을, 윤리와 비윤리를 맞대지 않고, 비도덕과 윤리를 삭제함으로써, 비도덕과 윤리를 동일한 것으로 만든다.

다시 말해 보자. 냄새가 나는 것은 인간에게는 비도덕적일 수 있다. 피해를 주기 때문이다. 그러나 짐승의 입장이라면 그것은 가치중립적이다. 짐승에게는 도덕이 없기 때문이다. 말하자면, 내가 냄새를 걱정하는 것은 '비어 있는' 가치에 도덕을 부여하는 것이다. 그 걱정은 피해를 끼치지 않는다는 점에서 비도덕적이지 않지만, 비윤리적이다. 여기에서 도덕과 윤리 사이의 은밀한 구별이 생긴다. 도덕은 사회적 관계에서만 발생한다. 이 세계의 가장 중요한 도덕은 '타인을 침해하지 않는 것', 다시 말해, 방임하는 것이다. 여기에는 걸을 때 몸을 부딪치지 않는 것, 타인의 재산을 침해하지 않는 것까지 모든 것들이 포함된다. 이러한 도덕의 출발점은 타인을 타인으로서, 타-주체로 인정하는 것이다. 그러므로 그것은 인간의 영역이다. 그러나 이 인간들의 관계망을 인간의 고유성 위에 둠으로써 사실상 이에 위배되는 인간들을 제거하는 일을 정당화하는 것은 사실상 폭력의 영역이다. 공동체에 적대적인 '것'으로 간주되는 순간, 도덕의 이름으로 처단된다. 우리는 이 공동체의 머리(국가)가 개인에 행하는 폭력을, 도덕의 이름으로 묵인한다. 이것은 비도덕적인가? 아니, 도덕적이다.

그러나 윤리는 존재 방식의 문제다. 인간은 인간으로, 짐승은 비(非)인간으로서가 아니라 그냥 짐승으로서 그 자리에 존재하는 것. 타자를 '발견'하는 것이 아니라 그냥 그 자리에 둠으로써 존재하는 태도, 이것이 윤리적이다. 그러므로 내가 "걱정하는 마음은 비윤리적이다." 그것은 짐승을 짐승으로 존재하지 못하게 하는 것, 혹은 내가 인간의 존재가 아니라 짐승의 존재태로서 존재하고자 하는 것이기 때문이다.

이 지점에서 서효인은 도덕과 윤리의 대칭을 통해서, 도덕과 폭력이 맺어 온 관계를 드러낸다. 말하자면 그는 이 전쟁을 추동하고 가능하게 하는 근본적인 원리를 도덕으로 제시한다. 인간성의 본질이 도덕이라는 것은 상식에 해당한다. 그러나 이 도덕이 사회적 관계를 유지시킨다는 점에서 그것은 기존의 질서를 승인하고, 그것을 해치지 않는 어떤 가치로 대체된다. 따라서 사실상 서효인의 시가 보여 주는 것은 '도덕=폭력'이라는 등치다. 폭력을 유지해 온 것은 도덕이다. 한쪽에서는 도덕의 이름으로 폭력을 자행하고 또 한쪽에서는 도덕의 이름으로 폭력을 방조함으로써 국가 공동체를 안전하게 유지해 왔다. 그러니 아마도 우리가 짐승으로 남는 것은 비도덕적일 것이지만, 윤리적이다. 이 사회적 관계, 사회적 통합을 강제하는 이 관계성의 망의 완전한 바깥에 그냥 남음으로써, 집단성으로 환원된 모든 폭력의 의미를 무화하는 것이다.

이것이 이 총력전의 시대에 서효인이 제시하는 어떤 '윤리적인 인간'의 태도일지도 모른다. 그렇다면 우리는 다만, 이 사회적 관계를 무시하고 나의 고유성만을 지켜 가면서 살아남으면 되는 것인가? 그것은 불가능할 테다. 우리는 이 폭력의 세기에 태어났다는 것만으로 죄인인, 이 질서 속에서 살아왔다는 것만으로 이미 폭력을 저지른 죄인이기 때문이다.

최후의 5분, 내면이라는 게토

폭력은 누구의 것인가? 우리의 침묵은 그들의 행위와 무엇이 다른가? "키옙스키는 어젯밤 처음으로 자위를 했고/ 벽에 튀어 버린 액체를 보고 겁에 질렸다/ 삼촌을 쏘아 죽이던 러시아 소총의 동그란 끝/ 아래위로 움직이던 팔목과 총구/알라신은 결코 용서치 않을 것이다"(「체첸 교과서」).
성적 욕망의 분출과 살의의 분출이 동일하게 겹쳐질 때, 폭력은 같은 지
점에서 마주친다.

무릎까지 차올랐다. 지휘관은 제군들이 자랑스럽다. 너흰 지구의 가장
아래에서 장렬한 최후를 맞을 것이며 조국은 너희를 기억할 것이다. 취사
병은 침을 뱉었다. 죽기 전에 수병들이 고해할 것은 차고 넘쳤다. 과연 바다
속살까지 그분 뜻이 닿을 것인가. 하노이의 마을 창고에서 집단으로 저질
렀던 추잡한 짓이 떠올랐지만, 기도합시다.

허리가 젖었다. 너희는 오백쉰일곱 척에 달하는 상선을 까부쉈고, 살려
달라 울부짖는 사람들을 과녁 삼아 내기로 소총을 쏘며 낄낄거렸다. 조국
은 너희를 기억할 것이다. 사제는 흐느적거리며 양 손바닥을 마주 비볐다.
다른 오락거리가 없었잖아. 그 문어가 진짜 문어였다고 생각해? 수병들은
상상을 자제했지만, 내 탓이오, 내 탓이오.[2]

이 시집에서 가장 문제적인 시, 「유보트」는 총력전의 실체를 침몰하는
보트 속의 대혼란을 통해 보여 준다. 침몰하는 보트 속에서 지휘관이 쉴
새 없이 반복하는 말, "조국은 너희를 기억할 것이다."라는 말은 이 폭력
을 저지른 인간들, 수병이고 취사병일 뿐인 이 개인들의 폭력을 국가의 이
름으로 정당화한다. 그들이 "하노이 마을 창고에서 집단으로 저질렀던 추
잡한 짓"은 자유라는 숭고한 이념을 전하기 위해서였을 수도 있다. 그러
나 이 폭력의 순간에, 수병과 피해자 들은 다만 개별적인 인간들이었을 뿐
이고 지휘관의 저 장엄한 수사는 수병들이 목도하고 있는 개별적인 신체

2   서효인, 「유보트」 부분.

의 죽음에 숭고한 이념을 덧칠하는 것일 뿐이다. 수병들은 죽음 앞에서 기도하면서, 저 도덕에 구원을 요청한다. "조국은 너희를 기억할 것이다."와 "기도합시다."의 목소리들이 한꺼번에 소용돌이치는 이 침몰하는 보트에서 도덕을 향한 "느린 고해 속, 털보와 취사병과 사제의 삼위는 절묘하게 일치하고" 폭력과 도덕은 이 단말마적인 구원의 요청 속에서 결합된다.

그런데 이 말들의 소용돌이 속에 끼어드는 목소리가 있다. "너희는 오백쉰일곱 척에 달하는 상선을 까부쉈고, 살려 달라 울부짖는 사람들을 과녁 삼아 내기로 소총을 쏘며 낄낄거렸다. 조국은 너희를 기억할 것이다." 이 목소리의 주인공은 누구인가? 그의 말 속에서 "조국은 너희를 기억할 것이다."라는 말은 지휘관이 휘두르는 도덕의 수사를 뒤집어 놓는다. 전쟁의 풍경, 다시 말해 '그들의 부정과 폭력'을 지켜보던 자가 이 목소리들 속에서 튀어나와 폭력을 도덕적으로 정당화하는 것을 방해하고 있는 것이다. 이제, "수상한 먹물처럼 어뢰는 갑자기 터"진다. 마침내 완전한 침몰 속에서 "살 수 있을 거라 생각하나, 이제껏 살아 있었다고 믿었나?"라고 말하는 목소리가 들린다. 이 목소리는 누구의 것인가? 수병인가? 사제인가? 지휘관인가? 누구의 목소리인지는 중요하지 않다. 그것이 폭력을 정당화하는 목소리'들' 속에서 튀어나오고 있다는 것, 다시 말해 목소리들의 내부에 있는 목소리라는 것이다.

즉, 이 시에서 폭력은 여기에 가담한 모든 이들의 수많은 목소리들이 한꺼번에 '고백'함으로써 드러난다. 이 고백의 방식을 통해서 드러나는 "모든 게 조국 때문이다. 아니다, 나 때문이다. 아니다, 문어 때문이다. 유보트는 침몰하기 위해 만들어졌지."라는 어떤 목소리는 그들의 폭력과 몰락을 밖에서 구경하고 있는 자의 것이 아니다. 그들의 내면 속에서 튀어나온, 정당화되지 못하고 남겨진 폭력의 잉여다. 그러므로 침몰하는 유보트는 인간의 역사, 도덕의 폭력에 대한 유비인 동시에 이 폭력에 참가한 모든 개인들이 겪고 있는 내면의 풍경이다. 모든 개별적인 인간들의, 어쩌면 한 사람의, 그의 내면 속에서 죄를 짓고, 참회하고, 몰락하고, 반성하는 이 모든 목소리들이 한꺼번에 끓어오르는 것이다.

그는 자신의 내면에서 끓어오르는 폭력의 고백을 토하고, 자기 안에서 세계의 폭력이 대리되고 있음을 발견하는 자다. "아이티에서 진흙 쿠키를 먹는 아이를 보면서 밥을 굶지 말자"라고 다짐하는 나, "모스크바에서 황산을 뒤집어쓴 베트남 유학생 얘기를 들으며 편식하지 말아야지, 생각"하는 나, 이 나의 마음속에서 튀어나오는 어떤 괴물, "마그마처럼 헛구역질을 하며 괴상한 소리를 내 본다. 뜨거운 다짐들이 피부를 뚫고 폭발한다. 바로 이곳에 서 있다. 들끓는 마음을 가진, 괴물."(「마그마」)은 죄를 묻는다. 다른 누구도 아닌, '나'의 죄를.

그러므로 이 모든 전선(戰線)은 '나'의 안에, 개인의 내부에 그어진다. 인간의 일부로서, 그가 어떤 비난을 자기 내부로 돌리는 것은 필연적이다. "태어나서 죄송합니다/ 미안한 마음으로 참호를 만듭니다"(「헤르체고비나 반성문」)라고 고백하는 것. 그에게 이 참회는 스스로가 이 폭력의 일부임을 승인함으로써 가능한 것이다. "그냥 밑으로 파고들기로 합니다/ 이사 날의 침대 밑이랄까/ 최후의 5분이랄까/ 인종 청소랄까/ 빵을 위한 새벽의 긴 줄이랄까/ 제단에서 벌이는 린치랄까/ 군인 앞에 선 추녀 이교도랄까/ 유기견의 성대랄까/ 상상해서 죄송합니다/ 말이 많아 잘못했습니다"라는 이 참호는 몰락의 순간에 맞이하는 "최후의 5분"의 공간이다.

말하자면, "최후의 5분"에 그는 다만 폭력이 소용돌이치는 내면을 가진 자로서 존재한다. 그것은 그냥 인간 존재 그 자체다. 도덕적일 수 없는, 나아가 윤리적일 수도 없는 인간의 비열한 내면을 승인하고 껴안는 것이다. 이것은 자기부정인 동시에, 나아가 자기 파괴에 이른다. 이 지점에서 나는 더 이상 도덕적인 인간으로서가 아니라, 오직 폭력들이 맞부딪치는 어떤 공간을 껴안고 있는 존재로서 이 제국에 서 있게 된다. 제국의 무차별 폭력 속에서 힘겹게 유지될 수 있는 마지막 공간, 인간 내면의 가장 밑바닥 "최후의 5분"은 최전선에 구축된 작은 해방구다. 해방구는 순결하지 않다. 이 더럽고 시끄러운 내면이 결사대가 존재하는 유일한 게토, 모든 폭력이 마주치는 지점에서 만들어 낸 죄의식의 게토가 아닌가.

"들끓는 마음을 가진, 괴물"은 결국 폭력의 게토에서 솟아 나오는 하나의 윤리적이고 정치적인 형상, 내면의 폭력을 지니고 자신의 내부에서 폭력의 전선을 마주치게 하며 인간의 존재를 뚫고 튀어나오는 내면의 짐승이다. 이 마그마의 마음을 지닌 괴물은 총력전의 시대가 산출한 가장 전위적인 형상이다. 그는 우리의 내부에서 발작하며, 바깥의 폭력을 내부의 폭력으로 끌고 들어와 우리의 견고한 도덕성을 무너뜨린다. 이 괴물의 언어가 과잉된 것은 우연한 일이 아니다. 그는 모든 폭력의 격렬한 부딪침의 불꽃에서 태어나는 짐승, 아마도 모든 계급적인 전선을 파괴하는 인간의 가장 비열한 방임으로 내려가서 그것을 흔들어 놓는다.

지금, 가능한 정치 시

백 년 전에는 자본의 진영과 노동의 진영 사이에 거대한 전선이 구축되어 있었던 것일까? 그 전선은 고통받는 사람들이 자신들의 삶의 조건을 부정해서라도 해방의 가능성을 얻기 위해 만들어야만 했던 것일지도 모른다. 적과 싸우기 위해서는 우리의 단결이 필수적이기 때문이다. 그러나 한때 그러한 혁명의 가능성이 있었다고 하더라도, 초지구적인 자본의 제국이 공고하게 완성된 지금 이 전선의 존재를 믿는 것은 낡은 환상에 붙잡혀 있는 것이다. 나아가, 단결과 연대의 힘으로 개인을 호명함으로써 개개의 구체적인 삶의 국면들을 하나의 추상적인 집단으로 환원해 버릴 위험이 크다. 그렇다면 이제 하나의 의문이 생긴다. 연대가 가능하지 않다면, 집단이 되기를 거부함으로써 자신의 고결한 고유성을 지켜 나가는 것만이 정치적인가?

　서효인의 이 시집은 이러한 근본적인 의문을 놓고 고민하며, 하나의 대답을 내어놓았다. 블랑쇼가 지적했듯, 이제 가능한 계급투쟁이란 계급 간의 부딪침, 과격하고 파괴적인 접촉 외에 다른 접촉을 불가능하게 만들어 언젠가는 계급 구조의 법칙 자체를 변혁할 수 있는 가능성을 얻는 것이다.[3] 이 폭력이 맞부딪치는 지점은 자본의 제국 속에 무수히 흩어져 있는 개인들의 끓어오르는 내면들, 게토들이다. 이제 서효인의 파르티잔들, 무한히 분열한 만국의 개인들은 부딪침 그 자체로서 전선을 형성한다. 폭력은 그의 내면 속에서 맞부딪힌다. 굉음을 내며 폭발하는 무수한 게토들. 이 내면을 달리 무엇이라 이름할 수 있을 것인가. 우리는 다만, 서효인을 따라서 "들끓는 마음의 괴물"이라고 부를 수밖에.

　죄를 지은 짐승은 자신의 내면에서 부글부글 끓어오르는 수많은 목소리들을 내장한 채 우리에 말을 건다. 그의 밖, 아마도 그의 곁에 있는 우리들에게. "알아?" "불알이 불안해 자꾸만 움츠러들었어 깊은 주름이 생겼어 엉덩이 속 깊숙한 곳으로 차고 어두운 밤이 좌약처럼 밀려 들어왔어 그 느낌, 몰라?"(「부서지는 동그라미」) 우리의 편안한 마음에 깃들어 있는 차고 어두운 밤에 대해서. 그는 대답을 기대하지 않고 내면의 죄의식과 불안에 대해 고백하며, 우리의 대답을 기다리지 않고 대답한다. 그의 목소리는 우리로 하여금, 우리의 가장 밑바닥에 있는 어떤 편안한 도덕의 비윤리성을 끄집어낸다. "알아? 땅바닥에 귀를 대면 들릴지도 몰라 희뜩한 길거리의, 부서지는 종소리". 우리는 대답하지 않겠지만, 그를 따라 땅바닥에 귀를 대어 볼 수도. 들려오는 것은 인간의 견고한 존재가 부서져 내리는 소리일 수도.

3　모리스 블랑쇼, 고재정 옮김, 「전쟁 상태」, 『정치 평론 1953~1993』(그린비, 2009), 131쪽.

말하지 '않는' 말들의 공동체

다시, 시의 정치성에 부쳐

평등한 공동체는 가능한가

용산과 함께 들끓어 올랐던 문학-정치에 관한 논의는 이제 한풀 꺾인 느낌이다. 문학-정치라고 했으나, 사실은 미적인 것과 정치적인 것 사이에 까마득한 절벽을 놓고 이 사이에서 아슬아슬한 줄타기를 하고 있었다고나 할까. 더 정확하게 말하면, 미적인 시도를 정치적인 실천에서 분리하거나 통합하는 과정을 통해 이 논의는 뜨거운 감자처럼 달아올랐다. 문제는 미적인 실험이 정치적인 실천과 분리 불가능하다는 것은 이미 당연한 것이었다는 사실이다. 아방가르드 선언 이후, 미적인 첨단은 문학 예술에서 실현될 수 있는 최대의 정치가 아니었던가. 어떤 점에서는 당연한 것으로 간주될 수 있는 이 패러다임이 새삼 우리 시단에서 문제가 되었던 것은, 우리의 정치 현실이 시인으로 하여금 행동을 강요하고 있었기 때문이다. 다시 말해, 정치적인 행위가 미적인 실험으로 환원되어서는 안 된다는 것, 현실의 직접적인 수용이 간접적인 실현에 앞서야 한다는 일종의 당위적인 명령으로서 우리에게 주어졌기 때문이다. 시인인가, 시민인가.

그러므로 이 논쟁은 시민으로서의 실존이 시인으로서의 존재와 충돌하는 사태, '둘 중 하나를 택하시오'라는 질문을 받아 든 자가 질문 자체를 거부하는 것에서 출발했다. 이 질문은 다양한 대답들을 통해 부정되고, 결국은 무화되는 지점으로 나아갔다. 아마도, 정치성에 대한 원론적인 논의는 미와 정치의 관계에 대한 우리의 사유를 깊고 풍부하게 만들어 주었던 것 같다. 그러나 여전히 우리는 이 명령이 일종의 실천적인 결단을 요구하는 것임을 잊지 않고 있다. 이 논의가 시인의 삶의 장(場)이 어떻게 시의 장(場)에서 실제적 힘을 지닐 수 있을 것인가에서 출발한 것이었다면, 문제는 여전히 개별적인 미적 주체가 어떻게 자신의 고유성으로서 다른 개별 주체를 만날 수 있을 것인가에 있기 때문이다. 정치가 광장에서 태어났듯 개별자들은 공동체 속에서 만난다.[1]

문학-정치 논쟁의 자못 격렬했던 지점을 지나서, 나는 다시 한 시인의 의문을 만나고 있다. 심보선은 시란 시인의 고뇌에서 탄생하여 나아가는 수직적인 이행이 아니라, 하나의 몸에서 또 다른 몸으로 나아가는 평면적 확장이라 한다.[2] 그는 평론가들이 문학과 정치를 이분화함으로써 어떤 분리의 이윤을 취해 왔다고 맹렬히 비난했는데, 이 분리의 이윤이란 제도를 통해 문학을 공고하게 만들어 놓고 이를 비참한 정치와 아름다운 문학이라는 구별 속에서 사실상 제도 밖의 문학을 배제함으로써 얻어 낸 것이라는 것이다. 그의 비판은 '아름다움'이라는 것의 실체가 사실상 비참한 정치를 문 밖에 세워 두고 얻은 가상적인 것이라는 점에서 설득력을 얻는다. 그에게 시는 이 문 바깥으로 나가는 것이며, 여기에 '평등의 공동체'가 자리하는 것이다.

1   중요한 것은 방법론이 아니라, 결단이다. 이를 실현하는 주체를 잉여에서 찾으려 했던 필자의 글, 「폴리에틱스(polietics), 잉여들의 정치학 혹은 시학」, 《세계의 문학》, 2010. 겨울호를 참고.

2   심보선, 「'천사-되기'에서 '무식한 시인-되기'로 ─ 평론가, 시인, 문맹자의 문학적 정치들」, 《창작과 비평》, 2011. 여름.

그러나 그는 미와 정치의 이분법을 문맹과 비문맹의 이분법으로 바꾸어 놓음으로써, 역설적으로 그가 맹렬히 비난했던 이분법을 반복하고 있는 것으로 보인다. 그의 관점에서라면, 시는 글을 아는 자들이 문 바깥의 글 모르는 세계로 나아가는 월경(越境)에서 탄생하는 것이다. "무식한 시인 되기"가 의미하는 바는 이런 것일 터. 그에 따르면 무식한 시인이란, "말할 수 없는 신체(못 배운 자, 문맹자)와 말할 수 있는 신체(시인)를 결합하여 치안적 질서가 부과한 정체성과 감각에 침입하는 새로운 말―신체를 창안하고, 그럼으로써 기존의 지배적 분할선을 재분할"하는 시인, "자신이 결박된 세계의 비참을 사유하고 그것에 대해 말함으로써 세계의 비참 밖으로 탈주하는 신체의 '동사'"[3]다.

나는 시인이 바로 그러한 존재여야 하는 것, 온몸으로 다수성이어야 한다는 그의 주장에 동의한다. 그의 말대로, 시인은 아름다운 세계로부터 하강하는 것이 아니라 자신의 세계 밖으로 나감으로써 정치적인 것을 실현한다. 그러나 문제는 그것이 확인되는 방식이다. 그가 선정한 할머니들의 시는 미적인 혹은 시적인 가치 판단에 비추어 보아도 훌륭한 시다. 기묘한 말장난, 세련된 이미지의 구성만이 시의 아름다움인가. 그렇다면 우리 시에서 많은 소박한 시들은 시 아닌 것으로 배제되어야 한다. 또한 할머니들의 시가 시를 쓸 수 없는 자의 시 쓰기라는 분열적 계기를 내포하고 있다는 것은 어디에서 확인될 수 있는가. 그것은 이 시인들의 존재태, 즉 문맹이었다가 막 비문맹이 된 할머니들의 삶에서만 확인되는 것이다. 말하자면, 이 시들의 정치성은 시인들의 존재 형식에 의해서만 확인되고 보증되는 것이다.

그러나 이 분열적 계기는 모든 시인들, 나아가 글 쓰는 모든 이들의 강박이 아닌가? 우리는 모두가 이 할머니들처럼, "내가 말할 수 없는 것을 말하"고자 하는 자들이다. 그는 글 쓸 수 없음에 문맹을 곧바로 대입하고,

---

3   심보선, 앞의 글, 266쪽.

비문맹의 시인으로 하여금 이 문맹의 세계(즉 비참한 정치)를 대면할 것을 강요하며, 이를 곧바로 정치적인 것으로 환원한 셈이다. 이 전언의 열도(熱度)에 비해 그 실천은 정치적으로도 미적으로도 간단해 보이는데, 문맹의 세계로 나아가는 일은 그의 말대로 "확장하려는 결단"을 가지면 되기 때문이다.

'다수성을 실현하는 시'를 말하기 위해서 이러한 이분법은 필요치 않았을 것이다. 이분법적 구도는 절단선을 넘어가고자 하는 자가 겪고 있는 내적 갈등을 간단한 것으로 만든다. 수직 구도에서 수평 구도로 옮겨 가든 어쨌든, 이 분리를 해결하고 통합하기 위해서는 분리선을 제거하면 된다. 자리바꿈이란 문 밖으로 나가는 것, 문턱을 넘어서는 일이 아닌가. 그러나 그는 이 구도에 내재한 함정을 간과한 것 같다. 그것은 문턱의 높이를 과소평가한 것이다. 물론 이 문턱은 비문맹과 문맹 사이의 문턱도 아니고, 정치와 미 사이의 문턱은 더더욱 아니다. 그것은 모름지기 개별자들이 자리바꿈을 하기 위해 넘어야 하는 문턱, 바로 '자기'라는 문턱이다.

문턱을 넘어가지 '않는' 말들

'문턱'이라고는 했으나, 문턱이 어떤 경계선을 말하는 것은 아니다. 그것은 높이로 따지자면 일종의 벽에 가깝다. 우리는 무엇으로 이 벽을 넘어갈 수 있는가? 문학적 정치는 아마도, '문학이 어떻게 자신의 벽을 넘어갈 수 있겠는가' 하는 문제와 다르지 않다. 문학이란 무엇인가. 블랑쇼는 어떤 중얼거림에 대해 말했다. 누가 들어줄 수 있으리라는 기대도 없이, 그것이 발화가 될 수 있으리라는 기대 없이 끊임없이 계속되는 중얼거림, 그것은 듣는 자가 없다는 점에서 침묵에 가까워 보이지만 침묵 속에 내포된 말의 폭발이다. 그에게 글쓰기란 바로 벽을 사이에 두고 있으므로 결

코 전달될 수 없는, 그럼에도 불구하고 벽을 넘어가 전달되기를 간구하는
끊임없는 중얼거림이다.

말이 두고 온 혀
말에서부터 변형하는 혀, 말 때문에 다른 혀를 부르다가 복수가 된 혀,
둘이서는 먹을 수도 없고, 말할 수도 없어. 혀에서 혀까지
묘지가 서는 입속
말은 입술과 헤어진 형식이지만 입술은 심장과 멀어진 상태라는 것을
나는 또 사라진다.

필요 이상 잊을 일도 반드시 흉도 아닌데 물소리나 나는 내 갈빗대 사이
에서 증발하는 것이 곧 죽음이라고
예감하지 말고 가라. 가능성이란 온도는 내게, 주지도 말고 가라.

누이야 말 좀 하고 가라, 한술 미각에게 색을 주고 나에게 이름을 주고
가라.
무덤을 열고 꽃봉오리처럼 흔적으로 다시 가라.

꿀꺽꿀꺽 나를 깨물고 나를 다 마시고 가라. 말에게 피를 주고 말에게
칼을 주고 가라. 혼자서 말하지 말고 같이 말에서 살다 가자.

미안, 중얼중얼 싫다, 멀리 가라. 벙어리로 다시 태어나 묘지로 가자. 서
로에게 혼잣말로 같이
가자.[4]

---

4 박성준, 「혀의 묘사」 부분, 《문학과 사회》, 2010. 봄.

혀에서 나온 말은 어디로 가는가? 아니, 정확히 말은 혀에서 나오는 것인가 아니면 혀에서 나오지 못하고 혀 속에 붙잡히는가? 이 시에서 말은 다만 어떤 중얼거림에 머무른다. 말은 혀라는 감옥에서 빠져나오지 못하고, 말을 하면 할수록 혀는 점점 더 견고하게 말을 가둔다. "말에서부터 변형하는 혀, 말 때문에 다른 혀를 부르다가 복수가 된 혀"란 결국 모든 말들의 무덤이 아닌가? 따라서 나의 입속에는 묘지가 서고, 이 묘지 속에서 나는 "또 사라진다."

이러한 중얼거림은 말이, 더 정확히는 대화가 되기 어려운 것들이다. 대화란 말하는 나와 듣는 너 사이에 오가는 말들의 교통, 귀를 기울여 서로의 말을 들어 주고 되돌려 주는 두 사람 사이에서 이루어지는 것이다. 말은 나에게로 나와서 너에게로 이행하고, 너에게 도달했을 때 비로소 말의 여행은 끝난다. 이러한 말의 교통이 가능하기 위해서는 말이 하나의 벽을 넘어야 한다. 나의 말이 너의 말이 되기, 다시 말해 내가 말한 바와 네가 듣는 바가 일치해야만 하기 때문이다.

대화란 그런 것이다. 나의 말은 공통 약수 X로 전환된다. 공통 약수 X를 너는 너의 말과 교환한다. 공통 약수 X를 통해서 우리의 말은 손실 없이 교환된다. 아니, 교환되었다고 믿는다. 일단 우리 사이에 대화가 이루어지면, 우리는 소통했다고 믿는 것이다. 이 공통 약수 X는 말하자면 이 벽을 넘어가는 일종의 긴 장대와도 같다. 나의 말은 나의 가장 안쪽에서부터 달려 나와 이 장대를 지지하여 높은 벽을 넘는다. 그러나 바로 그 순간, 나의 말이 껴안고 있던 무수한 주름들은 사라지고 명확한 어떤 '의미'로 변모한다. 그러나 앙상한 의미로 남은 말들조차 너에게 완전히 전달될 수 있을까? 문학적 정치를 말하다가, 갑자기 웬 말의 공통약수인가. '말할 수 없음' 혹은 '전달될 수 없는 말들의 가능성'이 우리의 문학이 벽을 넘어가기 위해 겪고 있는 진통의 중핵이기 때문이다.

박성준의 시는 명확한 전언을 방해하는 여러 군더더기를 껴안고 있지만, 사실 이 군더더기야말로 말이 묘지에 갇히지 않고 거주할 수 있는 유일한 곳이다. 가령, "누이야 말 좀 하고 가라, 한술 미각에게 색을 주고 나에게 이름을 주고 가라."에서 "한술 미각에게 색을 주고"란 무슨 말인가? 이 군더더기가 없다면 이 구절의 의미는 온전히 전달될 수 있다. 말하자면, 누이의 말은 나에게 이름을 주는 것, 누이는 말로써 나를 불러주고 나는 누이의 말을 듣는 존재로서 다시 태어날 수 있다. "한술 미각에게 색을 주고"를 뺀다면, 이 구절은 너무나 유명해서 일종의 공통 약수가 된 말, 이름을 지녀서 존재가 되는 김춘수의 꽃의 존재론을 상기시킨다.

인간의 말은 상대를 불러일으키는 명명(命名)의 힘을 지녔다. 인간의 말은 사물의 언어를 듣는 '이름의 언어'이든, 사물을 구별하고 개념화하는 '판단의 언어'이든, 어느 쪽이든 명명의 언어다. 말을 통해 우리는 서로에게 어떤 존재가 되고, 소통하여 우리 사이의 벽을 허물었다고 느낄 수 있을 것이다. 그러나 이 군더더기는 말의 전달을 방해하며 끼어들어서, 누이가 아무리 많은 말을 하더라도 내게 이름을 주는 것은 요원해질 수밖에 없다. 그러므로, 이 시의 장광설은 명명의 언어를 계속해서 방해하며 지속된다. 이는 명명의 힘을 거부하는 일종의 결단이다. 그것이 어쩔 수 없음에서 나오는 것이라 하더라도, 이는 말할 수 없음을 말하지 않음으로 대체하는 결단이 아닌가. 혀에서 나오지 못하는 말들은 전달되지 못하고 다만 혼잣말의 상태로 계속해서 떠돈다. 그럼에도 불구하고 "중얼중얼" 끊임없이 말하는 나, 이 중얼거림은 전달되지 못하는 말들의 자리바꿈이다.

나는 한국말 잘 모릅니다 나는 쉬운 말 필요합니다 길을 걷고 있는데 왜 이인분의 어둠이 따라붙습니까

연인은 사랑하는 두 사람입니다 너는 사랑하는 한 사람입니다 문법이 어렵다고 너가 말했습니다

이인분의 어둠은 단수입니까, 복수입니까 너는 문장을 완성시켜 말하라고 합니다 그것은 어려운 일입니다 매일 나는 작문 연습 합니다

— 나는 많은 말 필요합니다.
— 나는 김치 불고기 좋습니다.
— 나는 한국말 어렵습니다.

너는 붉은 색연필로 O X 표시합니다 X 표시투성이입니다 너 같은 애는 처음이다 너는 나를 질리게 만든다 너는 이제 끝이다 당장 사라져라 이것은 너가 한 말들입니다

한국말이란 무엇입니까 처음과 끝을 한꺼번에 말하는 말을 나는 잘 이해하지 못합니다

이마에 난 X 표시가 가렵기만 합니다

나는 돌아오는 길을 이인분의 어둠과 함께 걸어갑니다 이인분의 어둠이 말없이 걷습니다[5]

황인찬은 이 교환 불가능한 말들의 운명에 가장 예민한 시인이다. 박성준이 끊임없는 중얼거림, 아무런 의미를 가지지 않는 말들을 끝없이 나열한다면 그는 도리어 침묵한다. 그의 등단작 「순례」(《현대문학》, 2010. 6)는 말의 운명에 대한 어떤 예감을 보여 주었다. 가령, 이런 구절들. "그는 내 말을 듣기를 원했다 그는 내가 걱정된다고 말했다 그는 내가 행복해지

5   황인찬, 「나의 한국어 선생님」, 《세계의 문학》, 2011. 봄.

기를, 그가 내 위안이 되길 원했다". 그는 그의 말에 대한 나의 응답을 통해 "내가 행복해지기를, 그가 내 위안이 되기를" 확인하고 싶어 한다. 본래 말들은 그런 것이다. 우리는 대화를 통해 위로를 받고 말을 하고 들음으로써 서로에게 위안이 되는, 말하는 존재들이니까. 그러나 이 위안은 사실상 타인의 몸을 통과해서 돌아온 나의 말을 확인함으로써 얻어지는 것이 아닌가. 그는 내 말을 듣길 원하지만, 그가 진짜로 확인하고 싶은 것은 그의 말을 내가 제대로 듣고 있는가 하는 것이다. 나의 행복은 그의 말에 의해 보증되는 것, 나는 다만 그의 말을 보존했다가 통과시키는 그릇에 불과할 뿐이다. 그러므로 나는 "아무 말도 하지 않는다." 나는 침묵으로써 나의 말을 보존한다. 침묵으로 보존되는 말이 「순례」에서는 나의 것이었다면, 그의 다른 시에서는 사물의 말들이었다. 가령, "예쁜 것이 예뻐 보"이고 "좋은 것이 좋다"(「그것」,《세계의 문학》, 2011. 봄)라고 말하는 것, 이는 사실상 침묵과 다른 것이 아니다. 황인찬은 말을 하는 순간, 그것이 사라지는 사태를 두려워한다.

나의 말이 소통 가능한 것으로 변모하여 전달될 수 있기 위해서는 어떤 공통약수가 필요하다고 논의했다. 그것은 우리가 공유하는 '의미'일 필요는 없다. 오히려 그것은 하나의 개별적인 단어들을 완성된 문장으로 견고하게 묶어 놓는 통사론적 지표에 가깝다. 한국어에서라면, 이 지표는 조사나 어미 같은 것들, 즉 하나의 단어들을 앞뒤의 다른 단어와 연결해 주고 개별적인 단어들이 문장에서 차지할 위치를 결정해 주는 것들이다. 가령, "나는 말을 한다."와 "나를 말은 한다."는 얼마나 다른가? 조사는 우리의 말들이 소통되기 위한 최소한의 전제이자, 완성된 의미를 만들기 위한 최소한의 뼈대다.

이 시에서 한국어를 배우는 나는 조사를 대개 생략한다. "나는 많은 말(이) 필요합니다." "나는 김치(와) 불고기(가) 좋습니다." 한국어 화자라면 이 외국인의 어눌한 한국어를 손쉽게 이해할 수 있다. 괄호 안에 계속해서 이 조사나 어미들, 각 단어를 연결해 주는 약수 X를 무의식중에 집어넣기 때문이다. 그러나 나의 한국어 선생님은 틀렸다고 화를 낸다. 그는 나의 말을 이해하지 못해서 화가 난 것이 아니다. 열심히 가르치는데도 성과가 없어서 화가 난 것도 아니다. 아마도 내가 이 공통약수를 의도적이든 아니든 무시하고 있다고 생각하기 때문이다. 한국어 선생님은 말의 공동체가 유지하고 있는 말의 질서를 내가 교란하고 있다고 여긴다. 그리고 그것은 나의 말이 어눌하기 때문이 아니라, 나의 존재 자체가 이 말의 공동체에 이질적인 것이기 때문일 것이다.

따라서 이 시에서 말은 첨예하게 정치적이다. 한국어를 배우는 이는 본래 이 언어공동체에는 없던 자, 공동체 바깥에 있는 자다. 내게 한국어를 가르치는 선생은 오직 그 가르친다는 행위를 통해 어떤 지배력을 획득하고, 그것은 그가 나보다 더 우월하기 때문이 아니라 공통약수를 더 많이 가지고 있기 때문이다. 공동체가 성립하기 위해서 우리는 이 약수를 획득해야만 한다. 말하자면 이 언어공동체 밖에 있는 자가 공동체의 안으로 들어올 수 있기 위해서는 나의 말을 버리고, 공동체 내부의 약수를 획득해야만 한다. 이때 공통 약수 X는 배제의 권력을 획득한다. 약수 X의 명령은 이런 것이다. 너의 말을 버려라. 그리고 너를 버려라.

그러나 나의 말을 버리면, 나는 너의 말을 얻을 수 있을까? 약수 X는 사실상 너의 말조차 전달하지 않는다. "한국말이란 무엇입니까"라고 물을 때 나는 한국어 화자의 말, 나에게 전하는 공동체 내부의 말이 아니라 추상적인 언어 체계 그 자체에 대해 의문을 표하는 것이다. 나는 이해할 수 없으므로, 머리에 X 표시를 하고 집으로 돌아간다. 내가 이해할 수 없는 "처음과 끝을 한꺼번에 말하는 말", 말하자마자 다른 말이 되는 말들은 나의 말이 아니며 동시에 너의 말도 아니다. 나의 말과 너의 말을 지배하는 어떤 다른 말, 공통 약수에 해당하는 말이다. 이 시에서 내가 대면하게 되는 것은 이 거대한 약수 X의 벽이며, 그것이야말로 벽 안쪽의 말들을 결속하게 하는 지배적 룰이다. 나는 침묵하며 돌아간다. 그럼으로써 나는 나의 말을 보존한다. 이 침묵이 결국 벽을 넘는 문제에 있어서는 어떤 성과를 낼 수 있을지는 모르나, 침묵하지 않는다면 우리는 벽을 발견하지 못할지도 모른다. 말의 벽을 넘어가는 일은 안쪽에서 바깥쪽으로 한 발짝 내밀어서 될 일이 아니다. 말하는 우리, 존재 전부를 걸어야 하는 일 아닌가.

'말하지 않음'의 정치성

공동체란 어떻게 형성되고 유지되는 것인가. 여기에서 공동체란 무엇인가에 대한 답을 내리고자 하는 것이 아니며, 어떤 공동체가 좋은 공동체인가를 판단하고자 하는 것이 아니다. 오히려 공동체를 형성하고 작동케 하는 그 실제적인 힘은 무엇인가 하는 것이다. 절대적으로 개별적인 개인들이 공동체를 형성하는 것은 가능한가? 원론적으로도, 실제적으로도 이 공동체는 불가능하다. 개별적이지 않은 개인들의 공동체는 가능할 수 있을 것이다. 그들은 어떤 공통약수를 통해, '그것과 교환됨'으로써 공동체를 만들 수 있다. 여기에서 나는 교환됨으로써 소멸한다. 말하자면 소멸된 존재들의 공동체만이 가능한 것이다.

그것은 공동체인가. 우리가 개별적인 존재로 계속해서 남을 때, 우리는 아무런 공동체도 만들 수 없을 것이다. 그러나 오직 그 상태에서만 우리는 소멸하지 않고 우리 자신으로서 남을 수 있다. 그리고 내가 나 자신으로 남았을 때에만, 너 자신으로 남은 너와 만날 수 있을 것이다. 소멸했다면 나도, 너도 없을 테니까. 우리는 세계에 흩뿌려진 상태에 있는 고립된 개별자들로서만 만날 수 있다. 이 만남의 가능성이야말로 우리에게 남은 유일한 공동체일 것이다. 공동체가 아닌 것으로서만 공동체일 수 있는 공동체. 이 공동체는 나에게서 다른 나로, 혹은 나 밖으로 자리바꿈하면서 성취되는 것이 아니라, 그것이 불가능하다는 것을 인식함으로써 비로소 생성되는 것이다. 소통을 포기하는 것은 소통하지 않겠다는 의지가 아니라, 소통할 수 없다는 한계에 대한 뼈저린 인식이다. 벽은 이 지점에서 비로소 문턱이 된다. 결코 넘어갈 수 없다는 방식으로만 넘어가는, '말할 수 없음'에서 '말하지 않음'으로 이행하는 결단으로서만 가능한 월경(越境)이 이 여기에 있지 않은가. 중얼거림과 침묵, 말을 무력화시키는 결단이야말로 정치적이다.

혁명적 센티멘털리즘의 언어들

박정대, 『삶이라는 직업』(문학과지성사, 2011)

먼저, 혁명에 대해 이야기해 보자. 혁명에 대한 담론과 낭만적 의식 사이의 은밀한 동맹에 대해서는 널리 알려진 바다. '혁명적 로맨티시즘'이란 단어는 이론가들의 한갓 말장난이 아니다. 그러나 혁명이 실제적인 힘으로 실현되고 있는 시기에 혁명은 낭만적일 수가 없다. 혁명은 다만 거대한 유혈 사태이며, 행동이 압도적일 때 모든 말문은 막히는 법이기 때문이다. 낭만적 의식은 혁명이 불가능한 시기에 혁명을 탄생시킨다. 상상적으로.

박정대의 새 시집 『삶이라는 직업』을 읽으면서 혁명적 로맨티시즘에 대해 말하는 것은 아마도 정당할 것이다. 이 시집은 도처에서 혁명을 말한다. "시집 제목을 체 게바라 만세로"(「언제나 무엇인가 남아 있다」) 지으려고 했다는 것처럼, 체 게바라의 혁명은 이 시집에 편재한다. 아니, 정확히는 체가 표상하는 어떤 혁명적 분위기가 편재한다. "체 게바라 라이터, 휘발성의 영혼들, 공기들, 오래된 스웨터, 굽이 닳은 가죽 부츠, 검고 딱딱한 기타 케이스"들과 "가산 카나파니, 말라가의 푸른 술집들"이, "페르난두 페소아, 알베르투 카에이루"들이,(「봉쇄 수도원」) 그리고 전적으로 "커피와 담배"가 이 시집에 체의 혁명을 '풍기면서' 나열된다. 이 시집에 편재하는 것은 '혁명성'이 아니라 혁명적 분위기를 띤 사물들, 다시 말해 그가 혁명성을 부여한 사물들일 뿐이다. 이 시집은 눈 내리는 함경도와 추운 러시아, 티베트와 초원들, 따뜻한 말라가와 자유로운 리스본, 온 세상을 떠돌지만 여기는 진짜가 아니라 "마음의 내륙들"(「슬라브식 연애」), "담배를 피워 물고" 들여다본 "내면"(「봉쇄 수도원」)일 뿐이다.

그에게 혁명의 실체를 추구하는 일은 아무런 의미가 없다. 가령, 이런 구절들 "그래, 본질적인 혁명이란 어쩌면, 불멸의 시로/ 불멸의 혁명 그 불꽃을 피워 올리는 거"(「짐 자무시 67 행성」)를 두고, 이 시인에게 '혁명'이 지나치게 감상적이며 수사적으로 포장되었다고 할 수도 있다. 그러나 혁명은 실체가 아니라 혁명적 수사에 의해 탄생하는, 혁명을 꿈꾸는 자들의 의식마다에 고유한 '대상'들일 뿐이다. 박정대 시에서 혁명적인 것은 이런 것이다. "그대가 나의 집이라고 나는 감히 심장의 불꽃으로 대답했네"(「짐 자무시 67 행성」)라고 말하는 태도. 혁명성은 대상이 아니라 나의 태도에서 나온다. 대답에 모든 것을 거는 일을 통해서, 그는 체 게바라의 혁명을 지향하는 것이 아니라, 체에게 혁명성을 부여해 준다. 즉 그는 혁명적 수사를 통해 진짜로 혁명적인 것을 창출하는 것이다.

이를 두고 박정대식 '혁명적 로맨티시즘'이라고 부를 수 있을까? 그는 낭만적 의식을 방법으로 삼지만, 낭만적 의식이 지니는 뜨거움을 결여하고 있다. 그는 차분하고 부드러운 어조로 내면에 대해 말한다. 그에게 '실제성'은 내면의 영역들이다. 그가 "삶은 실제적인 것이었다"(「미셸 우엘레베끄」)라고 말할 때조차, 실제적인 것은 "아무도 들여다본 적 없는 내면의 밤"(「봉쇄 수도원」) 속에 있다. 그것은 내면의 바깥으로 나오는 순간 사라지거나 훼손될 수 있다는 두려움이 이 시집의 근저에 센티멘털리즘으로 나타난다.

그런데 그의 시의 가장 아름다운 구절은 바로 이 센티멘털리즘이 낭만적 방법과 결합할 때 탄생한다. "토마토를 자르면 5번 트랙이 나타난다./ 열두 개의 태양과 여섯 개의 숲과 한 잔의 커피, 나는 커피를 마시고 담배를 피우던 입술로 토마토의 5번 트랙을 연주한다./ 고독이 황홀하다면, 그건 정말로 고독하기 때문이다./나의 삶에도 이런 황홀이 필요하다./ 토마토의 5번 트랙이 빙글빙글 돌고 있는 여기는 그대, 지구의 고요한 자전축."(「무용」) 다만 토마토를 잘랐을 뿐인데, 열두 개의 태양과 여섯 개의 숲이 열린다. 이 몽환적 세계를 품은 토마토는 현실을 넘어서는 세계, 열두 개의 태양과 여섯 개의 숲이 없었다면, 토마토는 그냥 토마토일 뿐. 여기에 커피와 담배와 고독이 끼어들며, 그대는 이 모든 수사들 속에서 비로소 세계의 전부가 된다.

나를 둘러싸고 나를 존재케 하는 '그대'. 박정대의 시에서 '그대'는 어떠한 실체성을 가진 대상은 아니다. 그대는 오직 나의 행위와 움직임 속에서 비로소 드러나는 것, 이 투명하고 신비한 수사들 속에서 그대는 비로소 실제성을 얻는다. 밤과 푸른 전등, 바람의 악사들과 눈발을 달려 가는 창백한 말들, 이 이질적이고 몽환적인 세계를 거쳐 "그대는 지금 바야흐로 내 등 뒤에 도착한 톱밥 난로와 스웨터의 시간"(「짐 자무시 67 행성」)으로 나에게 도달한다. 내면은 이제 몸의 감각으로 전화된다. 그러니 이 시집에 편재하는 클리셰들, "세계가 우리의 비극을 감싸 안으므로 우리는 장엄하게 아름다운 비극이다"(「세상 모든 원소들의 백색소음」)와 같은 잠언들은 박정대의 시적 방법들이다. 그는 클리셰를 통해 상상하고, 행위하며, 비로소 '그대'를 만들어 낸다. 그대를 향해 가는 무수한 마음의 유랑들이 고독한 내면의 불꽃 속에서만 가능하더라도, 그대는 이 수사법들 속에서 '실재'한다. 나의 내면 속에서, 혁명적 센티멘털리즘의 언어들을 통해서 말이다.

오함마를 든 천사, 최종 병기 시인

조인호, 『방독면』(문학동네, 2011)

고독한 방 안에서 그는 밥풀로 인형을 만들었다. 인형은 바늘을 먹고 자라고, 망치와 도끼를 먹으며 자랐다. 많은 쇠를 먹고 점점 몸집이 커진 인형이 닥치는 대로 쇠를 먹어 치워서 나라 안에 더 이상 쇠가 남지 않았다. 그 어떤 것으로도 인형을 죽일 수 없었으므로, 사람들은 이제 더 이상 인형이 아닌 이 괴물을 불가사리(不可殺이)라 불렀다.

오래전 나는 이 이야기를 "도시 끝에 위치한 고물상의 늙은 인부에게서 전해 들었다."(「불가사리 三 ― 제국에서 보낸 한 철(鐵)」) 원래 알고 있었던 이야기와는 판본이 조금 달랐는데, 인부는 이 최후의 괴물이 "G 구역 노란 물탱크 속에 숨어 살던, 한 아이"가 가지고 놀던 자석에 붙은 쇳가루에서 탄생했다고 전한다. 아니 정확히는 쇳가루의 "어떤 끌림"에서 탄생했다. 놀랍게도 조인호의 첫 시집, 『방독면』은 한 아이의 작은 상상력에서 탄생한 거대한 철의 괴물 불가사리와도 같다.

쇠들이 끓어오르는 거대한 용광로에서 시작하여, 소년들의 배틀 로얄이 이루어지는 돔을 거쳐, 모든 인류가 전쟁을 치르고 있는 제국에 이르기까지, 이 시집을 관통하고 있는 것은 세상의 모든 철들을 먹어 치운 괴물의 강력한 힘이다. 손쉽게 환원한다면, 철의 힘은 무기를 앞세운 거친 제국주의의 알레고리인 동시에, 이 광대한 살육의 시대에 남아 있는 유일한 가능성인 '장미의 힘'에 대한 알레고리일 수 있다. 가령, 이런 구절들, "무기를 닦기 위해 기름이 나는 땅을 폭격하는 비생산적인 일을 우리는 하지 않는다. 대신 우리는 총에 물을 준다. 방아쇠를 당겼을 때 총구 속에서 피어나는 한 송이 장미, 를 위해 우리는 매일 밤 총구 속에 졸졸졸 물을 주고 잠자리에 든다."(「최종병기시인훈련소(最終兵器詩人訓鍊所)」)에서 철의 힘으로 상징되는 "총"은 무기인 동시에, 녹슨 장미라는 양면을 동시에 가진다. 그렇다면 방독면을 쓴 시인은 제국주의에 저항하기 위해 훈련되는 최종 병기가 아닌가?

그러나 이렇게 환원할 때, 이 시집을 뒤흔들고 있는 거대한 힘이 분출하는 에너지는 비평적 수사 속에 얌전히 포섭되어 길들여진다. 철의 알레고리, 그것은 시인의 의도일 수도 있겠지만, 의도에 우선하는 것은 야만적인 힘에 이 시인이 걷잡을 수 없이 매혹되고 있다는 사실이며, 그리고 짐짓 성공적으로 형상화하고 있다는 것이다. 가령, 이런 장면들은 매우 인상적이다. "그는 철가면을 쓴 채 홍등이 켜진 도살장 골목을 붉은 쇳물처럼 흘러다녔다 도살장 골목 어둠 저편 번쩍거리는 칼날들이 뱀의 혀 같은 용접 불꽃처럼 쉭쉭거렸다 붉은 장화를 신은 인부들이 소머리가 가득 쌓인 수레를 끌고 다녔다 도살장 담벼락엔 덩굴장미가 대퇴부 핏줄처럼 번지고 있었다 담벼락 너머 높다란 송전탑에서 철근들이 금속성의 동물 울음소리를 내며 뒤틀렸다 도살장 시멘트 바닥 물웅덩이 위로 뜨거운 김이 피어올랐고 고압 전류 같은 쩌릿쩌릿한 비가 내렸다"(「철가면」).

이렇게 광대하고 거친 철의 세계를 우리 시에서 본 적이 있는가? 조인호는 철을 다루는 우람한 근육, 근육이 휘두르는 거대한 오함마와 같은 노동의 원초적인 힘을 우리 시에 성공적으로 들여온 거의 최초의 시인이다. 이 시집에서 철은 총과 탱크, 탄환과 같은 전쟁의 알레고리이기도 하지만, 동시에 오함마와 용광로, 철로와 다이너마이트와 같은 노동의 힘이기도 하다. 광기로 번쩍거리는 전쟁의 도구들과 정련되지 않은 원초적인 근육의 보조 도구들은 야만적이고 거친 힘이라는 점에서 사실은 동일한 것이다. 이 때문에 이 시집에서 금속들은 단순히 제국주의 전쟁의 알레고리가 아니다. 말하자면, 한국 시는 조인호로 인해 '실제로 벌어지는 전쟁'과는 상관없는 총과 탱크를 가지게 된 셈이다.

모든 안온한 것들을 파괴하는 힘은 혁명과 다른 것이 아니다. 그런 점에서 조인호는 세상을 파괴하는 탱크의 이미지를 거칠게 내뱉었던 임화의 투쟁 시를 계승하고, 아나키스트로서의 존재를 지향해 온 장석원의 옆에 선다. 그러나 임화에게 탱크는 프롤레타리아혁명의 가능성을 현실화하고자 하는 의지의 표상이었으며, 장석원에게 혁명의 언어는 격렬한 사유의 진동에서 출발하는 것이라면, 조인호의 철의 힘은 "오함마" 그 자체다. 말하자면, 육화된 철이자 사유될 수 없는 힘이다. "붉게 탄 석탄 같은 광대뼈와/ 횡단철도 같은 쇄골을 가진/ 한 사나이의 어깨 위,// 묵직한 해머처럼 얹혀 있던 불발탄이여"(「스스로 재래식 무기가 된 사나이」)가 보여 주고 있는 것과 같이, 이 사나이는 철이며, 묵직한 해머 그 자체다. 해머에게 해머에 대한 사유를 물어볼 수는 없는 일, 그에게는 혁명의 순간을 열어 갈 행위만이 가능한 것이다.

그러할 때, 그의 '최종 병기 시인'이란 철을 단련하던 지하의 어두운 철광에서 지상으로 추락한 "미확인 지하물체"(「피랍」), 철에서 태어난 불가사리이자 우라늄의 천사다. 오함마를 투석기처럼 휘두르며, 우우우 달려가는 그. "상상할수록// 강력하게 벽화가 그려진다/ 습기 찬 콘크리트 밖으로/ 쩍쩍 갈라져 나오던 금/ 그 수천의 나뭇가지 사이로/ 무지갯빛 광석이/ 그 천연의 빗살을 드러낸다"(「무지갯빛 광석」).

5부

사랑의
방식들

연애시의 두 형식, 기쁨의 윤리와 슬픔의 윤리[1]
이병률과 김행숙의 시

잘못 보내진 연애편지 ─ 소통 불능이라는 아픔

사랑하는 사람이 떠나 있어 나는 그에게 편지를 쓴다. 날씨 이야기이
거나 나의 일상들이거나 하는 내용의 편지다. 그런데 편지는 며칠 후 수
신자 부재라는 빨간 도장을 얹고 되돌아온다. 혹은 망설이고 망설이다 전
화를 걸었는데 잘못된 번호라는 안내 방송만이 내게 대답해 줄 때, 나는
망연히 슬퍼진다.

"면아 네 잘못을 용서하기로 했다"(「별」, 『당신은』)라고 어느 날 문자메
시지 하나가 도착한다. 그런데, 받아야 할 사람은 내가 아니다. 나는 한참
을 망설이다가 "제가 아닙니다, 제가 아니란 말입니다"라고 문자를 보낸
다. 이번엔 감옥에 면회를 와 달라는 내용을 담은 "어느 먼 지방 우체국 사
서함 번호가 적힌 편지"(「아무것도 아닌 편지」, 『바람』)가 나에게 배달된다.

---

1 이 글에서 다루는 텍스트는 다음과 같다. 이병률, 『당신은 어딘가로 가려 한다』(문학동네, 2003)
(『당신은』); 이병률, 『바람의 사생활』(창비, 2006)(『바람』); 김행숙, 『사춘기』(문학과지성사, 2003)(『사춘
기』); 김행숙, 『이별의 능력』(문학과지성사, 2007)(『이별』).

봉투에는 버젓이 내 주소가 적혀 있지만, 내 이름이 아니기에 나는 답장을 보낼 수가 없다. 어찌할까 망설이며 오래 책상 위에 올려 두었다가, 나는 "새 봉투에 또박또박 그의 주소를 적고 편지를 밀어 넣고 풀칠을 하"여 되돌려 보낸다. 며칠 뒤 편지는 되돌아온다. 이유는 알 수 없지만, 편지를 보낸 이가 출옥했거나 아니면 그가 그 편지를 받는 것을 거부했기 때문일 것이다. 그래서 나는 "그가 출감한 것으로 치자"라고 생각한다. 편지를 받을 사람이 사라진 사태 때문에 그가 "모두를 미워하지 않기를" 바라기 때문이다. 문자는 잘못 보내지고, 편지는 받을 사람이 없다. 당신이 떠났거나, 죽었거나, 혹은 나의 말을 거부하기 때문이다. 나는 그래도 열심히 쓴다. 그러므로 이병률의 시는 붉은 도장을 얼굴에 찍고 울먹이는 편지다.

이런 경우도 있지 않을까? 나는 당신이 보고 싶고, 만나고 싶다는 마음을 담은 편지를 정성껏 썼다. 답장이 오기는 왔는데 거기에는 비웃음과 냉소만 가득하다. 전화를 걸었는데, 그는 내가 알아들을 수 없는 말로 장광설을 늘어놓는다. 나는 당신이 미쳤다고 생각해서 무서워지거나, 당신에게 상처를 받아 화가 날 것이다.

소년이 손에 칼을 꽉 쥐어 피를 낸 다음, 은밀히 그것을 소녀에게 보여 준다. 자해하는 사람이 대개 그러하듯 다만 위로를 받고 싶을 뿐인데 소녀는 "연필이나 깎지 그러니?"(「칼 ― 사춘기 3」, 『사춘기』)라고 비웃어 버린다. 소년은 "아무것에도 놀라지 않는" 소녀가 무서워진다. 아이들이 울자 "공기가 가시처럼 찌르나 봐요"(「우는 아이」, 『사춘기』)라고 무심히 말할 때, "우수수 이별 눈물/ 받아도 마음의 용수철은 움직이지 않"(「정석가」, 『사춘기』)을 때, 건네진 마음의 신호는 당신의 표면에서 미끄러져 버린다. 김행숙의 시집 『사춘기』는 당신의 표면에서 튕겨 나와 당신과 나 사이에서 떠도는 언어들이다. 귀신들과 여자들과 사춘기 소년 소녀들이 서로에게 보내는 무수한 '사. 랑. 해. 요.와 &. %. *. #.' 그 어디로도 스며들지 못하고 떠도는 독백이자 대화. 여기에는 내가 미쳤는지 당신이 미쳤는지 혹은 둘 다 미쳤는지 알 수는 없지만, 하여간에 서로가 존재하는 양식이 너무 달라서 결코 서로를 알아볼 수 없는 사태가 있다. "우편물을 잘못 배달했을지도"(「다섯 살을 떠나며」, 『이별』) 모르지만, 무슨 상관이랴. 어차피 전달되지도 못할 말인 것을. 그래서 "그뿐입니다. 언제나 그뿐이에요. 그뿐."이라고 털어 버릴 수밖에 없는 체념이 여기에 있다. 그래도 나는 열심히 신호를 보내고 모르는 신호를 받는다. 그러니 김행숙의 시는 외계어로 쓰인 편지인 것이다.

한편에서 편지는 도달점을 찾지 못하고 영원히 떠돌고 있고, 한편에서는 누구도 해독하지 못할 내용을 담은 편지가 마구잡이로 보내지고 받아진다. 즉, 둘 다 편지를 잘못 보낸 것이다. 자신의 마음을 전달하려는 의도는 다르지 않은데, 결코 마음이 전달되지 않는다는 점에서 이 둘은 소통 불능이라는 아픔에 빠져 있다. 그러나 타인에게 건네는 말이란, 늘 잘못 보내지는 편지가 아닌가? 소통 불능의 아픔은 애당초에 해결이 불가능한 일일지도 모른다. 그래도 이들은 또다시 편지를 보낸다. 어떻게 하면 당신의 응답을 들을 수 있을까 고민하면서. 그러니 이상하게 들리겠지만 이들의 시는 연애편지다. 잘못 보내진.

기이한 변신담 ─ 함께 사라져 희미해지기

당신이 미쳤거나 귀신들이어서, 즉 나와 전혀 다른 존재 방식을 가진 존재들일 때 나는 그에게 도달하는 방법을 알지 못한다. 그러나 그에게 도달하고자 한다면, 존재를 겹쳐 놓는 방법밖에 없을 것이다. 이러한 방법을 동일화라고 부르되, 여기에는 두 가지 방법이 있을 수 있다. 하나는 내가 그들이 되는 방법이고, 또 하나는 그들로 하여금 나를 닮도록 만드는 방법이다. 전자의 방법을 취하는 자가 있어, 그가 귀신의 언어로 말하고 귀신의 흉내를 낸다면 우리는 그를 광인이라고 부른다. 그러나 광인은 아직 '인간', 즉 미쳤을 뿐인 인간이기에 귀신의 존재 형식을 따르지 못한다. 그는 다만 '흉내'만을 낼 뿐이다. 만일에 정말로 전자가 되고자 한다면, 죽는 길밖에 없다. 죽어서 귀신이 될지 어떨지는 알지 못하므로, 여기에는 존재를 건 도박이 있다. 그러나 존재를 걸고 도박을 할 수 없기에 우리는 오랫동안 후자의 방법을 취해 왔다. 그것을 '계몽'이라고 부르거니와, 계몽이란 나와 다른 존재 형식을 가진 타자들로 하여금 나의 존재 형식을 따르도록 하는 것이다. 그것은 '귀신 들린 남자에게서 귀신 쫓기'다.

예수가 귀신 들린 남자에게서 귀신들을 쫓아내려 할 때, 그들은 살려달라고 울부짖었다. 귀신들을 불쌍히 여겨, 예수는 근처에 모여 있던 돼지 떼 속으로 그들을 들여보냈다. 귀신들이 돼지 떼 속에 들어가자, 남자는 살았으되 미친 돼지 떼는 스스로 바다에 빠져 죽고 말았다. 복음서가 전하는 이 이야기는 계몽이 미신을 몰아낸 서사이자, 예수라는 동일성이 어떻게 '미친 것'들을 세상 밖으로 몰아내었는가에 대한 서사다. 그런데, 돼지의 몸속에 들어가 스스로 바다에 빠져 죽었던 그 미지의 타자들이 "목욕하는 여인"에게 돌아와서, 뻔뻔하게도 "그대와 내가 복수이니 우리네"(「귀신 이야기 3」, 『사춘기』)라고 말한다.

귀신이 말하는 이야기란, 이런 식이다. "너는 십 년 만에 비춰 보는 내 거울이야. 난 그때 네가 꼭 죽을 줄만 알았는데, 그래서 유감없이 탈출했는데, 같이 죽기에는 피차 지겨웠으니깐, 이해해?"(「귀신 이야기 1」, 『사춘기』) 귀신은 나에게서 10년 전에 탈출했다. 아니 정확하게 10년 전엔 귀신과 나는 한 몸이었다. 이해할 수 있겠는가? 이해할 수 없다. 또한 어떻게 대답할 수 있는지 알 수 없으므로 나는 "등을 구부릴 때, 나는 의문형"(「귀신 이야기 8」, 『사춘기』)이 되는 방식으로 말한다. 나는 왜 귀신의 이야기를 알아들을 수 없으며, 왜 귀신에게 내가 아는 언어로 대답할 수 없는가? 귀신과 나의 세계가 너무 다르기 때문이며, 나와 귀신 사이에는 결코 도달할 방법을 알지 못하는 무한한 거리가 존재하기 때문이다.

김행숙의 시에서는 모든 존재하는 것들이 각각 다른 세계에 존재한다. 그들은 결코 만날 수 없고 서로 소통할 수 없다. 내가 보는 것은 "그를 비껴간 것"일 뿐이고, 라디오에서 웃긴 이야기를 떠들어도 그 이야기를 알아들을 수 없기에 나는 "왜 웃는지 알 수 없"(「타일」, 『사춘기』)을 뿐이다. 마치 우리가 같이 모여 있는 공간에 여러 겹의 층이 있는데, 우리는 각각 다른 층에 있어서 결코 만날 수 없는 것과도 같다. 다만, 우리는 서로를 "총총히 관통해"도 "아무도 흔들리지 않"는 세계, 이 세계에서 나는, 그리고 당신은 다만 "분명히 장애물이 아니다."(「사소한 기록」, 『사춘기』)라는 정도의 인식만이 가능할 뿐이다. 그러므로, 우리는 모두 서로에게 '귀신들'이다. 다른 말로 하면 타자들일 텐데, 이 타자들의 장광설만이 떠돌고 있을 뿐인 것이다.

남자에게서 쫓겨나 울며 사라졌던 귀신들은 복음서의 명령을 어기고 돌아와 몰래 속삭인다. 너와 나는 하나이니라. 다만 우리는 본래 나와 하나였던 귀신들을 받아들여야만, 그들의 말을 들을 수 있다. 돼지 떼 속에 몰아넣어 쫓아 버린 것이 나와 귀신들이 분리되는 사태의 기원이었으며, 그것을 일러 계몽이라 했다. 계몽이란 신화를 버리고 역사로 나아가는 것이며, 니체를 따라 이를 역사적 기억이라고 부를 수 있다면, 내가 이 분리의 사태를 넘을 수 있는 길은 단 하나일 뿐이다. 그것은 망각이되, 아픔을 반복적으로 각인시키는 역사적 기억을 망각하는 일[2]이다. 너와 내가 분리되어 있다는 사태를 망각하고, 나아가 나에게 혹은 당신에게 붙여진 이름들, 계몽의 전략이 구사한 '이름 붙이기'의 역사를 망각하는 일이다.

"매일 밤 나는 눈을 감으면서 세상이 감기는 걸 느끼"고, "이렇게 간단히 세상이 바뀌는 걸 뭐,"(「기억은 몰래 쌓인다」, 『사춘기』) 하고 중얼거린다. 망각을 통해 세상은 눈을 감는 것과 함께 도르르 감긴다. 물론 이러한 망각은 단순히 모든 것을 잊어버리는 백치의 망각이 아니다. 당신과 내가 결코 만

---

2   알렌카 주판치치, 조창호 옮김, 『정오의 그림자』(도서출판 b, 2005), 89쪽.

날 수 없다는 조건 자체를 망각함으로써 아픔의 기원 자체를 '거부'하는 것이기 때문이다. 그러나 이 기원은 이미 '나'라는 주체의 존재 조건이 되었기 때문에 망각이란 나의 존재 자체를 망각하는 일과 동일해진다. 나의 차원을 망각하고, 당신의 차원을 망각해서 당신과 나 사이에 놓인 무한한 거리를 마치 없었던 것으로 만들어 버릴 때 비로소 나와 당신이 만날 수 있는 가능성이 열릴 것이다. 잊음, 망각은 새로운 행위를 위한 가능성이기 때문이다.[3]

눈사람에 대한 애정과 관심 때문에 나는 점점 이상해진다는 말을 들었다. 내가 어떻게 보이는지 자세히 좀 말해 줄래? 요즘은 거울도 내 얼굴을 보여 주지 않아. 나는 아직 남아 있는데 마치 다 녹았다는 듯이.[4]

밤의 정원. 저녁의 정원에도 정혜, 은혜, 미혜 같은 명찰이 붙여진 나무들이 잎사귀, 그림자, 잎사귀, 그림자를 드리우나. 정원의 여자들은 어디로 다 흩어졌나.

우리들은 어디에 모여서 한 사람이 되었나. 우리는 이곳까지 달려오면서 많은 이름들을 붙였다, 뗐다, 붙였다, 투명 테이프처럼. 안녕. 안녕. 금방 버려진 이름들과 함께하였던 우리의 유머와 블랙. 사랑과 블랙. 우리들은 사랑스럽고 드디어 모호해진다.[5]

눈사람에 대한 애정 때문에 눈사람을 닮아 가는 화자는 눈사람에 한없

3   위의 책, 94쪽.

4   「눈사람」 부분, 『이별』.

5   「한 사람 3」 부분, 『이별』

이 가까이 가고 있는 중이다. 눈사람이란 태양이 비치면 녹아 버리는 것, 눈사람이 녹아 사라지자 그에게 가까이 가 있는 나는 "마치 다 녹았다는 듯이" 거울이 얼굴을 비춰 주지 않는다. 눈사람과 나는 이런 식으로 만난다. 나는 녹아내려 눈사람이 되고, 나의 정체성의 상징인 얼굴은 사라지지만 여전히 나는 "남아 있는" 존재다. 그러나 나로서 남아 있는 것이 아니라, 눈사람들에게 얼굴을 나누어 준 형태로, 즉 눈사람들 속에서 남아 있다. 이 눈사람들은 "은혜, 정희"와 같은 이름표들을 달고 있는 "나무"와도 같은 존재들이고, 우리는 서로를 만나기 위해 달려온다. 붙였던 이름표들은 떼어도 붙여도 상관없는 얼굴들일 뿐이다. 우리는 우리의 얼굴과 이름을 다 갖다 버리고서 서로에게 "달려오"고, 그렇게 만나서 "우리들은 사랑스럽고 드디어 모호해"지는 것이다.

이 모호해지는 사태, 이것이 김행숙의 시에서 만남의 사태다. 여기에는 당신과 나 사이의 거리를 극단적으로 좁혀 버리는 시도가 있다. 그러나 이 만남의 사태는 내가 당신-사물을 끌어당겨서 나를 닮도록 하는 것도 아니고, 내가 당신-사물들에게 가서 나를 버리고 당신-사물이 되는 것도 아니다. 그것은 다만 이미 녹아내려 주체라고 부를 수 없는 존재들, 타자라고도 부를 수 없는 존재들이 서로를 향해 "양팔을 벌리고 한없이 다가가"서 "함께 희미해"지는 일(「다정함의 세계」, 『이별』)일 뿐인 것이다.

함께 희미해지는 방법, 이를 두고 한 평론가는 '사라짐'이라 명명[6]했으며 '나를 지우기'와 같은 차원에 있는 것으로 보았다. '나를 지우기'라는 방법은 망각의 능동적 행위성과 결부될 때, "어쩌면 포개질지도 모를"(「귀신 이야기 8」, 『사춘기』) 가능성을 겨냥한다. 사라지는 것이 아니라 포개진다는 것, 그것은 둘이자 하나이고 하나이자 모든 것이 되는 방법이다. 나는 점점 작아지고 점점 사라져 아이들의 말을 끝까지 다 들을 수 없는 상태로 그

---

6   박진, 「자아의 유동성과 타자 되기의 엑스터시」, 『달아나는 텍스트들』(랜덤하우스, 2008), 320쪽.

리고, "끝까지 다 듣지 못했"다는 말조차 완결할 수 없는 상태로 사라지지만 (「더 작은 사람」, 『이별』) 나는 소멸되지 않는다. 나는 "더 작은 사람, 더 작은 개, 더 작은 도마뱀"에서 "파동의 굴절, 만져지는 빗방울, 빗방울"이 되다가 "돌풍과 함께 지나가는 소나기"가 되는 변신 끝에, 모든 것이 되어 세계를 뒤덮어 버린다. 이러한 만남의 사태에서 사람과 사물의 존재 형식의 구별이란 없다. 끝없이 그 존재 형식을 자유자재로 바꾸는 존재가 되기 때문이다. 그러니 한 사람은 한 "개찰구"도 되고, "안내 방송"도 되고, "주차장"도 되고, "기둥"(「한 사람 2」, 『이별』)도 된다. 그리고 '고양이'가 된다.

어쩜 너는 고양이처럼 생겼구나. 죽은 고양이 미미, 죽은 고양이 샤샤, 죽은 고양이 쥬쥬, 저 골목과 함께 사라지면서 그림자가 되는 고양이 라라를 정말이지 군데군데 닮았어······ 그런 고양이는 불멸의 이름이야. 그들은 희미하게 사라졌기 때문이지.[7]

고양이가 되겠다고 집을 뛰쳐나온 '고양이군'은 한 고양이면서도 여러 고양이다. 죽은 고양이 미미, 샤샤, 쥬쥬, 라라를 "군데군데" 닮은 고양이이기 때문이다. 이 고양이는 고양이들이 서로 달려와 함께 희미해졌을 때 나타나는 고양이다. 고양이군은 미미이자 샤샤이고, 쥬쥬이며 라라인 동시에 그 어느 고양이도 아니다. 또 이 고양이들을 합쳐 놓는다고 해서 고양이군이 되지도 않는다. 즉, 고양이군은 고양이군이면서도 다른 모든 고양이인 것이다. 이러한 '변신'은 그러므로 한 고양이의 변태 양상이 아니다. 애당초에 '고양이군'이라는 변신의 원천이 존재하지 않기 때문이다. 고양이군이 고양이가 되기 위해 집을 뛰쳐나오기 전에도 "원래 고양이 새끼"(「고양이군의 수업시대」, 『이별』)였던 것처럼 하나의 변신의 원천

---

7 「소녀 고양이군을 만나다」 부분, 『이별』.

이 있어서, 그것이 끊임없이 다른 것으로 '변신'하는 것이 아니라, 하나에 여럿이 덧붙여져서 나타나는 고양이인 것이다. 그러므로 고양이군이 "불멸의 이름"(「소녀 고양이군을 만나다」, 『이별』)이 된다고 했을 때, 이는 고양이를 초월하여 되는 것이 아니라 많은 고양이의 존재를 덮어씀으로써, 그리고 덮어쓴 채 사라지면서 영원히 지워지지 않는 흔적으로 남는 것이다.

그러므로, 사라지면서 생성되는 많은 것들은 오직 그 '흔적'들일 뿐이다. 그것은 나의 흔적이자 나에게 덧붙여진 타자의 흔적이고, 동시에 타자에게 덧붙여진 나의 흔적이다. 나와 타자는 이 둘은 서로의 기원이 혼종되어 있다는 점에서 동일하지만 결코 같지 않다. 이는 실로 변신하되 변신하지 않는 변신, 기이한 변신담인 것이다. 김행숙의 시에서 이 기이한 변신의 최종 형태는 '해변의 얼굴'이다.

이 얼굴은 "코는 한없이 옆으로 펴지고", "귀는 늘어져 늘어져"(「얼굴의 몰락」, 『이별』) 있는 이상한 얼굴이고, 녹아내렸기 때문에 아무리 해도 "얼굴의 높이"를 회복할 수 없는 얼굴이다. "녹아내리는, 끝없이 다가오는, 웅웅웅웅 끓어오르는," 얼굴(「소수점 이하의 사람들」, 『이별』)은 이렇게 녹아내려 한없이 펼쳐진 평면이 된다. 이는 "얼굴로부터 넘친 얼굴"이자, 우리 모두가 밟고 지나가고 그 위에서 휴가를 보내는 "해변"(「검은 해변」, 『이별』)인 것이다. 이 얼굴은 나의 얼굴이 깨어지는 순간, 즉 사라지는 순간 나타나는 얼굴이고 '다른 모든 것'이 들어 있는 해변으로서의 얼굴이다. 그것은 나의 얼굴이자 다른 모든 것의 얼굴이다.

우리가 발붙이고 살고 있는 세계를 접어 버리면, 전혀 다른 세계가 열린다. 세계를 깜빡 "정전"(「두 개의 전선」, 『사춘기』)시켜 버리고 당신과 나는 그 암흑의 거리를 넘어서 만난다. 마구 달려와 잠깐 숨죽였다가 팡! 팡! 터져서 조각조각 떨어지는 얼굴들의 축제. 분리의 사태라는 아픔의 기원을 망각하고, 기어이 달려와 만난 얼굴들이 펼쳐진다.

바람의 삶 ── 당신에게 가지 않는 방랑

그러나 그럴 수 없다면 어떻게 되는가. 마치 이 세계가 아예 없는 것처럼 깜빡 잊어버릴 수 없다면. 아니, 서로 다른 언어로 떠든다는 사실은 모른 체해 버리고, 나의 말을 전할 수 있는 당신이 '거기'에 없다면 어떻게 되는가.

> 이번 어느 가을날,
> 저는 열차를 타고
> 당신이 사는 델 지나친다고
> 편지를 띄웠습니다
>
> 5시 59분에 도착했다가
> 6시 14분에 발차합니다
>
> 하지만 플랫폼에 나오지 않았더군요
> 당신을 찾느라 차창 밖으로 목을 뺀 십오 분 사이
> 겨울이 왔고
> 가을은 저물 대로 저물어
> 지상의 바닥까지 어둑어둑했습니다[8]

나는 당신에게 편지를 보냈다. "열차를 타고 당신이 사는 델 지나친다고" 쓴 편지에는 아마 이런 내용이 덧붙어 있었을 것이다. '부디 나와 주길 바랍니다'라고, 혹은 '안 나와도 괜찮지만, 혹시 시간이 된다면'. 이 편지를 당신이 받았는지는 모르겠지만, 당신은 나오지 않는다. 나는 오지 않는

---

8 「장도 열차」, 「당신은」.

"당신을 찾느라 차창 밖으로 목을" 길게 빼고 당신을 기다린다. 5시 59분에서 6시 14분까지, 15분 동안 길게 뺀 삶 위로 가을이 내리고 겨울이 내려 마음이 어둑어둑해진다. 이병률에게 삶은 온전히 한 사람을 만나고 잊는 데 바쳐진다. "만나는 데 삼십 년", "잊는 데 삼십 년"(「생의 절반」, 『당신은』)이 걸린다면, 생의 절반은 "홍수이거나 쑥대밭"이어서 이 삶이란 온전히 슬픔의 삶이 아닐 수 없다.

그러니 이 아픔을 극복하기 위해서는 당신을 적극적으로 만나야 할 것이다. 혹시 당신이 그 자리에 없어서 나의 편지를 받지 못했을지도 모르니, 당신을 찾아내 편지가 도달하는 곳에 앉혀 놓아야 할 것이다. 그러나 이병률의 시는 전혀 다른 방식을 택한다. 당신을 향해 가는 열차가 아니라, 당신을 지나치는 열차를 탄 것처럼 그는 당신과 만날 수 있는 기회가 있더라도 가급적 피한다. 그는 "깊은 밤 쓰레기 자루를 뒤지던 눈과/ 사랑을 하러 가는 눈과 마주"치자 "뒷걸음질"(「누(累)」, 『당신은』)을 치고, "이야기 좀 할 수 있을까요"(「이야기를 할 수 있을까요」, 『바람』)라고 말을 건네는 당신에게 가지 않는다. 낯선 타국에서 만난 동양 사내가 말을 건네자 "고개를 저을 뿐 그에게 왜 혼자냐고 묻지 않"(「동유럽종단열차」, 『바람』)아서 대화를 거부한다.

그러니 나는 당신과의 거리를 좁히기를 원하지 않는다. 당신과 만나기를 원하지 않고, 오히려 당신이 더 "멀리 먼 곳으로 갔으면 하고"(「겹」) 그래서 "어디 더 더 먼 곳에서 자신을 데리러 와 달라고 했으면" 하고 바란다. 행여나 약속을 하더라도 오지 않는 당신을 기다리다가 "한 한 시간 돌처럼 앉아 있다 돌아온다면/ 여한이 없겠다"면서, "오지 않았으면 좋겠습니다"(「화분」, 『당신은』)라고 고백한다. 당신과 이별한 사태, 멀리 있는 당신을 더 멀리 보내고 당신을 결코 만날 수 없으면 좋겠다고 말하는 화자는 당신과의 거리를 점점 더 벌려 놓는다.

이러한 방식을 아픔에 대한 '승인'의 방식이라고 해도 좋겠다. 당신과 내가 이별한 상태, 결코 만날 수 없는 존재론적 조건 자체를 승인함으로써 출발하는 것이다. 여기에 걸려 있는 것은 오지 않는 당신에 대한 그리움과 이후의 만남의 약속에 대한 열망을 무한히 확대하는 것이다. 그러니 이러한 방식은 아픔에 '복종'하는 것이 아니다. 아픔에 복종하는 자는 아픔의 원인을 설정해 놓고 끊임없이 여기에 비난을 가하는 자이기 때문이다. 비난은 아픔을 낳고, 아픔은 다시 비난을 낳으니, 이 사람은 결코 아픔에서 벗어날 수 없다. 그러므로 아픔에 대한 '승인'이란 모든 것을 수용하려는 자세, 당신의 어떠한 존재 조건도 받아들이겠다는 일종의 결의가 있다. 나는 당신과 나의 거리를 좁히지 않는다. 당신을 내가 원하는 자리에 놓겠다는 것은 당신을 내가 원하는 방식대로 존재하도록 만들겠다는 폭력이기 때문이다. 나는 당신을 그렇게 다루기를 원하지 않는다. 그러나 이는 내가 당신에게 한량없이 베푸는 호의가 아닌데, 당신이 그렇게 할 수밖에 없도록 존재하기 때문이다.

애초 내가 맡은 일은 벽에 그려진 그림의 원본을 추적하여 도화지에 옮겨 그리는 일이었다 (중략) 처음 한 일은 붓으로 벽을 터는 일이었다 벽에다 말을 걸듯 천천히

도저히 겹치지 않는 다른 그림이 나왔다 (중략)

벽을 찔러 조심스레 들어내어 박물관으로 옮기면서 육백여 년 동안 그려진 그림이 수십 겹이라는 사실에 미어지는 걸 받치느라 나는 가매지고 무거워진다 책 냄새를 맡는다 살 냄새였던가[9]

9 「별의 각질」 부분, 『바람』.

한 오만 년쯤 걸어왔다며 내 앞에 우뚝 선 사람이 있다면 어쩔 테냐 그 사람 내 사람이 되어 한 만 년쯤 살자고 조른다면 어쩔 테냐 (중략) 그 사람이 걸어왔다는 오만 년이, 오만 년 세월을 지켜온 지구의 나무와 무덤과 이파리와 별과 짐승의 꼬리로도 다 가릴 수 없는 넓이와 기럭지라면 그때 문득 죄지은 생각으로 오만 년을 거슬러 혼자 걸어갈 수 있겠느냐[10]

벽에 그려진 그림의 원본을 추적하여 옮겨 그리는 일을 맡은 한 사람이 있다. 그는 오랜 세월 동안 켜켜이 쌓인 먼지 밑에 숨어 있는 그림의 원본을 조심스레 드러내고 싶었기에, "벽에다 말을 걸듯 천천히" 붓질을 한다. 이토록 당신을 만나고 당신의 깊은 곳까지 알기 위해서는 조심스럽게, 천천히 말을 걸어야 하는 법이다. 그런데 이렇게 말을 걸자, 예기치 못하게 "도저히 겹치지 않는 다른 그림이" 출현한다. 한 그림 밑에 그림이 있고, 또 그 그림 밑에 다른 그림이 있어서 벽에 그려진 그림은 "수십 겹"인 것이다. 여기에서 그림의 원본을 추적하는 일은 불가능하다. 애초에 원본이라는 것은 없기 때문이다. 이러한 수십 겹의 그림을 무시하고 하나의 원본을 찾아내어 도화지에 옮겨 그린다면, 그림은 파괴되어 버릴 것이다.

당신을 아는 일이 그러하지 않겠는가. 당신은 오랜 세월 동안 겹겹이 쌓여 온 존재이니, 섣불리 '이것이 당신이오'라고 말할 수 없다. 말할 수 없기에, 당신을 일러 수십 겹의 각질을 가진 '별'이라고 부른다. 내가 볼 수 있는 것은 다만 별을 둘러싸고 있는 '각질'일 뿐이다. 그러니 화자는 그림을 도화지에 옮기지 못하고 벽 전체를 들어내면서 "미어지는 걸 받치느라" "가매지고 무거워진다". 당신을 알 수 없는 상태, 결코 당신을 만날 수 없는 사태에 대한 슬픔의 무거움이 여기에 있다.

당신은 도저히 내가 알 수 없는 존재로 나에게 모습을 드러낸다. 육백

---

10   「인기척」 부분, 「당신은」.

여 년 동안 겹이 된 그림처럼 "한 오만 년쯤 걸어"서 나에게 온다. 당신은 나에게 "내 사람이 되어 한 만 년쯤 살자고" 조르지만, 나는 망설이고 망설인다. 당신이 짊어진 그 오만 년의 세월이 온 세상을 다 걸어도 가릴 수 없는 "넓이와 기럭지"를 가졌기 때문이다. 내가 당신의 제안에 혹하여 냉큼 그 제안을 받아들인다면 나는 "죄지은 생각으로 오만 년을 거슬러 혼자 걸어가"는 일을 떠맡아야 한다. 그 죄란 당신이 걸어온 오만 년을 한순간에 없애 버리는 일을 가리킬 것이며, 그 죄를 속죄하기 위해서는 당신이 나에게 걸어온 오만 년의 시간 동안을 다시 거슬러 걸어야 하는 것이기 때문이다.

당신은 오만 년의 세월과 육백여 년의 시간을 등에 짊어지고 있는 존재이기 때문에, 당신과의 온전한 만남은 완전히 불가능하다. 그것은 당신의 존재 조건이 그러하기 때문이며, 그런 한에서 나는 이 이별의 사태를 나 자신의 존재 조건으로 받아들이는 것이다. 이병률의 시가 이 이별의 아픔을 '승인'한다는 것은 바로 이 지점에서 가능하다. 이 무한한 거리, 만남의 불가능성을 온몸으로 승인할 때, 내가 할 수 있는 일은 당신의 주변을 끝없이 배회하는 일뿐이다. 그것은 당신이라는 목적지를 향해 똑바로 나아가는 여행이 아니고, 당신을 나의 목적지에 데려다 놓는 일도 아니다. 차라리 당신을 지나치는 '방랑'이라고 부를진대, 그 방랑은 "무심히 당신 앞을 수천 년을 흘렀던"(「바람의 사생활」, 『바람』) 바람의 삶이다. 유럽과 아시아 대륙을 떠도는 이 거대한 방랑은 마치 "서너 달에 한 번쯤 잠시 거처를 옮겼다가 되돌아오"(「여전히 남아 있는 야생의 습관」, 『바람』)는 것처럼 사소해 보이는 일이지만 "한 대접의 붉은 물을 흘려야 하는 운명"이 되 "자신을 타이르는" 일이다. 그렇지 않고서는 당신과 만날 수 없다는 이 아픔을 도저히 견뎌 낼 수 없기 때문이다. 또한 끝없이 당신을 지나치는 방랑이, 당신과 나의 거리를 끝없이 벌려 놓는 방랑은 내가 할 수 있는 유일한 "사랑의 경로"이자, "문득 부닥친 한 목숨에게/ 뼈가 아프도록 검고 차가운 피를 채워 넣는 일"(「피의 일」, 『바람』)이기 때문이다.

당신이 내가 알고자 하는 자리에 있지 않을 때, 그래서 결코 도달할 수 없을 때 오히려 나는 당신에게서 점점 더 멀리 가고자 한다. 그것은 당신을 떠나고자 하는 방랑이자 아주 먼 곳에서 당신을 만나고자 하는 방랑이어서, 오직 당신을 스쳐 지나갈 뿐인 바람의 방랑인 것이다.

편지는 늘 전달된다 — 사랑을 실현하는 윤리적 주체들

아픔의 사태가 있다. 당신에게 전해지지 않는 편지를 열심히 쓰고 있는 자의 삶이 매달려 있는 고통이다. 나는 마음을 담아 보내는데, 그 마음은 전달되지 않는다. 나의 사랑은 수신자를 찾지 못해 영원히 허공에서 떠돌거나, 결코 응답받지 못한 채 서로의 마음을 비껴 나간다. 이토록 결코 만날 수 없는 당신과 만나고자 하는 노력, 그래서 사랑을 실현하고자 하는 주체들은 결코 실현할 수 없다는 고통과 마주친다. 이를 아픔이라고 한다면, 이 아픔은 당신과 내가 소통할 수 없다는 사태, 즉 분리의 사태에서 기인한다. 이 아픔이 결코 해결할 수 없는 사태라면, 이 주체들 앞에는 두 가지 방법이 놓일 것이다.

당신과 내가 분리되어 있다는 사태를 수긍하고 아픔의 사태를 '승인'하는 방식과 아픔의 기원을 망각하여 아픔의 사태를 '거부'하는 방식이 놓인다. 이병률의 시를 아픔을 승인하고 당신의 주변을 떠도는 바람의 삶이라고 부를 수 있다면, 김행숙의 시는 아픔을 거부하고 당신을 향해 달려가는 변신담의 세계다. 당신과 내가 결코 소통할 수 없다는 사태, 무한한 거리를 두고 이별해 있다는 사태를 두고 대응하는 방식은 이토록 다르다. 그러나 그것은 내가 당신을 사랑하는 방식의 두 사태일 뿐이다. 그러므로 이상하게 들리겠지만, 이들의 시는 연애시다. 당신을 향한 사랑을 실현하는 방식인 것이다.

김행숙의 시에서 사랑은 오직 '사랑하라'라는 내면의 명령을 끝까지 추구할 때 실현된다. 당신과 나의 거리를 극단적으로 좁혀 놓는 것은 당신과 만나고 싶다는 주체의 욕망을 끝까지 추구하는 방법이기 때문이다. 이러한 주체는 당신을 향해 가는 길을 방해하는 모든 것을 없애 버리는 파괴적인 주체다. 내가 거주하는 세계를 접어 버리고, 그동안 나라고 믿어 왔던 나의 정체성인 얼굴마저도 없애 버린다. 아무것도 계산하지 않고, 그것이 나에게 어떤 이득을 줄 것인지도 생각하지 않는다. 그것이 나에게 어떤 파멸을 가져다줄 것인지도 고려하지 않는다. 이런 주체에게는 '사랑'이라는 결코 포기할 수 없는 한 가지 것이 있어서, 이를 위해 모든 것을 희생할 준비가 되어 있다. 그리고 모든 것을 희생함으로써 사랑을 실현한다. 그러므로, '사랑하라'라는 마음의 명령만을 향해 달려가는 이 주체는 순수한 형식의 명령에 따른다는 측면에서 칸트적 윤리의 주체다.[11]

그러나 당신에게 달려가 만나고 싶지만 당신을 향해 달려가지 않는 자역시 사랑을 실현한다. 이 사람에게도 '사랑'이라는 결코 포기할 수 없는 한 가지가 있다. 이를 위해 모든 것을 포기할 준비가 되어 있는데 여기에는 이 '사랑'이라는 결코 포기할 수 없는 것도 포함된다. 그러니 나는 모든 것과 함께, 사랑마저도 포기하면서 역설적으로 사랑을 실현한다. 사랑을 위해 모든 것을 버린 자에게 사랑만은 최후에 남는다. 그것은 내가 가진 마지막 것이자 유일한 것이다. 그러나 이 사랑마저 버리는 자에게는 사랑마저도 남지 않는다. 그는 아무것도 가질 수 없는 것이다. 그러나 바로 이 자리에서 사랑이 솟아오른다. 오직 부정적인 방식으로 사랑을 실현하는

---

11 이 사랑은 '정념'과는 다른 것이다. 욕망을 추구하는 것이 아니라, '사랑하라'라는 명령의 형식적 차원을 따르고 있기 때문에, 이 주체는 그 어떤 것도 돌보지 않고 심지어 스스로도 돌보지 않고 그 명령을 따른다는 차원에서 이는 칸트적인 의미에서 윤리적 주체라고 말할 수 있다.(임마누엘 칸트, 백종현 옮김, 『윤리형이상학 정초』(아카넷, 2005)) 참조.

이 주체는 실재의 윤리를 실현하는 주체다.[12]

　이 두 윤리적 주체들은 진정한 의미에서 아픔의 사태를 넘어선다. 당신을 향해 달려가는 자의 내면에는 오직 열정적 기쁨만이 자리하기 때문에 아픔에 포섭되지 않는다. 또한 모든 것, 결코 버릴 수 없는 것마저도 버린 자에게는 무한한 슬픔만이 있지만 그 슬픔을 기꺼이 받아들이기에 그는 아프지 않다. 이를 두고 각각 기쁨의 윤리와 슬픔의 윤리라고 부를 수 있다면, 이 윤리적 주체들은 아픔의 밖에 거주하는 자들이다. 칸트적인 의미에서 윤리적 주체가 어떤 정념의 빈 공간 위에서 출현한다고 할 때, 이들은 자신의 감정을 그 형식 명령으로 삼는다는 점에서 감정을 따르는 윤리적 주체들이다.

　이 새로운 윤리적 주체들은 자신들의 기쁨과 슬픔으로 우리 시의 지도 위에 뚜렷한 기압도를 그려 넣는다. 소통 불능의 언어를 주고받는 모든 '포스트모던'한(이렇게 이름 붙일 수 있다면) 시들이 그려 넣는 것은 아마 기쁨의 기압도일 것이다. 자신의 욕망을 결코 양보하지 않는 시, 자신의 모든 것을 희생하면서까지 당신과 만나고자 하는 시들이 거칠고 파괴적인 이미지를 보여 주고 있는 것은 아마도 우연한 일은 아닐 것이다. 그들은 결코 다른 것들을 되돌아보지 않기 때문이다. 다른 한편에 한없이 슬퍼하는 시들이 있다. 그들은 체념하고, 그 체념으로 인해 슬퍼한다. 그러나 이 체념은 패배적이지 않다. 그들은 기쁨을 포기함으로써, 당신과 만나는 사랑을 부정적인 방식으로 실현하고 있기 때문이다. 이들은 기쁨의 기압도 옆에다 슬픔의 기압도를 그려 넣는다. 그러니 그 기쁨과 슬픔의 강도와 모양에 따라 크거나 작거나 네모나거나 동그랗거나 하는 다양한 기압도가 지금, 현재 그려지고 있는 중이다.

12　알렌카 주판치치, 이성민 옮김, 『실재의 윤리』(도서출판 b, 2004) 386~388쪽 참조.

묵시록적 포르노그래피

인간의 멸망과 짐승의 탄생 신화

포르노그래피라는 삽화

아마도 누구나 느꼈겠지만, 입 밖에 내기에 주저할 수밖에 없었던 규정으로부터 시작해 보자. 강정의 시는 일종의 포르노그래피다. 첫 시집 『처형 극장』(문학과지성사, 1996)에서 새 시집 『활』(문예중앙, 2011)에 이르기까지, 강정의 시를 관통하고 있는 것은 서로를 집어삼키는 육체의 행위들이며, 그것은 단순히 '에로틱한 사랑의 행위'라고 불릴 수 없는 것들이다. 가령 이런 고백, "사랑이란 인간의 뒤집어진 피부 안쪽을 들쑤셔/ 피와 살을 나눠 먹는 일 아닐까 해요/ 먼 별의 눈동자를 빌려 지금, 사랑하는 사람의 기름진 똥을 살펴보세요/ 그 징그러운 물질의 차진 덩어리가 당신의 허기진 뱃속에서 오랜 시간의 시체들을 다독이곤 하니까"¹에서 사랑의 행위에 대한 낭만적 신화를 덧씌우기란 너무나 어렵다.

---

1   강정, 「하나뿐인 음식」, 『들려주려니 말이라 했지만.』, (문학동네, 2006). 이 글에서 인용하는 강정의 시집은 다음과 같다. 『처형 극장』(문학과지성사, 1996); 『들려주려니 말이라 했지만.』(문학동네, 2006); 『키스』(문학과지성사, 2008); 『활』(문예중앙, 2011).

성애와 폭력, 처형과 구원, 죽음과 탄생에 관한 무수한 사도-마조히즘적 이미지들은 그의 시 전체를 관통하고 있으며, 이는 『처형 극장』의 세계가 보여 주었듯, 인간(man)의 원초적인 욕망이면서 절대적으로 금지된 것, 어머니의 자궁에로의 회귀라는 욕망에서 발원한다.

그러니 그의 포르노그래피는 금지된 행위를 끊임없이 반복 수행함으로써 아버지의 질서를 거부하고 폭파시키는 정치적 에너지를 내포하는 것이기도 하며, 또한 인간의 인간스러움을 그 근원에서부터 전복하는 것이기도 하다. 인간은 멸망하고, 이 멸망의 지점에서 새로 태어난다. 죽음과 탄생의 거대한 신화에 해당한다고 보아도 좋을 것이다. 자궁으로 되돌아가, 다시 탄생하는 것은 인간이 아니라 짐승이다. (죽음의 막 속에서 탄생한 저주받은 괴물이 그의 시의 유일한 화자다.) 아마도 이런 괴물, "제 꼬리부터 삼켜/ 모가지까지 삼켜/ 영원회귀한다는 신화 속의 괴물"(「엄마도 운단다」, 『들려주려니 말이라 했지만,』)은 욕망의 영원한 순환만을 자신의 생명형식으로 가지고 있을 터이다. 금지된 욕망의 추구와 충족의 모멸감, 역겨움과 숭배, 매혹과 부정의 소용돌이 속에서 우두커니 서 있는 어떤 괴물의 신화에 수록된 포르노그래피적 삽화.

반복적 움직임의 언어

일반적으로 포르노그래피는 남성이 여성에게 가하는 일방적 폭력이자 육체의 성적 전시이기 때문에 비난받는다. 그러나 더 근원적으로 그것이 보는 사람에게 혐오감을 야기하는 이유는 인간의 육체가 다만 성적인 쾌감을 주는 '고깃덩이'에 지나지 않는다는 점을 상기시키기 때문이다. 따라서 남녀의 사랑의 행위는 숭고한 마음의 교환, 사랑의 감정의 소통이라는 보충을 필요로 한다. 낭만적 사랑의 신화는 사랑의 행위의 순간에 일어나는 육체의 맹목적인 움직임을 순결한 감정의 몰입으로 치환한다. 육체는 감정의 대리인으로서 사랑을 맹세하는 존재다.

그러나 교환되고 부딪치는 육체의 움직임, 신음과 울부짖음의 순간에 사랑의 감정은 망각되는 것이 아닌가? '육체', 그것만이 아무런 방해를 받지 않고 독자적으로 행위한다는 것이야말로 사랑의 행위의 실체다. 절정의 순간에 인간의 언어를 잊어버린 육체들, 헐떡일 때 오르락내리락하는 가슴의 근육, 체위를 바꿀 때 힘이 들어가는 팔과 다리의 근육들이 말을 대신한다. 이 움직이는 육체를 의미화하고자 할 때, 어쩌면 우리는 고통을 언어화하는 작업만큼이나 윤리적인 딜레마에 빠져 버릴지도 모른다. 마치 욕망하는 고깃덩이가 말하는 것처럼, 아니 말하지 않고 이 육체로서의 언어들은 사랑의 신화를 집어삼킨다. 집어삼키다. 이것이 육체의 유일한 동사다. 이 언어들의 움직임을 통해 사랑의 신화는 조금 아름답게 포장한 포르노그래피에 지나지 않음이, 혹은 포르노그래피야말로 유일하게 남아 있는 사랑의 방식이라는 점이 밝혀진다.

가령, 새 시집 『활』에서 가장 아름다운 시 중 하나인 「푸른 새를 낳다」는 "마음을 다 담은 섹스"에 관한 시다. "영원히 결합할 수 없는 서로의 시간들"을 허공 속에서 결합하기 위한 이 사랑의 행위는 오직 육체의 움직임을 통해서만 드러나고 시도하고 좌절하고, 좌절하고 다시 시도하는 이 단순한 반복들을 통해서 욕망의 충족과 충족 직후의 적멸에 해당하는 양가적인 상태를 보여 준다. 이 언어들을 보라. "나는 공기의 젖을 빤다/ 너는 적막 뒤에서 가랑이를 벌린다/ 붉고 탱탱한 백열등, 어둠의 음부가 신음한다/ 빳빳하게 곤두선 시간의 응어리를 불속에 담근다/ 뻥, 하고 가슴속 울혈들이 팀파니를 울린다". 이 동사들은 그 자체로 생생하게 살아 있어서, 마치 그 행위만이 지금 가능한 유일한 것처럼 보인다. 나는 다만 빨고, 너는 벌리고, 신음하고 하는 것 외에 어떠한 '마음'이 여기에 자리할 수 있겠는가.

포르노그래피 비디오에서 상연되는 육체의 움직임에서 사랑에 대해 말한다는 것이 어불성설인 만큼이나, 강정의 시에서 "마음을 다 담은 섹스"의 숭고함에 대해 말한다는 것은 일종의 신비화다. 이 시에서 보여 주는 것은 말을 잊은 육체들이 그 자체로 언어가 되는 순간들이다. "네 다리의 푸르른 힘줄들이/ 식물의 줄기처럼 내 허리를 감싸 안는다/ 거대한 꽃의 암술 깊숙이/ 가쁜 숨을 몰아넣는다"라고 말할 때, 여기에서 결합되고 있는 것은 마음과 마음이라기보다는 몸과 몸이며, 정확히는 거대한 입과 숨결의 교환이다. 네 다리는 식물의 줄기처럼 나를 집어삼키고, 나는 거대한 구멍에 가쁜 숨을 몰아 넣는다. 이것이 강정의 포르노그래피에서 육체가 말하는 유일한 방식, '삼키다'의 행위다.

강정의 시에서 섹스는 서로를 먹고 삼키는 일이니, 서로가 입을 주고받는다. "남자는 여자의 둔부에 갇히고/ 여자는 남자의 머리칼에 결박당한다/ 그렇게 오래도록 하나의 우산 속에서 뒤엉킨다/ 검은 해가 물속에서 허우적댄다/ 서로의 입술이 서로의 중심을 삼킨다"(「남과 여」, 『활』) 이러한 삼키는 입에 대한 이미지는 그의 시에서 지속적으로 반복되어 왔다.

삼키는 입과 삼키는 구멍

"그녀라는 존재는 내 파인더에 밀집된 검붉은 돌기와 미끈한 점액 말고 이 세상에 없다/ 나는 없는 그녀의 유일한 물증을 고물고물 씹으며/ 땀과 피를 섞어 그녀의 밀도 높은 毛孔을 점묘한다"(「그녀라는 커다란 숨구멍, 혹은 시선의 감옥」, 『키스』)에서처럼, '그녀'는 오직 내가 감각되는 피부로, 무엇보다도 타액으로 거기에 존재한다. 그녀는 커다란 입술과 흘러내리는 침으로 나의 카메라 앞에, 정확히는 나의 '입'속에 존재한다. 이러한 그녀, 그녀의 입과 육체가 포르노그래피적으로 과장되어 있다는 점은 지적하지 않아도 좋다. 나는 그녀를 '입'으로, 다시 말해 "내 몸의 첨단이 매달려 있는 건 한 여자의 몸이 아니라/ 내 입술이 기억하는 어느 깊고 축축한 허공"(「그녀라는 커다란 숨구멍, 혹은 시선의 감옥」, 『키스』)으로 자리매김하고 있다는 것이 더 중요하다. 그에게 성적 움직임이란, '구멍'과 '구멍'의 만남. 모공에서부터 입에 이르기까지 피부에 뚫려 있는 이 모든 구멍은 '삼킨다'는 단 하나의 동사를 지닌다.

입만 남은 그녀, 깊고 축축한 구멍으로 그녀는 나를 집어삼킨다. 이 '입'이 전통적인 악의 상징인 여성의 '입'이며, 자궁을 의미하는 것은 아마 원형적으로 옳을 것이다. 이 구멍은 돌아가고 싶지만 무서운 곳, 태어나지만 죽는 곳, 그 입에서 혀가 나와 나를 핥는다면 "나는 새빨개진 허공에 死語처럼 떠오른다/ 태양의 살점을 잘디잘게 포식하며 천천히 녹아 없어진다"(「설인의 마지막 꿈」, 『활』). 이 입에 대한 매혹과 거부가 그의 포르노그래피를 특징짓는다. 그는 다만 입에 삼켜지는 것만이 아니라, 스스로 입이 되어 삼키고 두 개의 구멍은 서로가 서로를 집어삼키면서 포르노그래피를 완성해 간다.

맨 처음 겪었던 지옥은
폐선들이 땀 흘리는 검붉은 바다
춤인지 노역인지 모를
태양빛의 뜨거운 경련
그 안에서 나는 꽃들의 더러운 암술을 마셨다
향기에 취한 정신이 미친 배처럼
우주의 항로를 거역하고
영원한 천국의 길로 죽은 청춘을 인도한다

(중략)

나는 죽은 여인의 숨통을 부풀리며

기나긴 노래를 뿜는다

황금빛 벌 떼가 바다 한가운데 풀빛 산호를 엮는다

半人半漁의 음부가 허공에 대고 핏빛 공기를 쏘아 올린다

나는 사후의 존재, 사명은 없다

남쪽 바다의 섬들이 무덤을 닮아 보이거나

대지의 소똥처럼 딱딱해진 이 마당에

꽃은 영원을 가로막는

고통의 숨구멍

온 바다가 대지의 암술 속에서 흔적도 없다[2]

시 「첫사랑 '들'」에서 나는 강정 버전의 오디세우스인 것 같다. "폐선들이 땀 흘리는 검붉은 바다/ 춤인지 노역인지 모를/ 태양빛의 뜨거운 경련", 이 광기의 시공간 속에서 오디세우스는 세이렌의 노래를 만난다. 마녀 키르케의 경고를 듣고 오디세우스는 걷잡을 수 없는 욕망을 느끼고, 그는 기꺼이 세이렌의 유혹에 사로잡힐 준비가 되어 있다. 그는 "몸 안의 빛들이 허공과 충돌한다/ 기어코 정신을 놓아 버릴 적기에 놓였다"라고 적었다. 그런데 이 오디세우스는 세이렌의 노래를 '듣'는 것이 아니라, '마신다'. "꽃들의 더러운 암술을 마셨다." 바로 이 지점에서 그의 '입', 그의 '구멍'이 정체를 드러낸다. 그가 삼킨 것은 세이렌의 '노래'이고, 그것은 가장 치명적인 유혹이자 죽음이다. 그러나 오디세우스의 입은 그것을 먹어 버리고 삼켜 버리니, 다시 말해 구멍을 삼키는 구멍이 된 셈이다.

그런데 다만 그 구멍을 삼키는 데 그치지 않고, 그는 죽은 세이렌의 육체를 빌려 노래를 부른다. "죽은 여인의 숨통을 부풀리며/ 기나긴 노래를

2 강정, 「첫사랑'들」 부분, 『활』.

뽑는다." 그러니, 죽은 여인의 입에 공기를 불어넣고, 죽은 여인이 부르는 노래는 "반인반어(半人半漁)의 음부가 허공에 대고 핏빛 공기를 쏘아 올"리는 것으로 나타난다. 그는 죽은 세이렌의 육체에 숨을 불어넣어, 세이렌으로 하여금 다시 노래하게 하는 것이다. 노래는 노래가 아니라, 핏빛 공기, 들음의 대상이 아니라 흡입의 대상이다.

말하자면 강정이라는 오디세우스는 세이렌의 노래를 '삼켜서' 세이렌을 죽음에 이르게 했다. 죽음과 공포의 구멍은 이로써 사라지는 셈인데, 그는 또한 세이렌의 입에 숨결을 불어넣어 이 구멍을 되살려 놓는다. 세이렌의 입속에 머리를 들이민 셈. 다시 부르는 세이렌의 노래를 다시 '흡입'한다. 이 구멍과 삼킴의 순환 관계는 이 먹고 먹히는 구멍의 교합 관계를 계속해서 보여 준다. 그것은 결국은 죽음에 이르는 원환이다. 꽃은 대지의 숨구멍을 막고, 바다는 대지의 암술 속에 집어삼키고.

신화의 오디세우스가 광기에 대항한 현명한 남성이었다면, 강정이라는 오디세우스는 되려 이 죽음의 구멍을 되살려 놓는다. 이 때문에 그는 개인으로서 죽는 자가 아니라, 세계의 멸망을 바라는 자가 된다. 그는 부정적이고 광기의 몸, 모든 현명한 것들을 집어삼키는 여성의 구멍을 부활시키고자 한다. 자신이 삼키고 삼켜지면서. 그는 오직 이 구멍의 순환들, 먹고 먹히는 관계의 끝없는 반복을 추구한다. 삼키고 삼켜지고, 다시 삼키는, 육체가 행하는 유일한 언어를 말이다.

그는 인간의 멸망의 끝에서 짐승이 탄생하는 지점을 열어 놓는다. "하나의 점이/ 하나의 길로,/ 하나의 길이/ 한 마리의 뱀으로,/ 한 마리의 뱀이/ 한 세계의 내장으로,/ 세계의 내장이 다시,/ 시공을 한꺼번에 뒤집어 버린/ 먼 곳의 불길로 타오른다// 밤의 끝이 하얗게 요동치며 토해 내는 별세계의 수정란들/ 터진 별에서 태어난 뱀들이 인류의 새로운 꿈을 탐한다/ 죽은 시간의 고리를 물고 밤의 저편으로 사라지는 날갯짓"(「레이디호크」, 『활』). 이 순환이 열어 놓은 마지막의 세계에서 태어나는 짐승.

포르노그래피의 사랑

어쩌면, 이 포르노그래피의 끝은 사랑일지도 모른다. 끝이 있다면 말이다. 그것은 신화도 위안도 없이 다만 삼켜지고 삼키는 사랑, 죽음과 탄생을 끝없이 반복하는 사랑이다. "너와 왈츠를 추고 싶다/ 잠들지 못하는 밤의 꼭대기에서/ 혀 속에 숨긴 칼을 꺼내/ 온밤이 붉은 넝마로 물결치게 하고 싶다/ 수십 광년 굽이의 출렁임으로 기어코 붉은 달을 삼키고 싶다"(「기나긴 마중」,『활』). 이 사랑은 여전히 어떤 역겨움과 숭배의 양가감정을 불러일으킨다. "먼 별의 눈동자를 빌려 지금, 사랑하는 사람의 기름진 똥을 살펴보세요"(「하나 뿐인 음식」,『들려주려니 말이라 했지만,』)라고, 그는 "먼 별의 눈동자"라는 낭만적 이미지와 "기름진 똥"이라는 역겨운 이미지를 동시에 사용해 사랑에 대해 말한다.

바타유가 지적했듯, 성행위의 근간은 육체의 특정한 움직임의 반복이고 이 반복은 모든 인간적인 혹은 문화적인 것을 잃으며 인간을 인간의 바깥으로 내몰아 버린다. 이 반복적인 수행은 법을 위반하고 법의 바깥으로 내몰리는 반복이다. 그러나 금지된 욕망을 거칠게 발화하는 그의 격렬하고 과도한 수사에도 불구하고, 그의 시에서 그는 바타유가 말하는 법의 바깥으로 내몰린 것 같지 않다. 오히려, 갈망과 충족, 삼킴과 삼켜짐의 무한한 순환이 보여 주는 것은 그 욕망의 원환 속에서 여전히 견고하게 서 있는 어떤 형태다. 이를테면 이런 고백처럼. "물이 마른 바다의 유일한 모래탑으로 서고 싶은 것이다/ 사랑해/ 사랑해"(「기나긴 마중」,『활』). 삼킴과 삼켜짐이라는 욕망의 순환, 육체의 반복적인 교접이 소용돌이치면서 만들어 내는 일종의 경계 안과 밖에서 반복적으로 되살아나는 이 고백은, 포르노그래피의 끝에서 태어난 것인가 시작 전부터 있었던 것인가.

춤추는 클리나멘, 무연함의 공동체

위상학적 무연

의심할 여지 없이, 첫 시집에서 하재연은 도시를 위상학적으로 설계하는 건축가였다. 높은 빌딩들과 고가도로, 광장과 비둘기들은 마치, "골목은 골목과 통하지만/ 때로 골목은 어떤 골목과도 통하지 않"는 방식으로, 무수한 골목들이 서로에게 무연(無緣)하게 이어지고 있었다. 그의 시에서는 아주 오래된 시간이 지금의 시간과 겹쳐지고, 가장 가까운 공간은 가장 먼 공간과 접합한다. 그러니 그의 세계에서라면, 우리는 작은 술집을 찾아가기 위해 혁명의 거리를 지나, 북극을 거쳐, 세상의 모든 공간들을 통과해야 할지도 모른다.(「네 얼굴은 불빛 아래」, 『라디오 데이즈』) 공간의 안과 시간의 밖이 동일한 세계, "이해받지 못하는 아름다움들이 밤이면 기하학적으로 고요"(「스파이더맨」, 『라디오 데이즈』)해지는 거기는 우리가 결코 알 수 없는 곳, 한 번도 보지 못한 낯선 도시다.

하나의 장소는 다른 장소와 이어지며 변형되니, 세계는 고정된 형체를

---

1 하재연, 「일요일의 골동품 가게」, 『라디오 데이즈』(문학과지성사, 2006).

유지하지 못한다. 간선도로에서 빌딩으로, 빌딩에서 다시 초원으로 이어지는 이 장소들을 따라가다 보면, 우리는 늘 새로운 지평에 마주치게 된다. 지형들은 파악하거나 설명할 수 없고, 다른 것으로 환원할 수도 없다. 이 장소들을 꼭짓점으로 삼아 뚜렷하고 선명한 지도를 그려 낼 수 없으니, 우리는 언제나 하나의 장소로 들어가 전혀 낯선 시간으로 나오게 될 것이다. 아마도 이 무수한 평행 우주들 사이에서 영원히 떠돌지도. 그러므로 하재연은 모든 것들이 '그냥 거기에 있다'라는 사태를 가장 정교하게 보여 준 시인이다. 그의 시에서는 현실을 지탱하는 인과성의 논리, 사건들의 필연성은 아무렇지도 않게 해체되고 이 무연한 것들의 우주는 선명한 이미지를 얻는다.

이 시인의 두 번째 시집에서, 풍경의 구성 방식은 존재들의 존재 방식으로 확대되는 것 같다. 가령, 이런 사정들. "내가 일곱 시간을 자거나 열여덟 시간을 자도/ 바닷속 해파리들은 이 물결에 갔다/ 저 물결에 왔다 흔들립니다. 재규어가 물속에서 달린다면/ 털이 빛나고 아름답겠지만,/ 그건 기상관측소의 사정과는 다른 이야기지요."[2] 나의 잠과 바닷속 해파리들의 움직임은 아무런 관계가 없다. 재규어가 물속에서 달리든 말든, 그것이 기상관측소의 사정과 무슨 관계가 있겠는가.

그러나 절대적으로 별개인 이 행위들은 가장 깊은 관계를 맺고 있는 것처럼 보인다. 물속을 유영하는 해파리들의 움직임은 부드럽게 물결치는 재규어의 털처럼, 물기를 머금고 빛나는 털은 구름이 몰고 온 습한 바람의 결들로, 이 모든 무연한 것들은 단 하나의 풍경, 오랜 잠 속에서 만나는 꿈의 바다의 풍경 같다. 말하자면, 나와 해파리, 재규어와 기상관측소의 무연함은 오직 함께 있을 때 발견된다. 그것의 무연함을 토로하는 주체에 의해서 병렬될 때 말이다. 즉, "자더라도", "아름답겠지만" "다른 이

---

2 하재연, 「지구의 뒷면」, 『세계의 모든 해변처럼』(문학과지성사, 2012).

야기지요"라고 말하는 이 주체, 무연함을 강조하는 주체는 오히려 이 무연함을 강조함으로써 이들의 상관관계를 드러낸다.

모든 것과 상관없는 나, 그러나 바로 그 무연한 관계를 강조함으로써 나는 그것들을 하나의 우주로 그려 낸다. 그러니 하재연의 시에서 '나'는 이 '관계' 자체다. 바로 이러한 측면에서 하재연은 '소멸하는 주체들'의 시들과 결별한다. 그는 소멸하지 않는다, 그러나 동시에 소멸한다. 장소들은 나와 무관하게 놓인다. 나는 무관하게 그들 사이에 있다. 그럼에도 불구하고 '나'는 그들 사이를 관통한다. 이러한 '나'는 누구인가? 아니, 하재연의 시에서라면 질문은 '나는 어디에 있는가'로 바뀌어야 할 것 같다. 이는 실존주의적인 질문이 아니다.

존재의 끝, 실루엣

나는 이렇게 존재한다. "저쪽 문이 바람에 한 겹 밀리고 이쪽 문이 한 겹 열리는 것이 보인다 소리 없이 원근이 사라진 한낮 눈앞이 뿌옇다 물컵에 비친 나는 잠시, 흔들린다// 그대의 들숨이 한 번 아주 오래전에 쉬어졌음을, 주름진 공기의 층이 증명해 준다 투명한 반작용이다 나는 결국 한 모금만큼의 숨이 부족했을 뿐, 이라고 중얼거린다"(「문들」, 『라디오데이즈』). 바람이 불어서 마주보고 있는 문이 살짝 움직이는 것은 아주 평범한 장면. 그는 문을 바라보지 않고, 문과 문 사이의 공기를 감각한다. 시각적 원근이 사라지자, 저쪽 문과 이쪽 문이라는 두 개의 구체적인 사물은 사라지고, 이 구체적인 현실을 지워 버리면서 통과해 가는 어떤 공기의 숨결만이 이 공간에 가득 찬다. 그대는 한 번 숨을 쉬었고, 숨은 저쪽과 이쪽의 문을 통과해 가는 짧은 거리를 아주 오랫동안 통과해 가면서, 멈추었다가 다시 가고, 멈추었다가 다시 간다. 나는 이 숨들의 통과, 공기의 움직임 속에서 흔들려 사라진다. 이런 식의 어법은 그의 시에서 매우 흔하다. 말하자면, 여기에서 나는 문을 바라보면서 존재하는 것이 아니라, 문과 문 사이의 바람의 흐름에 의해 그 자리에 존재한다. 그는 문과 관계하지 않음으로써, 이쪽 문과 저쪽 문 사이의 공간에 위치하고, 이 문과 문의 상호작용 사이에 '있음'으로써 곧 '없어'진다.

즉, 그의 시에서 나는 그 자리의 위상 속에서 지워진다. 마치, "대사들이 마블링처럼 떠다니는/ 이 세계에서 어디를 펼쳐도/ 우리는 모두 사라진 무늬들"(「밤의 케이블카」)처럼. 나는 내가 아니라, 모든 것들이 '있는 자리'를 감각함으로써만, 그 자리에 반향되어서만 존재할 수 있다. 동시에, 문과 바람이 차지하는 시공간은 이 속에서 사라진 나에 의해서만 존재할 수 있다. 말하자면, 이 무관계성인 나의 자리는 사실상, '관계없음'을 나타내는 것이 아니라, 자신을 소멸시켜 자신을 둘러싼 이질적인 공간이 '존재함'을 드러내는 역할을 하는 것이다. 이런 '나'는 규정할 수 없다. '나'는 어떠한 주관성도, '나'라고 주장할 수 있는 고유성도 지니고 있지 않기 때문이다. 그는 자신의 바깥과의 관계, 바깥과 마주치는 경험으로서만 그 자리에 있을 수 있다. 고유성이 없는 내면이 존재할 수 있는가? 고유성이 없는 내면은 당연히 존재할 수 없다. 그러나 근대적인 세계를 밀어 온 고유한 개인 주체란 사실상 환상에 불과하다. 고유성은 절대적인 것이 아니라 언제나 다른 것과의 관계 속에서만 증명될 수 있는 것이기 때문이다.

두 번째 시집에서 무수히 마주치는 소녀들의 형상은 '고유한 내면의 절대성'이라는 근대적 주체의 형상에 의문을 제기한다. 이 소녀들은 "있을 수 있는 사람과/ 있을 수 없는 사람// 자란 것들과/ 자라지 않고 남은 것들" 사이에 존재하는 것, "미로를 걷다가 까먹고/ 내버려두고 온 소녀"(「놀이동산」), 내면이 없으므로 형상이 없는 주체들, 인형들이다.

소녀들은 인형을 가지고 논다. 인형의 엄마 역할을 하면서, 딸에게 옷을 갈아입히고 밥을 먹이며 화장을 시키며 손님을 초대한다. 따라서 인형은 소녀를 대신하는 존재이자 소녀 그 자체다. 소녀가 인형 대신에 스스로에게 화장을 시켜 주고, 옷을 갈아입혀 줄 때 인형을 버린다. 그것을 우리는 성장이라고 부른다. 성장이란 자신의 내면의 충실함을 찾아가는 과정, 자신을 대신하는 존재를 만들지 않고, 스스로를 승인하는 과정이 아닌가. "나는 스무 살이 되었고/ 너의 엄마는 죽었고/ 너도 죽었다"(「인형들」). 인형을 버렸으므로, 나는 어른이 되어야 하는데, "조금도 훌륭해지지" 않는다. 나는 나의 얼굴에 계속해서 한 겹씩 덮어 놓지만, 결코 하나의 얼굴을 가질 수가 없다. 왜냐하면, 나는 얼굴을 가질 방법을 알 수 없기 때문이다. 인형을 만들기 위해 우리는 "백지에는 얼굴을 그리면 되고/ 나무는 살을 깎아 내면 된다". 그것은 인형의 얼굴이지 나의 얼굴이 아니다. 인형을 버리지 못한 미성숙한 나는 계속해서 나의 얼굴을 인형으로 대리할 수밖에 없다. 인형이 그러하듯, 나는 언제나 외부에 의해 기입되는 주체, 이 자라지 않은 소녀가 인형과 맺는 관계는 바로 '고유한 개인 주체'가 처한 진퇴양난을 정확히 보여 주고 있다.

나는 인형을 버려야만 '내적 성장'을 할 수 있다. 그러나 그렇다면 나의 내면은 인형을 버려야만 비로소 성립하는 것이 아닌가? 인형이 없다면, 나의 성장은 보증할 수가 없다. 나의 내적 성장은 버려야만 하는 관계, 인형과의 관계와 계속해서 연루된다. 고유해지기 위해서는 전적으로 거부하고 배제하는 관계에 의해서만, 나의 내면은 보증받을 수 있다. 그러니 절대적으로 고유한 주체란 아마도 불가능할 것이다. 나는 성장할 수도 있고 성장하지 않을 수도 있지만 언제나 인형과 맺는 '관계' 위에 놓여 있기 때문이다. 하재연의 주체, 이 위상학적인 '자리' 속에 존재하는 주체는 정확하게 이러한 사태를 보여 준다.

뜨거운 다리미가 사라지고

하얀 셔츠에는 자국이 남았다
그것이 마음에 든다

한 번도 신지 않은 신발처럼
침대 밑의 구두처럼
나의 발목은 가느다랗고 예쁘다

누구에게라도 선물할 수 있다는 듯이
다른 치수를 주문했다는 듯이

아무것도 쓰이지 않은 채
배달된 다이어리가 맘에 든다
검은 문신을 기다리는 리틀 톰과 같이
종이들의 갈색 피부가 지닌 조용함

우리들이 바라는 것은
재봉틀의 스티치처럼 순결하고
아름다운 자국
부끄러워할 필요도 없는 뚜렷한 세계

열여섯 살에 팔아 치운 우드피아노가
어디선가 만들어 내고 있을 음악

내가 좋아하는 발목은
그 음악에 맞추어 춤을 춘다

모든 최소한의 고요를 위해[3]

　하재연의 주체는 내적인 확고함도 없으며, 동시에 외부와 통합되어 사라지지 않는, 언제나 그 자리에 남은 '자국'으로 존재한다. 말하자면, 그는 다리미도 아니고, 하얀 셔츠도 아니다. 다리미가 있었던 자리로서, 하얀 셔츠 위에 새로 생성된 것이다. 여기서 그는 오직 다리미가 있었던 자리로서만 존재한다. 그는 자신이 거기에 있음으로써, 자신을 드러내는 것이 아니라 '사물'이 있었다는 것들을 드러낸다. 낭시의 어법을 빌려 말하자면, 여기에서 동사 '남다'는 '놓다'가 갖고 있는 타동사적 가치를 갖는다.[4] 즉, 다리미와 하얀 셔츠라는 두 개의 사물 사이에 남아 있는 것은, 적극적으로 그가 '놓여' 있는 것과 같은 것이다. 그는 다리미와 하얀 셔츠 '사이'에 자리를 잡음으로써, 다리미와 하얀 셔츠라는 바깥에 존재하는 주체로서 나타난다. 이것이 그의 시에서 '자리'의 정확한 의미이자, 그의 주체의 가장 큰 특이성이다. 그렇다면, '나'는 다리미와 셔츠 사이에서 사라지지 않는다. 사라졌다고 믿는다면, 본래 그에게 고유성이 '있었다'고 믿는 것이다. 그러나, 그에게 고유성은 애초에 없는 것이었으므로, 그는 다리미와 하얀 셔츠 사이에서 자신의 본질로 외존(外存)한다. 말하자면, 다리미와 하얀 셔츠를 통해서, 그것을 경유하여, 이에 의존해서만 나의 '자리', 실루엣은 발견된다. 나는 "끝의 실루엣 또는/ 실루엣으로만 존재하는 끝"(「도망자」)이다.

　그러니 그는 "아무것도 쓰이지 않은 다이어리"이자, "누구에게라도 선물할 수 있다는 듯이/ 다른 치수", 어느 자리에 놓이느냐에 따라 그 무엇

3　하재연, 「사라진 것들」, 「세계의 모든 해변처럼」.

4　"여기에서 동사 '있다'는 '놓다'가 갖고 있는 타동사적 가치를 갖고 있다."(장 뤽 낭시, 박준상 옮김, 「무위의 공동체」(인간사랑, 2010), 185쪽)

도 될 수 있는 주체다. 이 주체야말로, "순결하고/ 아름다운 자국", 모든 것들과 진정으로 함께 있는, 이 모든 것들의 토대 속에서 고유해지는 주체다. "바깥이다가 안이 되어 버리는 것들"(「기생 동물」).

하재연의 시에서 우리는 비로소, 개인의 내면이 아닌, 고유성의 허상을 거부하고 진정으로 다른 모든 것들과 무연한 관계를 맺을 수 있는 주체를 만난다. 실루엣이란 언제나 경계선만 남은 것, 실루엣은 내부도 외부도 아닌 오직 외부와 외부가 만나는 지점에서만 나타나는 무엇이다. 이 실루엣은 '공동체-내-존재'(낭시)의 형상이며, 그의 주체는 비로소 어떤 만남의 세계로 이어지는 것 같다. "네게서 빠져나간 검은빛들은/ 대기를 떠돌아다니고/ 남은 한 가닥의 머리카락은/ 계속 자라"(「인형들」)나는 것처럼, "공기 속에 떠돌며 반짝거리는/ 너의 영혼,"(「무기질의 사랑」)을 부르며 계속해서 쑥쑥 자라나는 촉수를 가진 나, "불안정한 빛의 색깔들에 의해/ 나는 반죽되고 몸뚱아리는 늘어"(「고요한 밤의 증식」)나는 나는 새로운 우주를 가득 채운다.

처음의 자세, 어떤 태도로부터

물론, '함께 있다'고 해서 '관계함'이 생겨나는 것은 아니다. 관계에 놓여 있는 것과 적극적으로 관계하는 것은 피동태와 능동태의 문법적 차이만큼이나 크게 다르다. 관계란 언제나 하나에서 다른 하나로 옮겨 가는 방향성 위에 있는 것이니까. 관계가 성립하기 위해서는 목적지를 향해 출발해야 한다. 목적지에 도달하건 되돌아오건, 혹은 영원히 그 사이를 왕복하건 그것이 방향을 가진 힘에 의해서 추동된다는 것은 변하지 않는다. 말하자면, 관계는 출발에서 시작된다. 그러나 하재연의 시에서는 출발점이 없으므로 방향성이 없었다. 그가 보여 주었던 무연함의 세계는 '무관계성'을 선명하게 보여 주었던 것이다. 세상의 모든 것들은 서로에게 무관하게 놓이고, 이 무관함은 무수한 평행 우주를 만들어 냈다. 그가 보여 주었던 부드럽고 달콤한 풍경들은 왜 이질적으로 느껴지는가? 우리하고 전혀 '관계'가 없기 때문이다. 그의 시에서 '나'는 혹은 세상의 모든 것들은 그러므로 허공 위에 떠 있는 부유물들처럼 떠 있다.

그런데 이 시집에서 이 평행성의 공간들이 통째로 뒤흔들리고 있는 것 같다. 그것은 그가 이 허공에 발을 내딛기 시작했기 때문이다. "하나하나 문들이 열리면 나는 왈츠처럼/ 허공에다 발을 내딛"고, "소녀들의 땋은 머리카락을 따라 들어가/ 배꼽에서부터 다시 나는 태어난다"(「자라는 놀이터」). 이 내딛음은 어떤 태도로부터 시작된다.

아무 데도 아닌 곳에서
아침은 시작된다.
아무 데도 아닌 곳으로 우리가 한 발자국 옮겨 가듯이.

나의 사랑, 나의 친구들
그리고 그들 앞에서 나는
하루에 몇 번인가
나처럼 생긴 것을 나의 힘으로 뱉어 낸다.

박수 소리를 들으며
조금씩 천천히 외로워지려고.

허공은 무엇으로 이루어져 있나
생각하지 않고
서 있는 자세에 대해 상상한다.

평형에 대하여.

한 걸음 더 나에게서
걸어 나오면서
처음이듯 당신에게 인사를 건네면

손을 벌리며 저쪽 끝을 내밀어 주는
허공으로부터
가까워진다.[5]

허공의 양쪽 끝에 높은 발판이 있고, 각각의 그네를 쥔 두 사람이 발을 구르고, 뛰어내려, 허공에서 만난다. 그들은 각자의 우주 위에 서 있다. 그들은 발을 굴러 허공으로 뛰어들지 않고서는 아마도 전혀 만날 수 없을 것이다. 그들은 자기 존재의 끝에, "허공은 무엇으로 이루어져 있나/ 생각하지 않고/ 서 있는 자세"로 서 있다. 자신의 바깥으로 과감하게 발을 굴러 뛰어들기 직전의 자세에서 모든 움직임은 출발하는 것이다. "나처럼 생긴 것을 나의 힘으로 뱉어" 내고, 그렇게 "한 걸음 더 나에게서/ 걸어 나오"는 것. 한 걸음 이동하는 것뿐이지만, 서커스에서라면 이 한 걸음은 무서운 허공으로 굴러떨어지는 것이다. 우리는 각자 "아무 데도 아닌 곳"일지도 모르지만, 서로를 향해 허공으로 뛰어드는 것은 죽음을 각오하는 것과 같다. 나는 나의 자리에서 떨어져서 죽고, 죽음의 자리에서 만나 다시 생성된다. "지상의 오늘과 이별하는/ 최선의 방법으로서" 선택한 "처음의 자세"(「러너들의 저녁」)로 우리는 서로를 향해 나의 바깥으로 뛰어든다. 두 개의 그네가 허공에서 마주치고, 다시 밀려나 돌아가는 이 아름답고

---

5   하재연, 「서커스」 전문.

역동적인 운동을 우리는 클리나멘이라고 불러도 좋을 것이다. 진자의 운동, 자신의 인력으로 마주쳤으나 동시에 마주치는 순간에 생기는 척력으로 제자리로 돌아가는 이 안타까운 운동은, 전혀 새로운 '함께 있음'의 순간을 만들어 낸다.

두 그네가 만났을 때 정지하는 순간, 발판에서 허공으로 움직이는 유연한 그네의 곡선이 완전한 평형을 이루는 상태, 척력으로 인해 되돌아가기 직전, 우리는 완전히 만난다. "우리가 나눌 수 있는 최대한의/ 공평함"(「서커스 2」)으로, 우리가 완벽하게 진공이 되는 상태. "뉴욕의 빌딩에서 빌딩 사이/ 나는 첫걸음을 떼는 순간/ 완성된다.// 하늘의 조명이 켜지고 눈이 멀고// 불가능한 공간이 펼쳐지며/ 이렇게 이상하기 그지없는 넓이."(「서커스」) 이 허공에 떠 있기 위해서 우리는 발을 굴렀고, 그것은 내게로 끌어당기지도 않고, 당신에게로 소멸되지 않으면서 완벽하게 평행을 이루고 있는, 일종의 무관계성의 극이라고 할 수 있다. 방향이 있었는데 관계는 없다. 여기에는 다만 서로를 향해 움직이고, 다시 자기 자리로 돌아가는 움직임, 끝없는 진자 운동의 영속성만이 있을 뿐. 서로의 그네가 교차하는 이 순간, 우리는 이 속에서 소멸되고 생성되며 다시 사라진다.

고양이가 돌고래를 만나듯이
돌고래가 원숭이를 만나듯이
원숭이가 고양이를 만나듯이
순식간에 꼬리가 꼬리를 잡고
맛좋은 버터처럼 녹아내린다.

메리-고-라운드
우리는 하하 호호 손가락으로
브이 자를 그리며 돌아간다.

(중략)

이제야 찾았구나 이제야 만났어
손을 부여잡고 빙글빙글 돌며
메리-고-라운드[6]

"나무말의 잔등을 뛰며/ 세계의 사촌, 이모, 삼촌들에게로 건너"가는 이 달콤한 이야기들은 우리가 서로의 꼬리를 잡고 빙글빙글 돌며 만나는 이야기다. 고양이가 돌고래를 만나듯, 꼬리가 꼬리를 잡고 달콤하게 녹아내리는 세계, 우리는 모두 자기의 촉수로 다른 것들을 쫓아가며, 찾아내고, 붙잡아서 함께 소용돌이친다. 아마도 "회전이 그치고 나면" 언니들도, 같이 돌고 있던 모든 것들이 한순간에 사라질지도 모르지만, 사라짐에 대한 두려움이나 슬픔은 함께 돌고 있다는 기쁨에 비해 미미하다. 끝없이 돌아가는 회전목마처럼 우리가 계속해서 꼬리를 잡는 한 소용돌이는 계속된다.

우리가 사랑한다면 우리는 사랑의 일반적인 관례처럼 서로를 버리고 통합되는 것일까? 실루엣들은 통합되지 않는다. 우리는 언제나 자기의 그네를 꼭 쥐고, 만났다가 밀려나고 밀려났다 다시 만나며 매 순간 새롭게 태어난다. "당신은 당신의 소년을 버리지 않아도 좋고/ 나는 나의 소녀를 버리지 않아도 좋은 것이다."(「안녕, 드라큘라」) 우리는 사랑하기 위해서 자기를 버릴 필요가 없다. 우리가 서로에게 인사를 건네며, 존재의 바깥으로 뛰어내릴 자세를 취할 수 있다면.

---

6   하재연, 「꼬리 달린 이야기들」 부분.

무연함의 공동체

그의 세계는 여전히 무연한 것들이 흩어져 있는 평행 우주다. 그러나 우주를 통째로 뒤흔들어 놓는 것은 이 존재의 끝에서 취하는 단 하나의 태도. "내 목소리가 창밖에서/ 너를 부르네 오랜 동안/ 아주 처음부터// 네가 벗어 놓은 옷 옆에/ 내가 벗어 놓은 옷이/ 낡아서 사라져 가고/ 방문 앞의 발자국 소리가/ 계속해서 나를 깨우겠지/ 우리는 반복하듯/ 서로의 꿈속에서 잠이 들겠지"(「페르퀸트」). 우리는 춤을 추듯, 계속해서 너의 옆에서 너를 깨우고 또다시 사라지겠지. 그러나 사라지지 않고 남은 어떤 것들은 우리가 우리에게 보내는 인사. 우리의 각오는 소멸하지 않으면서도, 통합되지 않으면서도 함께 있는 세계를 만든다. 파도처럼 왔다가 다시 가고, 갔다가 다시 오는 우리들. 세계의 모든 해변에서 모두가 자기의 리듬으로 춤추는 클리나멘들.

사랑, 젖은 말〔言〕들의 별자리

김소연, 『눈물이라는 뼈』(문학과지성사, 2009)

별이
별과 함께 별자리를 만든 건

고독했던 인류들이
불안했던 인류에게 남긴
위로의 한 말씀[1]

잘못 붙여진 이름들의 미로

이 말들의 숲은 깊고도 복잡해서 여기에 들어가려는 자들은 나침반을 지니고 있어야 길을 잃지 않는다. 이 숲의 주인이 제공하는 지도는 다음과 같다. 당신은 숲의 입구에서 울음에 대한 세 개의 경구를 만나게 된다. 울음과 함께 시작되는 노래, 울음 때문에 잃어버린 잠귀, 그리고 "사람의 울음을 이해한 자는 그 울음에 순교한다"는 다소 무시무시한 조언을 흘리듯 지나치면 숲의 각 영역을 지시하는 이정표를 보게 된다. 숲의 앞 구역은 "사람이 아니기를", 두 번째 구역은 '경대와 창문', 세 번째 구역은 "투

---

1 김소연, 「위로」 부분, 『눈물이라는 뼈』.

명해지는 육체", 네 번째는 "감히 우리라고 말할 수 있는 자들을 위하여" 그리고, 마지막으로 숨겨진 구역은 "모른다". 어느 구역에서 시작해도 상관없지만, 아마도 마지막엔 모른다 구역에 도달하게 될 것이다. 이 이정표들은 마치 잘못 붙여진 표지처럼 당신을 계속해서 혼란에 빠뜨리며 이 말들의 진의(眞儀)를 알고자 할수록 모른다는 앎만이 남겨질 것이다.

김소연의 이 시집 『눈물이라는 뼈』는 "'플랜트?' 하고 물으면/'플루토!' 하고 대답"(「위로」)하는 나무들이 자라는, 내용이 없는 혹은 잘못 명명된 기표들이 떠도는 이상한 말의 숲이다. 이 말들은 잘 포장된 상자 속에 들어 있어서, 상자의 겉에 붙은 여러 가지 취급주의 딱지들로는 전혀 내용물을 파악할 수 없다. 가령, 우리는 그녀가 "잘 있다"고 안부를 전하면 "춥지 않다는 인사"로 읽어야 하고, 먼 별에서의 하루하루를 소소히 전하는 그녀의 말에 고개를 끄덕이다 보면 "잘 있다"는 말에 감추어 둔, 내가 준 온도계도 야광 별자리판도 모두 "쓸모없었다"(「명왕성에서」)라는 진짜 안부를 듣게 된다. 아마 이 말 역시 진짜 안부는 아닐지도 모른다. 그녀의 "잘 있다"는 진짜일까?

이 시집이 인용으로 가득 찬 것은 우연이 아니다. 천운영, 라이너 쿤체 등의 말들을 인용하고, 김종삼, 백석 등 과거의 사람들을 불러들이며(「불망(不忘) 까페」) 다른 사람들의 작품을 인용하는 것, 스스로 말하지 않고 자꾸만 말을 빌려 오는 일들은 하나를 말하기 위해 끝없이 다른 말들 사이를 뛰어다니는 일이 아닌가. 이 무수히 많은 언어들이 도착하고자 하는 곳은 어딘가.

당신과 나 사이에 유랑하는 언어들, 혹은 울음

"우리라는 자명한 실패를 당신은 사랑이라 호명했고 나는 고개를 끄덕였고 돌아서서 모독이라 다시"(「투명해지는 육체」) 부를 때 당신과 나 사이에 있는 "우리"는 사랑으로도, 모독으로도 규정되지 않는다. 우리는 각각 다른 언어로 말하고, 다른 뜻으로 이해하고 있기 때문이다. 그러니, 내가 모독이라 말할 때 그 말은 당신에게 가지 않고, 당신이 사랑이라 말할 때 그 말은 내게 도착하지 않는다. 당신과 나 사이에서 말들은 길을 잃었다.

당신에게 내 말이 도달하지 않는 것은 우리 사이에 모든 말들이 무중력의 허공으로 사라져 버리는 우주적 거리가 가로놓여 있기 때문이다. 명왕성인 당신이 내게 오기 위해서는 "뒤를 밟는 별들과 오다 만난 유성우들은 제발 좀 따돌리고"(「한 개의 여름을 위하여」) 혼자 오지 않는다면 "너무 오래 개기월식을 살아온 지구 뒤편의 달"인 나에게 도달할 수 없다. 또한 나 역시 "매미"라고, "소낙비"라고 혹은 다른 모든 말들로 불러 보지만, 그 모든 말들은 당신을 가리킬 수 없으며 "말을 상자에 담아 당신에게 건넸을 때, 당신은 다이얼을 돌려 가며 주파수를 잡으려 애를"(「침묵 바이러스」) 쓰더라도, 우리 사이에 말들이 만나는 일은 없을 것이다. 나의 말은 견고한 '나'라는 주체의 '상자'에 담겨 있어 타자인 당신은 내 말의 상자 안에 있는 것을 알 수 없다.

그러나 이러한 소통 불능성이 인간 언어의 기본 조건이 아닌가. 말들은 "단열이 잘되던 모음들/ 방음이 잘되던 자음들"(「명왕성으로」)이라 근본적으로 말하는 자의 영역에서 벗어날 수 없기 때문이다. 당신의 전체에 도달하는 언어, 당신을 구성하는 모든 부분들을 불러 주는 언어란 존재하지 않는다. 견고한 주체로서 대상을 끌어당기지 않는다면, 그리하여 자신의 의지로 대상을 거머쥐지 않는다면 언어는 이미 언어가 아닐 것이기 때문이다. 그러나 이 말들은 대상의 전체를 호명할 수 없으므로, 즉 당신을 이루는 그 모든 구석구석을 불러 줄 수 없으므로, 당신은 내 말을 듣지 못한다. 그러할 때, "당신에게 가는 버스는 끊기고, 막차를 놓친 사람들과 함께 이 겨울을 받아 내며 나는 서서히 얼어 가"(「침묵 바이러스」), "첫말과 끝말의 그 사이"에 존재하는 막막한 우주의 블랙홀 속으로 추락한다.

그러할 때, 끝까지 당신을 만나기를 포기하지 않는 주체에게는 단 하나의 길만이 남는다. 그것은 말을 포기하는 일이다. 오직 하나의 말로서 대상을 규정하려는 행위를 포기하고, "대화는 잊는 편이 좋다"(「모른다」). 서로가 적절히 서로의 말을 이해하는 대화란 존재하지 않을뿐더러 우리는 각각 자신을 향한 말만을 하고 있기 때문이다. 말이 날아오는 저편, "대화의 너머를 기억하기 위해서"는 "그 말이 어디에서 발성되는지를/ 알아채기 위해서는" 대화를 잊어야 한다. 그리고 당신이 무수히 많은 요소들로 이루어진 존재임을 받아들이는 일이다. "그것은 스스로 빛을 발할 재간이 없어/ 지구 바깥을 맴돌며 평생토록 야간 노동을 하는/ 달빛의 오래된 근육"(「너를 이루는 말들」)인 한숨, "발 대신 팔로써 가닿는 나무의 유일한 전술/ 나무들의 앙상한 포옹"인 소원이자 약속이자 통곡이고 선물이되 고통인 무수한 말들로 이루어진 당신을 받아들일 때 비로소 당신에게 가는 길이 열린다.

노련한 손길이 사과 한 알을 깎듯, 지구를 손에 들고 깎아서 만든 길, 그 길고 긴 길의 한쪽 끝에 한 개의 당신이, 또 한쪽 끝에 또 한 개의 당신이, 나는 아침마다, 나는 밤마다, 두 개의 당신을, 나 하나와, 나 하나와, 나 하나를 세워 두며, 바통을 잇는 달리기 선수처럼, 그 모퉁이, 모퉁이마다 무수한 내가, 언젠간, 이 길의 끝장을 집어 들고, 미역처럼 둘둘 걷어, 국을 끓여, 그리하여 그것이, 나의, 마지막 안부, 어느 쪽으로 달려가도 언제나, 반대쪽으로 뒤통수가, 언제나, 그러나 언제나, 셋도 아니고 넷도 아닌, 딱 두 개인.[2]

당신은 "길고 긴 길의" 양쪽 끝에 각각 있고 나는 매일매일 당신과 나 사이에 말들을 세워 두고, 이 말들을 통해 당신을 향해 달려가고자 한다. 말들을 건너뛰며 질주하는 이 우의적 언어들은 아주 먼 거리를 떠돌더라

2　김소연, 「노련한 손길」, 앞의 책.

도 당신의 전체에 도달하고자 하는 사랑의 의지다. 그러나 이 언어들은 결코 아무것도 확정적으로 말하지 않기에 침묵에 가깝다.

우리 사이에 진정한 대화란 아마도 침묵일지도 모른다. 그러나 침묵은 아예 소통을 거부하는 것이 아닌가. 불완전하더라도 말들이 없으면 아예 사랑의 가능성조차 없을 것이다. 그러므로, "섭생을 위해 살생을 해야만 하는 운명"을 지닌 늑대, 결코 만나지 못할 두 존재가 "눈을 떼지 않고 서로를 쳐다"(「눈물이라는 뼈」)보는 시간, 이 깊고 뜨거운 침묵은 침묵이 아니라 묵음의 대화다. "사랑이라 호명하는 순간 우리는 거기에 없었"(「투명해지는 육체」)던 것처럼 사랑이라고 말하는 순간 사랑은 사라져 버린다. 그것은 명명될 수 있는 것이 아니기 때문이다. 그러니, "사랑한다는 단어가 묵음으로 발음되도록/ 언어의 율법을 고쳐 놓고 싶어"(「너무 늦지 않은 어떤 때」) 그녀는 "좀 울어 볼까 한다." 사랑이라고 발음하는 시간만큼 울리는 울음은, 사랑이라 말하지 않음으로써 사랑에 도달하고자 한다.

위로라 쓰고 사랑이라 읽는다

나무는
별을 보며 이미지를 배운다

별이 유독 뾰족해지는 밤

나무들은 남몰래
가지 끝을 조금 더 뾰족하게 수선한다
나무들 정수리는
모두 다 별 모양이다.

이동력이 없는 것들의 모양새는
그렇게 운명 지어진다

별이
별과 함께 별자리를 만든 건

고독했던 인류들이
불안했던 인류에게 남긴
위로의 한 말씀

나무와
나무 사이
그 간격은 몇십 센티미터가
몇억 광년과 다름이 없다

그래도 수백 년을 더
뿌리에게 뿌리로
닿기로 한다

내 나무는 어떨 땐
'플랜트?' 하고 물으면
'플루토!' 하고 대답한다
그건 내 나무들만의
비밀한 위트다[3]

___

3 김소연, 「위로」, 앞의 책.

필레몬과 바우키스가 아테네 여신에게 빈 소원은 한날한시에 죽게 해 달라는 것이었다. 여신은 자비롭게도 그들이 나란히 선 나무로 변하게 했다. 그들은 영원히 이별하지 않을 '축복'을 받은 것인데, 그것을 '위로'로 바꾸어 읽는 순간 이들은 사랑의 상태에서 영구한 이별의 상태로 굴러떨어진다. 나무와 나무 사이의 "몇십 센티미터가/ 몇억 광년과 다름이 없"기 때문이다. 필레몬과 바우키스는 별과 별, 광활한 우주에 떨어진 한 개의 별들이다. 당신과 내가 그러한 것처럼. 별에 도달할 수 없기에, 나무의 정수리는 별 모양을 띠고 사랑하는 별이 더 "뾰족해지자", "가지 끝을 조금 더 뾰족하게 수선한다." 우리 사이에 이별이 이와 다르지 않다.

하늘의 별이 길잡이가 되던 시대의 인류는 루카치의 말과는 달리 고독했을지도 모른다. 그들은 사막에서 잠을 자고, 별들이 보여 주는 지도를 따라 길을 떠났다. 이제 더 이상 별들의 지도를 읽을 수 없는 시대의 인류에게 남은 것은, 이 고독한 자들이 남겨 준 별자리들이다. 별과 별 사이에는 아주 가느다랗지만 결코 끊이지 않을 선이 있으니, 별들이 아득히 멀어서 보이지 않을 때에는 이 별자리의 선을 따라가라. 몇억 광년이나 떨어져 있겠지만, "'플랜트?' 하고 물으면/ '플루토!'"라는 대답이 돌아오겠지만, 이 유랑하는 말들을 따라서 우리는 하나의 별자리로 이어진다. 너희는 별자리의 별들. 지상에 그려진 하늘의 지도.

그러니 나무들만의 비밀한 위트에는 깊은 눈물이 배어 있으므로 이는 위로다. 동문서답하는 언어로써만 만날 수 있는 존재들의, 침묵하는 눈물로써만 서로를 껴안을 수 있는 존재들의 사랑에 바치는 위로. 그러나 이는 이별을 달래는 위로가 아니라 만날 수 없음이라는 부정성을 통해서만 만남을 성취하는 사랑에 대한 축복이 아니겠는가.

불가능함으로써만 가능한 소통
고독한 언어와 시적 경험의 공동체

시 쓰기와 시 읽기— 소통의 가능태

시는 왜 쓰는가 하는 질문보다 분명하고 효과적인 질문은 어떤 순간에 시를 쓰는가 하는 것이다. 시인의 인터뷰에 단골처럼 등장하는 이 질문에 대한 개별 시인들의 대답들은 참으로 많지만, 최근의 한 대답은 그 순간에 대한 더없이 분명한 태도를 지니고 있었다.

운 좋게도 그날 어떤 언어적 충동이 몸을 건드렸고 뇌가 화학적 반응을 했다. 뭐랄까? 의식과 의식에 잡히지 않는 어떤 것들이 열에 들뜬 에너지를 유출하는 순간이다. 그런 순간은 쉽게 오지 않는다. 시는 소설에 비한다면 아주 짧은 시간에 쓸 수 있지만, 그런 순간이 오지 않으면 쓸 수 없으니 역시 쉽지 않다. 그런 순간에 포획당하기 위해 많은 시인들은 저마다의 독특한 방법으로 몸부림친다. 그러나 그것은 언제나 예기치 않은 순간에 예상치 않은 형태로 급박하게 온다. 그러니 그것을 끌어당길 수도 마중 나가는 것도 불가능하다. 그것은 의식이 포착할 수 없으니 그것을 안다고도, 있다고도 할 수 없다. 오고 난 뒤에야 그것을 알아차릴 수 있다.[1]

이런 대답을 대하고 나면, 질문을 피동형으로 바꾸어야 한다는 생각이 든다. 어떤 순간에 시는 쓰이는가 하는 것으로. 시 쓰기의 경험에 걸려 있는 것은 압도적인 피동성이다. 어떤 "언어적 충동"이 의식을 지배하는 순간, 그 "순간"에 시인은 충동에 복속하고 그래야만 비로소 시 쓰기가 시작될 수 있다. 그러나 시인이 아무리 간절하게 그 순간에 '포획 당하기'를 열망할지라도, 무엇에 그리고 언제 그 순간이 올지 알 수 없다는 점에서 그것은 시인의 의도와는 완전히 별개의 차원이다. 이 시인의 고백에서 나는 그가 '순간의 감정'을 언급하지 않고, '언어적 충동'을 언급한 것은 매우 주목할 만한 지점이라고 여긴다. 시 쓰기란 '언어적 충동'에 의해 시작되는 것이지만, 그것은 시인의 충동이라기보다는 언어의 충동이기 때문이다. '언어'가 자신의 자발성을 회복하고 오직 스스로의 힘을 통해서 시작되는 것을 의미하는 것이다.

이 점은 시 쓰기에 있어서 가장 중요하고 근본적인 지점을 가리킨다. 시 쓰기란 본질적으로 어떤 순간적인 느낌이나 감정으로부터 시작되지 않는다는 점. 느낌이나 감정이 발화점일 수는 있으나, 그것이 쓰기로 연결되기 위해서는 언어가 그러한 형태를 지니기를 기다려야 한다. 그러나 언어가 말이 되어 나온다 하더라도, 그것은 더 이상 일상적인 언어가 아니며, 시인의 의도와 감정을 전달하는 매개체가 아니다. 자신의 본래성 속으로 돌아가고자 하는 언어, 그것은 말라르메가 말한 것처럼, 언어가 종속적이며 습관적인 수단이 아니라 어떤 본래적 경험 속에서 수행되기를 원하는 말이기 때문이다.

이 지점에서 시에서의 소통에 대해 재고할 필요가 있다. 시에 대한 오래된 정식 중 하나는 시가 일상적인 언어로 쓰이지 않는다는 사실이며, 시는 시인의 감정과 의도의 직접적인 표현이라는 것이다. 그러므로 시에

---

1 채호기, 「시작-노트」, 《문예중앙》, 2014. 겨울, 139쪽.

서 소통을 기대한다는 것은 시적 언어의 '의미 이해'를 가리키지 않는다. 난해 시라든가 언어유희와 같은 비판들은 사실 진짜로 '이해할 수 없다'를 가리키는 것이 아니다. 언어의 의미를 이해하는 것은 일상어의 영역이지 시적 언어의 영역이 될 수 없는 까닭이다. 의미 이해가 아니라면, 소통의 문제는 경험의 차원에서 운위되어야만 한다. 시를 쓰고, 시를 읽는 경험의 차원에서 말이다. 말하자면 사람들은 시에서 어떤 '경험'을 기대한다. 그것은 소박한 의미에서의 공감이며, 감동이자 이해다. 시인의 마음이 독자의 마음으로 확산되는 것, 그것은 감정의 전달이거나 전이에 그치는 것이 아니라 동일한 감정을 공유하는 것이다. 이 마음의 동질성으로 인해 어떤 공동체가 형성된다. 이 공동체가 동일한 마음을 공유한다면, 그 마음은 그 자체로 보편적인 것이 된다. 그리고 그것은 시인의 마음의 보편성에 이어진다. 이것이 서정시의 본질이다. 서정시가 가장 주체적인 장르라면, 모든 보편적 마음의 근원이 시인 자신의 마음이기 때문이다.

그러나 시 쓰기를 강제하는 언어적 충동을 이해하게 된다면, 이러한 소박한 낭만주의적 관점이 시에서 성립할 수 있을지 의심스러워진다. 시의 언어는 일상적인 언어, 소통을 위한 여러 정식들로부터 벗어난 언어이며 무엇보다 이 언어는 시인의 통제를 벗어나는 지점에서 시작된다. 언어가 스스로의 본질을 수행한다면, 시인 자신도 모를 언어의 수행을 어떻게 독자의 마음이 이해할 수 있는가? 언어의 자명한 이해로부터 떨어져 나오면서도 동시에 언어의 공감에 이르는 것은 언어의 의미나 혹은 그 속에 담긴 시인의 감정이나 느낌과는 무관하다. 시란 무엇인지에 대해 각각 다른 정의를 가지고 있더라도 시에서 이해와 공감에 바탕을 둔 소통의 가능성에 대해 말할 때 그것은 필연적으로 자신의 기대 지평에 시적 언어가 있기를 기대하는 것이다. 그것이야말로 시의 본질에 있어서 반동적이다. 그것은 시를 알기 쉬운 것으로 고정시키고, 시인의 마음과 독자의 마음에 언어를 고정시켜 시적 언어를 일상적이고 습관적인 것으로 환원한다. 그것은 개별적인 시를 시 자체의 위험으로부터 보호하는 일이다. 도대체 어떤 위험으로부터 말인가? 우리의 의도를 빠져나가는 위험한 언어의 충동, 말을 할 수 없게 만드는 자기의 죽음이라는 시적 경험이 열어 놓는 위험한 지점으로부터 말이다.

시 쓰기의 경험 ── 자기의 망각과 죽음에 마주치기

드디어 꿈이 사라지려는 순간, 너는 창밖에서 잠든 나를 보고 있지
암초 위에서 심해를 굽어살피는 너의 낯빛에 놀라자 꿈은 다시 선명해진다

들로 강으로 흩어지던 내가 되살아나고 있었다

내가 이곳을 설계했다 믿었는데 아니었던 거지
블라인드 틈으로 드는 빛이 어둠을 망친다 생각했는데 눈은 여전히 감겨 있고, 몸은 벽 너머에서 들려오는 너의 노래에 묶여 있었다
입안에 고인 물이 다른 물질이 되려는 순간

눈 속으로 하해와 같은 빛이 밀려들었다[2]

최근에 출간된 시집에서 한 편을 골라 들었다. 이 매력적인 시집에서 이 시가 선택된 이유는 단지 제일 첫 장에 실려 있었기 때문이다. 첫 장에 실린 시는 탁월하게 아름답기도 했다. 단지 빛과 어둠이 대조되고 교차되

2   송승언, 「녹음된 천사」, 『철과 오크』(문학과지성사, 2015).

고 있을 뿐인데, 희미한 빛이 스며든 심해의 깊고 어두운 물결이 출렁거리는 것처럼 꿈의 아름다움을 빚어내고 있다. 빛은 서서히 풀어지면서 어둠의 농도를 희석시켜 다양한 명도를 가진 잠의 물결로 만들고, 먼 듯 가까운 듯 들려오는 노래가 인도하는 평화로운 잠의 세계를 몽환적으로 조직한다.

그러나 이 시의 의미는 무엇인가? 이 시의 의미를 해독한다면 우리는 어떤 코드를 시의 언어에 적용해야 할 것인가? 해석 가능한 언어들이 말하는 것은 잠에서 깨어나는 순간은 다시 꿈으로 들어가는 순간이며 그것은 잠든 나를 지켜보는 "너"에 의해서 일어나는 일이라는 것이다. "꿈이 사라지려는 순간"과 "꿈이 다시 선명해"지는 순간은 완전히 동일한 순간이며, 그것은 "나"의 의지라기보다는 "너"의 인도에 의해 가능해진다. 그러나 이러한 해석은 시의 의미를 이해한 것은 아니다. 잠 깨기와 잠들기의 순간에 일어난 마음의 상태를 이해한 것도 아니다.

그러할 때 이 시는 사실은 모든 의미화하려는 의도를 거부하는 시인 것이다. 말하려는 것이 없는 언어, 단지 하나의 몽환적인 풍경만을 제시하는 언어들은 자신을 읽을 것으로 출현하면서 동시에 자신의 의미를 감춤으로써 읽지 말 것을 주문한다. 빛과 어둠의 이미지를 껴안은 언어들은 그것들이 풀어지고 섞이는 지점들만을 보여 준다. 그래서 이 시에서 의미를 해독할 수 있는 유일한 지표를 지닌 "나"와 "너"는 이 언어들이 최소한의 의미를 구현할 수 있도록 하고 사라지는 일종의 전환사에 지나지 않게 된다. 그러므로 잠이 깰 때 다시 잠이 드는 "나"는 말하는 주체로서, 일상적이고 관습적인 언어의 세계를 구축하는 주체로서 성립하는 순간 다시 상실되는 자다. 잠과 꿈에 대한 상식에 의거하면, "나"는 망각과 죽음의 상태에 마주친다.

여기에서 우리는 읽어 낼 수 있음과 읽어 낼 수 없음의 문제를 혼동해서는 안 된다. 텍스트의 언어가 가리키는 것은 그 자체의 의미가 아니라,

시 쓰기 속으로 들어온 그래서 시 쓰기를 시작하게 하고 중단하게 하는 일종의 경험이다. 이 시에서 그것은 '잠든 나를 보고 있'는 너와의 마주침이다. 그리고 너는 사실 '노래하는 자'라는 점에서 노래의 힘에 사로잡히는 것은 나를 잃고 망각에 빠지는 경험이다. 이 시에서 "너"가 "암초 위에서 심해를 굽어살피는" 자라는 점은 아마 단순한 비유에 불과한 것은 아닐 것이다. 암초 위에서 노래를 부르는 자란 세이렌이며, 세이렌은 뱃사람을 항해하도록 만드는 기원인 동시에 그 항해의 목적지에 파멸을 준비하는 죽음 그 자체이기 때문이다. 그리고 블랑쇼가 강조했듯 이 세이렌이 인도하는 여행이 문학의 글쓰기 그 자체다.

그러니 이 시의 시 쓰기는 일종의 예식, 자기의 죽음의 공간으로의 입사 의식이다. 그리고 그것은 내가 출발했던 지점이기도 하므로 자신의 기원으로 향한다. "눈은 여전히 감겨 있고, 몸은 벽 너머에서 들려오는 너의 노래에 묶여 있었"을 때 그에게 들어오는 "하해와 같은 빛"은 천사가 인도하는 자기의 죽음의 세계다. 그러나 그는 이미 잠든 나를 보고 있는 시선을 느끼고 다시 잠에 빠져드는 순간부터 죽어 있었던 것이므로 시 쓰기란 자신의 죽음으로 향하는 길이다.

이러할 때, 시 쓰기는 이중적인 구속에 사로잡혀 있는 셈이다. 쓰는 것은 자신의 죽음을 향하지만, 쓰지 않으면 그것은 또한 자신의 죽음이 된다. 언어는 더 이상 일상적인 것도 아니고, 소통적인 것도 아니며 오직 직접적인 언어로 회귀하여 그 스스로를 드러낸다. 쓴다는 것은 이 죽음의 문지방을 넘어서는 일이며, 시 쓰기의 경험은 이러한 파멸적인 쓰기를 거부하는 것으로부터 가능해진다. '나'는 최종적으로 사라지며 그럼에도 불구하고 사라진 나를 계속해서 붙잡고 있는 것은 또한 나를 사라지게 한 노래다.

그러니 이 시에 쓰인 것은 꿈의 경험에 관한 것이 아니라, 자기를 잃는 순간 갑작스럽게 자신을 잃고 '아무것도 아닌' 상태로 지금 여기의 현재

속에서 사라지는 경험이다. 여기는 '나'의 바깥이며, 그것은 '나'에게는 불가능한 것으로서만 가능해진 경험의 순간이다. 아감벤은 이러한 '순간'이 일련의 시간적 흐름으로부터 갑작스럽게 이탈하여 보다 더 근원적인 시간 속으로 던져지는 순간으로 이해했다. 시간의 끊임없는 흐름이 인간으로 하여금 지금 여기에 있음을 가능하게 한다면, 시간의 난절은 지금 여기에 있음, 더 정확하게 말하면 지금 이 세계에 존재함 자체를 중단시킨다.[3] 이 순간은 미래로부터 온 것이면서도 과거이며, 순간이면서도 영원한 시간, 그리고 존재의 바깥이자 아무것도 없다는 점에서 존재의 무다. 그리고 그것이 시 쓰기에 걸려 있는 시적 경험이다.

불가능함으로써만 가능한 문학적 소통

블랑쇼는 문학은 글쓰기와 함께 시작된다고 썼다. 쓰인 것은 일종의 문이며, 이를 읽는다는 것 자체가 문학의 공간이라는 닫히고 분리되고, 신성화된 공간으로 들어가는 것을 의미한다.[4] 글쓰기와 동시에 시작되지만 동시에 쓰기를 거부하는 것이 문학이다. 낭시는 또한 문학은 스스로를 방해하는 것이라고 썼다. 그 점이 본질적으로 문학-글쓰기를 신화가 아닌 문학-글쓰기로 만드는 것이다. 혹은 자기를 방해하는 그것(노래의 담론, 제스처 혹은 목소리, 서사 혹은 증거)이 바로 문학(혹은 글쓰기)라고 하는 편이 나을 수도 있다.[5] 말하자면 그것들은 나의 주체성 혹은 로고스적 사유

3 G. Agamben, *The Man without Content*(Stanford: Stanford University Press, 1999), 100쪽.

4 모리스 블랑쇼, 『도래할 책』, 388쪽.

5 Jean-Luc Nancy, *The Inoperative Community*(Minneapolis: The University of Minnesota Press, 1991), 72쪽.

를 방해하거나 중지시키는 것이다.

시를 읽는 것은 언제나 어떤 위험에 사로잡힌다. 그것은 일종의 의미의 보편화에 대한 욕망이라고 할 수도 있을 것이다. 이해와 공감은 상호 주체적인 것 아니라, 오로지 자신의 주체성으로 대상을 포획하는 것이다. 시의 언어는 언제나 이해 불가능하다. 그것의 의미 또한 해석 불가능하다. 진짜 문제는 시를 읽은 독자들의 이해를 시인의 의도로 강요하는 것이며, 이 강요가 소통으로 이해되어서는 곤란하다. 문제는 그것이 잘못 설정된 것이라기보다는, 애초에 시 쓰기란 시인의 의도와는 벗어난 언어의 본질적 출현에서 출발한 것이기 때문이다. 남는 것은 언어의 의미가 아니라 시 쓰기의 경험이며, 종종 언어의 상황과 부조리한 것으로 남겨지는 텍스트 안에 끼어들어 있는 시적 경험에 접속하는 것이다. 그러나 이는 또 다른 문제를 낳을 수 있다. 그렇다면, 그 어떤 것도 가능하지 않은 절대적으로 특권적인 영역에 시를 놓는 것은 아닌가. 시적 영역은 알 수 없는 신비한 무엇으로 남거나 혹은 시 읽기의 경험과 완전하게 분리된 독자적인 세계로 남겨질지도 모른다.

이러한 지점에서 문학적 공동체, 즉 진짜로 문학적인 소통의 가능성이 열린다. 시는 문화적이고 제도적으로 산출된 가치도 아니고 관찰자 혹은 독자들의 미적 지각에 호소하는 특권적 대상도 아니다. 또한 시인의 창조적인 힘의 표현도 아니다. 그것은 보다 본질적인 차원에서, 인간으로 하여금 그가 마주치는 시간과 역사 속에서 자신의 기원적 상태와 결부시키는 것이다.[6] 이것이 시 쓰기의 경험과 시 읽기의 경험이 마주치는 지점이며, 이 지점에서만 진정한 문학적 공동체가 운위될 수 있다. 이 기원적인 지점이 자신의 죽음이라는 점에서, 문학적 소통이란 죽음-작업 이외의 방법으로는 불가능한 함께-있음을 지시한다. 즉, 시를 둘러싼 문학적 공동

6   G. Agamben, 앞의 책, 102쪽.

체는 결코 현전되지 않으며 그 구성 또한 무한히 연기된다는 점에서만 성립한다. 그러나 이러한 공동체 속에서만 모든 개별성을 자신의 주체성의 거울에 비추어 포섭하는 강요된 소통을 벗어나며, 오직 자신의 단독적 경험으로서만 함께 있는 가능성이 열릴 수 있다.

귀신의 성서, 죽은 신의 시 쓰기

조연호, 『암흑향』(민음사, 2014)

밤의 글자는 묵등(墨等)의 시(詩)다

그 뜻에 따라 정전(停電)이 왔다[1]

옛말은 이렇게 이른다. "민간에서는 문 위에 호랑이 머리를 그려 놓고, 거기에 '적(䕏)' 자를 써 놓기를 좋아한다. 적(䕏)은 저승 귀신의 이름으로 역병을 막기 때문이다."[2] 『유양잡조』의 저자는 "적(䕏)은 바로 창이(淌耳)를 합친 글자"라고 덧붙였다. 창이 역시 귀신의 이름이다. 말하자면, 적(䕏)은 "죽어 또 귀신이 된 너"(「적(䕏)」, 9)[3]이자, 바로 그러한 '너'를 물리치기 위해 준비한 '너 자신'인 부적이다. 죽어서 귀신이 된 자는 한 번 더 죽어도 귀신이 되며, 이 귀신이 가장 무서워하는 것은 바로 그 자신, 아무리 죽어도 계속해서 귀신이 될 수밖에 없는 자신의 운명 그 자체다. 그러니 귀신은 자기의 운명을 자기의 이름으로 삼은 존재, "통성명의 시대"(「적(䕏)」, 25)가 저물자 나타난 혹은 통성명의 시대를 저물게 하는 유일한

---

1   조연호, 「적(䕏)」, 『암흑향』.

2   단성식, 정환국 옮김, 「유양잡조 속집 권 4」, 『유양잡조 2』(소명출판, 2011).

3   이 시집에서 다섯 번 반복되는 작품 「적(䕏)」을 구별하기 위해, 제목 뒤에 수록 쪽수를 표기한다.

존재다.

　귀신은 어째서 자기 이름을 두려워하는가. 그것은 죽음이 또 다른 죽음으로 반복된다는 사실, 자신의 영원한 죽음을 가리킬 뿐만 아니라 이름이 그 운명을 영속적인 것으로 고정시키고 있기 때문이다. 그의 운명은 그의 이름이고 그의 이름이 곧 자신의 운명이니, 조연호의 새 시집 『암흑향(暗黑鄕)』은 이 귀신의 이름/운명이라는 암흑 지점에서 방사되는 세계다. 그리고 그것은 말씀으로 탄생한 우리 세계의 진짜 기원이다. 태초의 말은 그것으로 창조된 세계의 기원이 되었으며, 말씀이 명명하자 명명된 모든 것들이 살아 있는 운명(生命)을 가지게 되었다. 그러나 그것은 죽어서 계속 죽는 운명을 은폐하고서야 가능한 세계, 적(籊)은 바로 이 세계의 한가운데 놓여 있는 검은 구멍에 해당하는 것이다.

　그러므로 우리는 적(籊)을 귀신을 막는 부적으로서가 아니라 우리 세계의 진짜 기원을 가리키는 이름으로서 이해해야 한다. 태초의 빛이 품은 어둠, "밤의 글자"이자 "묵등(墨等)"(「적(籊)」, 25)으로서, 그리고 우리가 태어났고 필경 돌아가게 될 "암흑향"으로서. 이것이 귀신의 이름이라는 점에서, 이 귀신은 신이 가장 두려워하는 그 자신의 이름, 신의 암흑 지점이다. 그러므로 이 시집의 다양한 신의 형상들은 신의 지위에 오르지 못한 '잡신'이 아니라, 단 하나의 신이며 그로부터 진정한 성스러움이 나타난다. "죽어 또 귀신이 된 너와 만나 즐거웠다, 나는 그런 동물에게서만 오직 구했다./ 그 나라의 성스러움이 어디 있는가를/ 있는가를"(「적(籊)」, 『고대시집』).

　그런 의미에서, 조연호의 새 시집은 우리 세계에 가장 위협적인 시집이다. 그것은 귀신인 적(籊)이 진짜 신으로 탄생하는 "하룻밤의 첫 부분을 사경(寫經)"(「적(籊)」, 87)한 책이자, 귀신의 성서(聖書)이기 때문이다. 그 첫날에 역병이 시작되고 사람은 말을 잃는다.("그 첫 줄엔 충개(蟲疥)가 모여 사람의 입을 끄르고 있었다"(「적(籊)」, 87)). 그리고 곧 "정전(停電)이

왔다"(「적(蹟)」, 25). 그리고 암흑향은 문자이자 단 하나의 신성한 이름 위에서 열린다. 우리는 이 "읽을 수 있을만큼만 글씨 밑의 바탕은 검"(「무롱(舞弄)의 아이들」)은, 아니 읽을 수 없을 정도로 검은 글자의 자리("묵등(墨等)")의 지점에 서게 된다. 「적(蹟)」이 반복될 때마다, 다시. 죽어서 또다시 죽으며.

박슬기

1978년 거제에서 태어났다. 연세대학교 인문학부를 졸업하고, 서울대학교 국어국문학과 대학원에서 석사와 박사 학위를 받았다. 2009년 《서울신문》 신춘문예에 평론이 당선되어 등단했다. 저서로 『한국 근대시의 형성과 율의 이념』이 있다. 현재 한림대학교 인문학부 국어국문학 전공 조교수로 재직 중이다.

누보 바로크

1판 1쇄 찍음 2017년 10월 27일
1판 1쇄 펴냄 2017년 11월 3일

지은이 박슬기
발행인 박근섭, 박상준
펴낸곳 (주)민음사

출판등록   1966. 5.19. (제16−490호)
주소 | 서울특별시 강남구 도산대로1길 62(신사동) 강남출판문화센터 5층 (우편번호 06027)
대표전화 | 515−2000 팩시밀리 | 515−2007
홈페이지 | WWW.MINUMSA.COM

값 22,000원

ISBN 978−89−374−1227−1 04810   978−89−374−1220−2(세트)